Sibylle Keller

Ibiza – Liebe inbegriffen

FRAUEN

BASTEI LÜBBE TASCHENBUCH
Band 16 219

1. Auflage: April 2001

Vollständige Taschenbuchausgabe

Bastei Lübbe Taschenbücher ist ein Imprint
der Verlagsgruppe Lübbe

Originalausgabe
Copyright 2001 by Autor und
Verlagsgruppe Lübbe GmbH & Co. KG, Bergisch Gladbach
Titelfoto: IFA-Bilderteam
Einbandgestaltung: K. K. K.
Satz: hanseatenSatz-bremen, Bremen
Druck und Verarbeitung: Ebner Ulm
Printed in Germany
ISBN 3-404-16219-6

Sie finden uns im Internet unter
http://www.luebbe.de

Der Preis dieses Bandes versteht sich einschließlich
der gesetzlichen Mehrwertsteuer.

Gerechtigkeit

Die Strafe, die ich oft verdient,
gestehen wir es offen:
ist sonderbarerweise nie
ganz pünktlich eingetroffen.

Der Lohn, der mir so sicher war
nach menschlichem Ermessen
der wurde leider offenbar
vom Himmel auch vergessen.

Doch Unglück, das ich nie bedacht,
Glück, das ich nie erhofft –
sie kamen beide über Nacht.
So irrt der Mensch sich oft.

(Mascha Kaléko)

Meiner lieben Freundin Gabriele
in Dankbarkeit zugeeignet.
Was wir nicht selbst schaffen,
vollbringt das Leben.

1. Kapitel

Der Mann am Pool hatte einen Körper wie ein römischer Krieger. Annabel, die von ihrer Liege aus eine hervorragende Sicht auf den blondgesträhnten, breitschultrigen Adonis hatte, kam als Vergleich unwillkürlich der knackig gebaute Charlton Heston aus *Ben Hur* in den Sinn. Sie leckte sich die Lippen und versenkte sich völlig in die Betrachtung dieses kühnen Recken mit seinem Waschbrettbauch, seinen muskelbepackten Oberschenkeln und seinen überdimensionalen Bizepsen.

Sie schloß die Augen, öffnete sie wieder und beugte sich über den leistungsstarken kleinen Laptop, der auf ihren angezogenen Knien ruhte. Das Display war leer. Immer noch. Höchste Zeit, daß sich das änderte. Seit beinahe einer Woche hing sie jetzt hier auf Ibiza herum, einzig und allein zu dem Zweck, pure männliche Erotik aufzuschnappen. Ohne Erotik kein erotischer Roman, ohne Roman kein Geld, ohne Geld ...

Annabel weigerte sich, den Gedanken zu Ende zu denken. Statt dessen konzentrierte sie sich erneut auf den Typ, der sich gerade reckte und Anstalten machte, ins Wasser zu springen.

Aber dann hielt er inne, als hätte er gemerkt, daß sie

ihn beobachtete; er warf ihr sogar einen Blick über die massive, braungebrannte Schulter zu. Einen sehr intensiven Blick.

»Ja«, flüsterte Annabel mit einem Hauch von Begeisterung in der Stimme. So könnte er aussehen, ihr männlicher Held! Bis jetzt fehlte ihr immer noch das Bild von ihm, diesem namenlosen Mann voller Leidenschaft und Feuer. Aber das mußte ja nicht so bleiben. Vielleicht hatte sie ihn schon gefunden, hier und jetzt. Warum sollte er nicht so aussehen wie dieser Ben Hur in der Leopardenbadehose? Fast konnte sie sich vorstellen, wie er über Clarissa, ihre Heldin herfiel und sich ihrer in jener unmißverständlichen Weise bemächtigte, auf die Annabels Leserinnen stets großen Wert legten.

Ihre Finger entfalteten ein spontanes Eigenleben.

Seine nervigen Hände glitten rastlos über ihr fieberndes Fleisch, seine Fingerkuppen fanden die sensiblen Spitzen ihrer Brüste, und sein Atem traf keuchend auf ihre Lippen, als er hervorstieß: Ich will dich ...

Ein Schatten fiel über ihre Knie.

»Ich bin der Friedhelm«, informierte der Blonde sie. »Ist der Liegestuhl hier noch frei?«

»Bitte«, sagte Annabel höflich, die Hand über dem vielversprechenden Anfang ihres ersten Kapitels.

»Echt super hier, oder?« fragte er leutselig, während er sich auf dem Liegestuhl neben Annabel ausstreckte. Annabel erschauerte und ließ mit der *Entf*.-Taste ihr Geschriebenes wieder verschwinden. Ohne es zu ahnen, hatte Friedhelm mit dieser Bemerkung sein Dasein als Muse beendet, bevor es noch richtig begonnen hatte.

»Bist du schon lange hier?« wollte Friedhelm wissen.

»Eine Woche.«

Friedhelm wußte daraufhin zu berichten, daß er seit drei Tagen hier war. Außerdem fand er die Insel voll geil, das Bier total kraß, das Wetter oberspitzenmäßig, die englischen Weiber erste Sahne. Leider hätte er mit denen ein paar Verständigungsprobleme, in der Schule hätte er es mit Englisch nicht so gehabt, und ob Annabel zufällig Englisch sprach.

»Nicht besonders.«

Friedhelm zeigte auf ihren Laptop. »Ich hab' gedacht, wenn du auf so einem Ding schreibst, kannst du bestimmt gut Englisch.«

»Leider nicht.«

Das fand Friedhelm bedauerlich, fragte aber vorsichtshalber trotzdem, ob Annabel ihm übersetzen könnte, was *Fuck off* heißt, das hätten jetzt nämlich schon zwei Frauen zu ihm gesagt.

Soweit reichten Annabels Englischkenntnisse. Sie klärte ihn entsprechend auf.

»Und ich hätte geschworen, daß es was mit Ficken zu tun hat«, sagte Friedrich enttäuscht.

Danach verlor Friedhelm ziemlich rasch das Interesse an ihr und trollte sich in Richtung Pool, wo er alsbald um die Aufmerksamkeit eines blutjungen, barbieähnlichen Geschöpfes im String-Tanga buhlte.

Obwohl Annabel mehr als erleichtert war, diesen unterbelichteten Muskelklops wieder los zu sein, empfand sie unbestimmten Ärger. Alles, was diesen Burschen an ihr interessiert hatte, war ihr Laptop, beziehungsweise, ob sie ihm Nachhilfe in Englisch geben konnte. Anscheinend hatte sie ihn als Frau nicht angemacht. Woran das wohl lag? Wie immer schwank-

11

te Annabel zwischen den beiden Alternativen *zu alt* oder *zu dick*.

Ein paar Sommertage auf Ibiza hatten ihre Überzeugung verfestigt, sowohl das eine als auch das andere zu sein. Irgendwie schienen alle weiblichen Wesen auf dieser Mittelmeerinsel stromlinienförmig schlank und unter fünfundzwanzig zu sein. Schöne Mädchen gab es zuhauf, und sie waren jung, prachtvoll gewachsen und bestens gelaunt. Warum sollte Friedhelm also Interesse an einer nicht mehr ganz taufrischen Frau haben, die mühsam darum kämpfte, ihr Normalgewicht zu halten, wenn er doch die Auswahl unter lauter knackigen Achtzehnjährigen aus aller Welt hatte?

Ihre Freundin Britta kam aus der Poolbar, in jeder Hand einen frischen Drink, und ließ sich auf den Liegestuhl neben Annabel nieder.

»Wer war der Typ?« fragte sie, während sie Annabel das eisgekühlte Glas reichte.

»Friedhelm«, sagte Annabel lakonisch.

»Hab' ich was verpaßt? Wollte er dich anbaggern?«

»Nein, ich sollte ihm was übersetzen.« Annabel nippte an der Piña Colada. »Sag mal, sehe ich eigentlich älter aus?«

»Älter als wer?«

»Als ich.«

»Wie soll ich das verstehen?«

Annabel trommelte ungeduldig mit dem Zeigefinger gegen ihr beschlagenes Glas. »Sagen wir einfach mal, so alt wie Mitte Dreißig?«

»Du *bist* Mitte Dreißig.«

»Ich bin dreiunddreißig«, sagte Annabel beleidigt. »Das ist noch Anfang Dreißig.«

»Und wann fängt deiner Meinung nach dann Mitte Dreißig an?«

»Ab fünfunddreißig«, antwortete Annabel prompt.

»Wen interessiert es schon, ob du dreiunddreißig oder fünfunddreißig bist.« Britta legte den Kopf in den Nacken und ließ sich den Inhalt ihres Glases in die Kehle gluckern. »Aaah! Das ist alles, was man hier zum Leben braucht.«

»Wo ist eigentlich Robert im Moment?«

»Mit dem Fahrrad unterwegs.«

»Wenn er so weitermacht, entwickelt er sich noch zum Ironman«, witzelte Annabel.

»Ja, aber bloß auf dem Rad.« Britta rülpste dezent. »Übrigens – wußtest du, daß zwei Drittel aller regelmäßig radfahrenden Männer signifikante Veränderungen im Bereich ihres Sexualverhaltens aufweisen?«

»Signifikant inwiefern?« fragte Annabel vorsichtig.

»Sie tun's nicht mehr so oft.«

Annabel räusperte sich. »Als Folge von ... äh ... Hodenquetschungen?«

Britta hob nachlässig eine Schulter. »Keine Ahnung, ob es an Roberts Eiern liegt. Ich müßte mich da wohl erst mal genauer informieren, bevor ich definitiv die Gründe für unser flaues Liebesleben feststellen kann.«

Sie stellte ihr leeres Glas zur Seite und stand auf. »Ich glaube, ich schwimme 'ne Runde.«

Annabel blickte ihrer Freundin gedankenvoll hinterher und fragte sich, ob die Idee, Britta und Robert zu diesem gemeinsamen Urlaub zu überreden, wirklich so gut gewesen war. Vor ein paar Wochen war sie noch ganz begeistert von der Aussicht gewesen, sich

13

mit den beiden einen Bungalow zu teilen. Nicht nur, weil es zu dritt viel günstiger war, sondern weil es in Brittas Gesellschaft nie langweilig wurde. Und auch Robert war ausgesprochen umgänglich und freundlich, sah man von seinen gelegentlichen Anwandlungen, sich mit männlicher Besserwisserei in den Vordergrund zu spielen, einmal ab.

Allen Erwartungen zum Trotz hatte sich dieser Urlaub leider nicht besonders gut angelassen. Robert hatte sich sofort am Tage ihrer Ankunft ein Mountainbike gemietet und war seitdem permanent auf Achse. Britta, die nicht gerade der sportliche Typ war, weigerte sich, in der glühenden Sommerhitze solche Schikanen auf sich zu nehmen und zog es vor, ihre Zeit am Pool oder am Strand zu verbringen, meist in Gesellschaft von Annabel – und mit einem großen Glas Hochprozentigem.

Und Annabel durfte sich unterdessen mit ihrem nicht faßbaren Romanhelden herumschlagen, beziehungsweise mit solchen real existierenden Idioten wie Friedhelm, die absolut nichts für ihr Buch hergaben.

»Blödmann«, sagte sie halblaut.

Im selben Moment blieb jemand neben ihr stehen. »Wie bitte?«

»Das war eben ganz privat«, sagte Annabel lahm.

»Aha. Dann bin ich ja erleichtert.« Es klang amüsiert.

Annabel blinzelte neugierig gegen die Sonne zu dem Mann hoch, der vor ihrer Liege stand. Er machte keine Anstalten, sich wegzubewegen.

»Ich habe Sie schon mehrmals hier bei der Arbeit gesehen.« Mit dem Kinn deutete er über die Schulter in Richtung der Bungalows. »Wir sind übrigens Nachbarn. Meine Tochter Charlie und ich wohnen in dem Haus neben Ihnen.«

Annabel erinnerte sich an das rothaarige junge Mädchen, das ihr vorgestern auf dem Weg zum Frühstücksbüfett zum ersten Mal aufgefallen war. Der dazugehörige Vater hatte ebenfalls rotes Haar, nur zwei Schattierungen dunkler, ein Farbton, den man am ehesten rostbraun nennen konnte, mit silbrigen Sprenkeln an den Schläfen.

Abgesehen davon sah er nicht schlecht aus. Annabel taxierte ihn heimlich auf etwaige Traummannqualitäten. Er war nicht so groß und so breit wie der schöne Friedhelm, und sicher war er auch rund zwanzig Jahre älter, also etwa Mitte Vierzig, doch sein sehniger Körper war gut proportioniert, und obwohl er weite Shorts und ein locker fallendes T-Shirt trug, war zu erkennen, daß er kein Gramm zuviel auf den Rippen hatte.

Sein Gesicht war das eines Mannes, der viel nachdachte. Über der markanten Nase stand eine steile Grübelfalte, ähnlich derjenigen, die Annabel manchmal auf ihrer eigenen Stirn entdeckte, vor allem nach schlaflosen Nächten.

Doch der Eindruck von Strenge wurde abgemildert durch ein Netz ausgeprägter Lachfältchen um seine Augen, deren Farbe Annabel im hellen Sonnenlicht nicht erkennen konnte. Alles in allem unterschied er sich in seinem Äußeren auf wohltuende Weise von anderen männlichen Ibiza-Urlaubern seines Alters, die ihr Ego mit protzigen Goldketten, teuren Uhren und engen Jeans aufmöbelten.

Als er sich vorbeugte, um Annabel die Hand zu geben, lächelte er und zeigte dabei kräftige weiße Zähne. Eine winzige Lücke zwischen seinen beiden oberen Schneidezähnen verlieh ihm einen Hauch sympathischer Unvollkommenheit, die sein Lächeln noch einnehmender wirken ließ.

»Mein Name ist Magnus Knapp.«

»Hoffmann. Annabel Hoffmann.«

»Sie sind schon länger hier, oder?«

»Eine Woche. Morgen ist Halbzeit. Wie lange bleiben Sie?«

»Zehn Tage.« Er wies auf den Laptop. »Das sieht nach Arbeit aus.«

Annabel nickte und wartete auf die unvermeidliche Frage. Vermutlich würde Magnus, wie die meisten Leute, mit denen sie hier ins Gespräch kam, darauf tippen, daß sie Reporterin für ein Reisemagazin oder Auslandskorrespondentin war, und sie würde daraufhin vage antworten, daß sie an einem Buch über Ibiza arbeitete. Wie alle anderen würde dann auch Magnus davon ausgehen, daß es sich bei diesem Buch um eine Art Reiseführer handelte. Nicht im Traum würde er auf die Idee verfallen, daß sie sich nach Kräften bemühte, ihrem Hausverlag sehr bald einen möglichst feurig-erotischen Liebesroman zu liefern, so, wie sie es seit gut fünf Jahren tat.

Doch anstatt sich nach dem näheren Inhalt ihrer Schreibtätigkeit zu erkundigen, meinte Magnus bedauernd: »Entschuldigen Sie. Ich habe noch eine Menge zu tun, und ein Teil davon kann nicht warten. Vielleicht sehen wir uns ja gelegentlich.«

Verdutzt und ein wenig enttäuscht sah Annabel ihren Nachbarn zu seinem Bungalow hinübergehen. Irgendwie hatte sie damit gerechnet, daß er noch eine Weile bei ihr stehenblieb, um sich mit ihr zu unterhalten. Wozu, zum Teufel, hatte sie sich eigentlich den neuen Badeanzug gekauft und fünf Pfund abgenommen?

Egal. Von hinten sah der Typ fast genau so gut aus wie von vorn.

Seine Waden waren nicht zu verachten, und sein Hintern hatte etwas an sich, das durchaus plastische Vorstellungen in Annabel wachrief.

Plötzlich merkte Annabel, wie sich Stoff für mindestens ein halbes Kapitel in ihrem Geist zu formen begann. Entschlossen trank Annabel ihr Glas leer, stand auf und ging über den gepflasterten Weg den Pool entlang in Richtung der Bungalows, um ungestört dort weiterzuarbeiten.

Neben ihr tauchte ein Junge mit einem Hechtsprung ins Wasser. Tropfen spritzen hoch und benetzten ihre Beine. Annabel beugte sich hinab und rieb gedankenverloren über ihr rechtes Knie. Sex unter Wasser wäre nicht schlecht. Hatte sie darüber überhaupt schon mal was geschrieben?

Eine Mücke hatte sich an ihrem Bein festgesaugt. Annabel schnipste sie mit dem Finger weg. Interessant wäre unter Umständen auch ein kleiner Exkurs in Richtung Liebesbisse. Natürlich nichts mit Sado-Maso oder derlei Schweinkram, schließlich schrieb sie romantisch verbrämte Erotikbücher für nette, normale Frauen, für die Oralsex die äußerste Enthemmung bedeutete. Doch vielleicht war es an der Zeit, dieses Thema ein wenig zu variieren.

Eine kleine, aber sehr sensible Stelle in Annabels

Nacken begann heftig zu jucken. Ein überwältigend erotisches Bild stieg in ihr auf, von starken, weißen Zähnen ... in der Nähe einer Brustwarze vielleicht?

Der Bungalow, den Annabel zusammen mit Britta und Robert bewohnte, stand inmitten einer Ansammlung völlig identisch aussehender Häuser, die sich in lockerer, hufeisenförmiger Anordnung vom Hauptgebäude der Ferienanlage aus zu beiden Seiten der großzügigen Poollandschaft entlang bis zur Strandstraße erstreckten. Halbhohe, von Bougainvilleen überwucherte Stuckmauern trennten die einzelnen Bungalows. Zu jedem Haus gehörte eine Sonnenterrasse mit entsprechendem Mobiliar, doch Annabel hatte es bislang vorgezogen, sich am Pool oder am nahegelegenen Strand aufzuhalten, wo sie das gebührende Minimum an nacktem, gebräunten Fleisch zu Gesicht bekam.

Der Bungalow war genau wie die anderen Häuschen unterteilt in zwei kleine Schlafzimmer, ein Wohnzimmer, ein Bad und eine separate Toilette. Der große Wohnraum verfügte über eine integrierte Küche mit allem Zubehör für Selbstversorger, doch anders als die ewigen Nachtschwärmer, die erst nach Sonnenuntergang munter wurden, nahmen Annabel, Britta und Robert ihre Mahlzeiten meist im Restaurant der Anlage ein.

Im übrigen entsprach ihre Unterkunft bis ins kleinste dem europäischen Urlaubsstandard im Mittelmeerraum, was bedeutete, daß die Räume des Bungalows rein skandinavisch eingerichtet waren. Abgesehen davon war das Häuschen, wie auch der Rest der Anlage, sauber und gepflegt. Fernsehen mit Satellitenempfang,

Telefon und Mietsafe gehörten zum standardisierten Viersternekomfort ebenso dazu wie die summende Klimaanlage, die nagelneue Mikrowelle und die rosa geäderten Marmorfliesen im Bad.

Im Restaurantgebäude der Anlage wurde von acht Uhr morgens bis zwölf Uhr mittags ein Frühstücksbüfett angeboten, das keine Wünsche offenließ. Abendessen gab es zwischen zwanzig und zweiundzwanzig Uhr, Showcooking inklusive.

Als Annabel den Bungalow betrat, hörte sie das Telefon klingeln. Von unguter Vorahnung erfüllt, ging sie dran, und tatsächlich, es war Bernhard, ihr Lektor.

»Ich mache gute Fortschritte«, sagte sie, bevor er sie danach fragen konnte.

»Wir müssen die Texte für die neue Vorschau fertigmachen, und ich habe noch kein Exposé von dir, Annabel.«

»Ich weiß.« Das vielversprechende Jucken im Nakken hatte schlagartig aufgehört, kaum, daß sie seine Stimme gehört hatte. Annabel kannte Bernhard seit ungefähr zwölf Jahren. Kennengelernt hatte sie ihn während des Studiums. Später, als sie schon längst ohne besonderen Enthusiasmus ihre Brötchen in der Lokalredaktion einer zweitklassigen Tageszeitung verdiente, hatte Bernhard, ganz der ambitionierte Germanist, zwei weitere Jahre darauf verwendet, über die soziokulturellen Gesamtzusammenhänge im Werk irgendeines weniger bedeutenden Romanciers des neunzehnten Jahrhunderts zu promovieren, und danach hatte er, inzwischen wissenschaftlicher Assistent und immer noch ambitioniert, abermals zwei Jahre darauf verschwendet, sich zu habilitieren. Anders als

Annabel, für die von Anfang an festgestanden hatte, daß sie niemals den Pulitzerpreis bekäme, hatte Bernhard nie die Hoffnung fahrenlassen, daß ihn eines Tages der Ruf einer germanistischen Fakultät ereilte. Indessen blieb der Ruf aus, und Bernhard war gezwungen, sich um des schnöden Mammons willen bei einem Massenverlag als Lektor zu verdingen. Früher, in den ersten paar Semestern, war er eigentlich ein ganz lustiger Typ gewesen, bei weitem nicht so bierernst wie heute. Annabel vermutete, daß ein guter Teil von Bernhards überwiegend mürrischem Gehabe auf diesen herben beruflichen Fehlschlag zurückzuführen war.

Statt einer Professur in zeitgenössischer Literaturwissenschaft hatte er heute ein Lektorat über erotische Liebesromane inne, inklusive einer Schar hysterischer, neurotischer, exaltierter oder zumindest hochgradig frustrierter Autorinnen. Annabel ordnete sich übrigens selbst in die letzte Kategorie ein. Schließlich kannte sie die meisten ihrer schriftstellernden Kolleginnen zur Genüge, sie hatte reichlich Gelegenheit gehabt, etliche davon bei Verlagsdinners oder Buchmessen kennen und hassen zu lernen.

»Könntest du mir vielleicht bis morgen einen Text zufaxen?«

»Ich bin noch nicht ganz mit dem Plot fertig.«

»Eine ganz grobe Zusammenfassung würde reichen.«

Annabel stöhnte verhalten. Hatte sie nicht vorhin noch eine super Idee gehabt?

»Ich habe da eine super Idee, ich muß das nur ein bißchen zusammenfassen.«

»Das klingt gut.«

Sie hatte überhaupt keine Idee mehr, denn mit einem Mal kam ihr die Sache mit den Zähnen restlos bescheuert vor, und einen Text würde sie auf keinen Fall zustande bringen, schon gar nicht bis morgen. Bernhard wußte genau, wie sehr sie es haßte, ihre Kurztexte zu schreiben, bevor sie den Roman klar umrissen vor Augen hatte, was für gewöhnlich erst der Fall war, wenn sie das letzte Kapitel beendet hatte und anfing, Korrektur zu lesen.

»Ich schaue, daß ich dir bis morgen die Texte zukommen lassen kann.«

»Das wäre ausgesprochen hilfreich.«

Annabel beendete mit ein paar Ausflüchten das Gespräch, dann ging sie in ihr Schlafzimmer, hockte sich im Schneidersitz aufs Bett und startete ihren Laptop, um ihre bisherige Ausbeute an Ideen zu sichten. Immerhin, der Titel stand bereits. *Im Fegefeuer der Leidenschaft* – wie immer nett, austauschbar, universell verwendbar. Annabel war sich keineswegs sicher, ob er nicht schon mehrfach auf dem Buchmarkt vertreten war; in diesem Genre nahmen es die Verlage mit dem Titelschutz nicht so genau.

Außer dem Titel fand sie genau drei Seiten mit mehreren kruden Ansätzen für ein Exposé. Annabel starrte die Zeilen an. Was, um Himmels willen, war ihr bei dem Entwurf durch den Kopf gegangen? Sie konnte sich genau erinnern, daß ihr diese Ideen als praktikabel erschienen waren, zumindest zu dem Zeitpunkt, als sie sie aufgeschrieben hatte. Doch das war jetzt mindestens drei Wochen her. Sie hatte damals gemerkt, daß sie nicht weiterkam, und beschlossen, auf

Ibiza den Plot zu Ende zu stricken und außerdem während des Urlaubs mindestens vier Kapitel des ersten Teils zu schreiben. Jetzt war schon der halbe Urlaub vorbei, und sie hatte nicht mal den Hauch einer Idee.

Mochte auch die landläufige Meinung dahin gehen, daß es bei erotischen Liebesromanen einzig und allein auf die Qualität und die Häufigkeit der Sexszenen ankam, so wußte Annabel natürlich ganz genau, daß dem keineswegs so war. Unvergleichlich viel wichtiger war die Intensität der Charaktere, und die wiederum hing nicht davon ab, ob die Protagonisten auf Fellatio standen oder die Löffelchenstellung bevorzugten oder beim Orgasmus schrien, sondern einzig und allein von der Dichte und vom Drive der Handlung, beziehungsweise davon, wie die Helden und Heldinnen mit den Problemen fertigwurden, die Annabel ihnen in den Weg legte. Spannung, so lautete das Zauberwort. Ein Roman ohne Spannung war Schrott. Und Spannung ließ sich nun mal nicht bloß mit ein paar gepfefferten Turnübungen im Bett fabrizieren. Die waren höchstens für ein paar gelungene Subplots gut. Um so ärgerlicher war es, daß Annabel bis heute nichts außer wenigen mageren Bildern für ein paar erotische Sequenzen eingefallen war, und auch die erwiesen sich bei näherem Hinschauen als völlig unbrauchbar.

Annabel hackte erbittert auf ihren Laptop ein und löschte alles bis auf die Titelüberschrift. Sie war davon überzeugt, daß Harald an allem schuld war. Wenn sie ihn nicht mit Claudia im Bett erwischt hätte, wäre ihr neuer Roman längst fertig und der Vorschuß für das nächste Buch auf ihrem Konto. Im Grunde, so überlegte Annabel, könnte sie den Kerl auf Schadensersatz verklagen, weil sie unter einer Schreibhemmung litt. Er hatte ihr das angetan, er allein!

Es war nicht so sehr die Tatsache seiner Untreue sowie der Umstand, daß Claudia bis dahin ihre beste Freundin gewesen war – obwohl beides für sich betrachtet natürlich schon schlimm genug war –, sondern hauptsächlich die Art, mit der er dabei vorgegangen war. Genauer gesagt, die Art, in der er es mit Claudia getrieben hatte. Oder, noch genauer: Wie er dabei ausgesehen hatte, mit zurückgeworfenem Kopf, das Gesicht zu einem Ausdruck verzogen, auf den einzig und allein die Kurzbeschreibung *verzückter Eber* paßte.

Annabel war bis zu jenem Zeitpunkt gar nicht aufgefallen, daß Harald Ähnlichkeit mit einem Schwein hatte, aber in diesem Augenblick höchster Ekstase war es unverkennbar gewesen. Das verschwitzte, wie eine Speckschwarte glänzende Gesicht, die tierisch funkelnden Äuglein – und natürlich das markige Grunzen.

Als sie ihn so vor sich gesehen hatte, grunzend und schwitzend und stoßend, hatte sie nicht gedacht: *O mein Gott, er tut es mit meiner besten Freundin*, sondern: *O mein Gott, ich habe es zwei Jahre lang mit einem Schwein getrieben!*

Wie erstarrt hatte sie dagestanden und sich mit Selbstvorwürfen überhäuft, weil sie – buchstäblich – so lange Augen und Ohren vor der Wahrheit verschlossen hatte. Es war ihre eigene Schuld. Wieso hatte sie nicht wenigstens ein einziges Mal genau hingehört? Oder hingeschaut? Aber nein, sie mußte es ja unbedingt immer mit geschlossenen Augen tun, um sich besser konzentrieren zu können. Nicht auf Harald, sondern auf das Gedankenbild von Brad Pitt oder Antonio Banderas oder wer sonst gerade an der Reihe war.

Natürlich hatte sie sofort mit Harald Schluß gemacht und ihn aufgefordert, aus ihrer Wohnung auszuziehen, und zwar nicht etwa in einer zivilisierten Aussprache, sondern eher in einem spektakulärem Akt der Selbstbefreiung. Während Harald und Claudia immer noch in Annabels Bett zugange waren und sich quiekend dem Finale entgegenkämpften, war Annabel zum Kleiderschrank geschlichen, und noch bevor die beiden überhaupt mitbekamen, daß sie nicht länger allein waren, hatte Annabel bereits zehn von Haralds teuren italienischen Anzügen aus dem dritten Stock hinaus in den strömenden Regen geworfen, mitten auf die vielbefahrene Straße.

Das war zwar ziemlich befriedigend gewesen; dennoch hatte Annabel bei diesem Inflagranti-Erlebnis nicht nur ihr Vertrauen in die Männer, sondern auch ihre schriftstellerische Phantasie eingebüßt. Es sah ganz danach aus, als hätte sie sämtliche Fähigkeiten zur Imagination verloren.

Britta war ihr auch keine große Hilfe. Sie hatte sich ein bißchen mehr Aufmunterung von ihrer Freundin versprochen, sozusagen ein Minimum an moralischer Unterstützung bei ihren Recherchen. Doch statt dessen gab Britta sich auch bloß ihren Depressionen hin.

Annabel versetzte ihrem unschuldigen Laptop einen wütenden Fausthieb. Wo blieb der unwiderstehliche, geheimnisvoll verführerische Held, der dreihundert Romanseiten zum Knistern brachte? Wo war er, der Kerl zum Anfassen?

Als Britta vom Schwimmen in den Bungalow zurückkam, fühlte sie sich ein wenig besser. Sie ging unter die Dusche und wusch sich die Haare, anschließend schminkte sie sich mit mehr Sorgfalt als sonst. Es konnte doch nicht angehen, daß Robert in diesem Urlaub mehr Zeit mit seinem Fahrrad und seinem Laptop verbrachte als mit ihr!

Als Wertpapierhändler befand Robert sich in ständiger Symbiose mit allen Aktienmärkten und achtete streng darauf, daß ihm alle wichtigen und unwichtigen Börsenindizes rund um die Uhr vertraut waren. Ohne D.A.X., Dow Jones und Nikkei war er nur ein halber Mensch. Sein satellitengestützter Laptop war sein ständiger Begleiter, sogar auf dem Fahrrad. Und abends sowieso. Obwohl er sich mit dem Ding immer so hinsetzte, daß ihm niemand über die Schulter sehen konnte, war es Britta doch zweimal gelungen, einen Blick auf das Display zu erhaschen, nur um festzustellen, daß er weder Wirtschaftsnachrichten noch Börsenkurse studierte, sondern sich in irgendwelchen dubiosen Chatrooms herumtrieb.

Leider wurde auch an diesem Abend die ganze Sache nicht besser. Britta mußte ihre Hoffnungen auf eine ausgedehnte Kneipentour rasch begraben. Robert kehrte völlig erledigt von seiner Radtour zurück und behauptete, heute keinen Fuß mehr vor den anderen setzen zu können. Er schaffte es gerade noch, sich mit Annabel und Britta zum Abendessen zu schleppen, und kündigte bereits auf dem Weg zum Restaurant an, daß er nachher unbedingt noch einen unerwarteten Kurssprung analysieren müsse.

Britta lud sich am Büfett ungefähr ein Kilo Garnelen auf den Teller. Wenigstens beim Essen wollte sie auf ihre Kosten kommen.

»Ich frage mich, wozu wir überhaupt nach Ibiza gekommen sind, wenn wir überhaupt nicht zusammen weggehen«, sagte sie verärgert. »Man sollte doch meinen, daß du wenigstens einmal Lust hast, einen draufzumachen.«

Robert grummelte irgend etwas in sein Weinglas.

Annabel starrte geistesabwesend dem jungen Ober hinterher, der gerade mit stolzem Hüftschwung den Nachbartisch umrundete, um dort Wein nachzuschenken.

»Mit dir kann man sich auch nicht richtig unterhalten!« hielt Britta ihr vor.

Annabel spießte ein Stück Fleisch mit der Gabel auf und führte es zum Mund. Auf halber Strecke blieb die Gabel in der Luft hängen. Annabel beobachtete den Hintern des Obers, der sich gerade vorbeugte, um einen leeren Teller abzuräumen. »Was?« fragte sie geistesabwesend.

»Vergiß es«, fuhr Britta sie an.

Immerhin zogen sie später am Abend zu zweit los und stromerten gemächlich durch die belebten Gassen von Eivissa, aber Annabel war derart verbissen in ihre Feldforschung vertieft, daß dieser Nachtbummel nicht den geringsten Spaß machte. Sie konnte sich nicht mal über eine ausgelassene Gruppe schrill aufgemachter Fummeltrinen amüsieren, die den Passan-

26

ten Freikarten für einen neu eröffneten Gay-Treff in Sant Antoni de Portmany offerierten und dabei kesse Tanz- und Gesangseinlagen zum besten gaben. Früher hätte Annabel endlos über solche Typen kichern und witzeln können.

Britta zeigte Annabel eine Boutique, die sie heute vormittag in der Nähe des Hafens entdeckt hatte, lauter flippige, ausgefallene Sachen, teuer wie auf der Kö' oder der Fifth Avenue. Aber Annabel bedachte die Auslagen nur mit lustlosen Blicken.

Auch beim anschließenden Discobesuch nach Mitternacht kam keine Stimmung auf. Britta und Annabel saßen wie zwei Mauerblümchen in der Ecke des vollbesetzten Tanzschuppens, und Britta mußte sich nach einer Weile eingestehen, daß sie nur von den hämmernden Technorhythmen am Einschlafen gehindert wurde.

Annabel wirkte geistesabwesend. Sie starrte die zukkenden Körper auf der Tanzfläche an, vorwiegend die Männer, und leckte sich mehrmals die trockenen Lippen.

»Vielleicht solltest du es einfach mal wieder selber tun«, brüllte Britta gegen die dröhnende Musik an.

»Tanzen?«

»Nein, Sex. Anstatt immer bloß darüber zu schreiben, könntest du es mal wieder richtig treiben.«

»Ohne Mann?«

In diesem Moment wummerten die Bässe besonders laut, und Britta hielt sich die Hand ans Ohr. »Einen Kamm? Ich hab' bloß eine Haarbürste dabei.«

»Ich sagte: *Mann!*« brüllte Annabel. »Kein *Sex* ohne *Mann!*«

Am Nachbartisch drehte sich ein tuntig geschminktes Schwulenpärchen zu ihr um.

»Ich habe *Mann* gesagt«, setzte Annabel giftig hinzu. Britta nickte nachdenklich. »Da ist was dran«, murmelte sie vor sich hin. Das galt auch, soweit es sie selbst betraf. Wenn Robert sie in der letzten Zeit nur halb so zärtlich behandelt hätte wie seinen Laptop, würde sie vermutlich ein restlos erfülltes Leben führen. Aber natürlich war sie schon acht Jahre mit Robert zusammen. Seinen Laptop hatte er erst seit acht Wochen. Männer waren darauf gepolt, dem Reiz des Neuen nachzujagen. Das ließ sich auf alle männlichen Lebensbereiche übertragen. Okay, ausgenommen vielleicht die Unterwäsche. Männer haßten es, neue Unterhosen eintragen zu müssen. Aber ansonsten waren sie allem Neuen aufgeschlossen, ob neuen Autos, PCs oder Frauen. Vor allem neuen Frauen, wobei *neu* durchaus im Sinne von *jung* zu verstehen war.

Allein in dieser Disco wimmelten ganze Heerscharen von Männern herum, und darunter gab es etliche, die vom Alter oder vom Typus her ohne weiteres als Tanzpartner zu Annabel oder Britta gepaßt hätten, aber die meisten dieser eher reifen Semester schienen den Standpunkt zu vertreten, daß sie sich wenigstens im Urlaub was Frisches verdient hatten. Der einzige Mann, der sich im Laufe des Abends an ihren Tisch verirrte, war der Kellner, und er forderte sie nicht zum Tanzen auf, sondern verlangte höflich, aber unnachgiebig, daß sie sich zu einem Drink auf Kosten des Hauses rüber an die Bar setzten, weil der Tisch für einen Stammgast benötigt wurde. Der Stammgast entpuppte sich als lärmende Horde minderjähriger, rastabezopfter Rap-Stars, die mit Zehntausendpesetenscheinen nur so um sich warfen.

Der Drink auf Kosten des Hauses, der ihnen von einem mißmutigen Barkeeper erst nach wiederholter Anfrage serviert wurde, war ein trübes, ziemlich bitter schmeckendes Gesöff, das wohl ein Bier sein sollte. Britta blies verdrossen den spärlichen Schaum von ihrem Glas. »Wir sind hier fehl am Platz.«

Annabel schwieg.

»Wann hat das eigentlich angefangen?« fragte sie nach einer Weile grübelnd.

»Was?«

»Daß wir alt sind.«

»Wir sind doch nicht alt!« protestierte Britta, doch es klang nicht besonders nachdrücklich. Annabel hatte recht. Neben diesen vielen niedlichen Discopüppchen, die in allen Stadien der Nichtbekleidung auf der Tanzfläche herumhüpften, konnte sich eine Frau über Dreißig nur wie eine Matrone jenseits von Gut und Böse fühlen.

»Mit dem richtigen Outfit könnten wir doch da noch locker mithalten«, sagte Britta trotzig.

Annabel nickte düster. »Kann schon sein. Aber nicht mehr in diesem Leben.«

2. Kapitel

Kurz vor dem Aufwachen träumte Annabel von Friedhelm, dem blonden Ben-Hur-Verschnitt. Er stand neben ihrer Liege am Pool und zog sich die Leopardenbadehose aus. »Was hältst du davon?« fragte er leutselig.

Annabel schluckte und starrte. Dort, wo andere Männer normalerweise ihre Geschlechtsteile am Körper trugen, befand sich bei ihm ein zusammengerollter Feuerwehrschlauch.

»Das ist ... eh ... das ist sehr ... uh ... sehr ungewöhnlich«, brachte Annabel stammelnd heraus.

»Nicht wahr?« Friedhelm reckte sich stolz und faßte den Schlauch beim metallenen Griffteil. Das ganze Gerät entrollte sich zu einer Länge von rund zehn Metern. »Damit habe ich jede Krise im Griff«, behauptete er, während er einen verborgenen Schalter betätigte. Eine weißliche Fontäne schoß aus dem Schlauch und bedeckte Annabel mit einem Teppich aus Löschschaum. Sie rang nach Luft und kämpfte sich mit rudernden Bewegungen aus der glitschigen Masse frei.

»Bäh«, keuchte sie. Dann schrie sie auf, weil sie sich den Ellbogen angeschlagen hatte.

Robert kam ins Schlafzimmer. »Alles in Ordnung? Brennt's irgendwo?«

»Nein«, stammelte sie, »alles gelöscht.«

»Wie bitte?«

»Ach, nichts.«

Annabel zog sich mühsam vom Fußboden hoch. Offenbar war sie aus dem Bett gefallen. Sie taumelte an Robert vorbei ins Bad, wo ihre verstörten, weit aufgerissenen Augen ihr aus dem Spiegel entgegenglotzten.

Robert kam ihr nach und blieb an der offenen Tür stehen. »Alles klar?«

»Geht so.« Sie spritzte sich kaltes Wasser ins Gesicht und stöhnte verhalten.

»War's lustig gestern nacht?«

Es klang nicht danach, als würde es ihn wirklich interessieren. Es war erst halb acht, und er war bereits fix und fertig angezogen. Sein sehniger Körper steckte in engen Radlerhosen, und an den Füßen trug er sündhaft teure Sportschuhe, speziell für Radfahrer. Eine Schirmkappe saß verkehrt herum auf seinen dunklen Locken, und seine braunen Augen funkelten unternehmungslustig. Er hatte seinen Rucksack umgeschnallt, in dem vermutlich bereits sein Laptop steckte. Das Gerät war nicht besonders groß und ließ sich daher hervorragend transportieren. Annabel arbeitete mit demselben Computer; sie hatte ihn erst vorigen Monat auf Roberts Empfehlung hin angeschafft.

»Was hast du vor?« wollte sie wissen.

Dumme Frage, sagte sein Blick.

»Fahrradfahren natürlich«, antwortete er lächelnd.

»Natürlich.«

31

»Britta pennt noch«, sagte er. »Grüß sie schön von mir, wenn sie aufsteht. Ich weiß nicht, wann ich wieder da bin. Tschüs dann.«

Und schon klappte die Haustür hinter ihm zu.

»Scheiße«, murmelte Annabel, ohne genau zu wissen, was sie mehr nervte – Roberts klammheimliches Verschwinden in aller Herrgottsfrühe oder der grauenhafte Traum von vorhin.

Der Schlauch hatte so bestürzend real ausgesehen, wie er sich auf sie zugeschlängelt hatte, geradezu tückisch, wie eine riesenhafte, hungrige Boa Constrictor in grellem Feuerwehrrot ...

Und es ließ sich nicht von der Hand weisen, daß der Löschschaum eine durchaus spermienähnliche Konsistenz gehabt hatte. Während einer eiskalten Dusche sann Annabel heftig über die psychologischen Implikationen ihres Alptraums nach. Ganz klar, ihr Unterbewußtsein hatte ihr damit eine Botschaft übermitteln wollen – aber welche? War es ein unbewußter Hilfeschrei, etwa in der Art, daß Annabel als völlig vertrocknete alte Ziege enden würde, wenn ihr nicht bald männliche Abhilfe zuteil wurde? Oder wollte ihr Es sie eher davor warnen, mit dem Feuer zu spielen?

Vorsorglich beschloß Annabels Über-Ich, den Traum sofort schriftlich zu fixieren, schon weil die erotischen Aspekte bei näherem Hinschauen durchaus etwas an sich hatten. Dergleichen machte sich immer gut in einem Roman, sozusagen als kleine freudianische Auflockerung. Außerdem konnte sie damit mindestens fünf Seiten füllen. Möglicherweise floß ihr gar, wenn sie erst angefangen hatte, zu tippen, im Eifer des Schaffens gleich ein brauchbarer Plot aus der Feder, mit dem sie für Bernhard einen Kurztext fabrizieren konnte.

Sie rubbelte ihr Haar trocken, schlüpfte in ihren Bademantel und ging ins Wohnzimmer, wo sie gestern abend ihren Laptop abgestellt hatte. Als sie das Gerät aufklappte, flimmerte die Anzeige für den Stand-by-Modus auf, und sofort merkte sie an der Desktop-Übersicht, daß dies nicht ihr PC war, sondern der von Robert. Er hatte aus Versehen ihr Gerät eingepackt und auf seine Radtour mitgenommen.

Annabel zuckte nur gleichmütig die Achseln. Mit dieser Verwechslung hatte sie kein Problem. Außer einer Romanüberschrift gab es auf der Festplatte ihres PC nur lauter leere Dateien. Robert würde sich weit mehr über den versehentlichen Tausch ärgern als Annabel, weil er sich ohne sein eigenes Equipment nicht ins Internet einloggen konnte. Wahrscheinlich war er schon vor der Siesta wieder da, um die Schlußnotierung der Frankfurter Börse nicht zu verpassen.

Annabel beschloß, daß sie bis dahin genauso gut Roberts PC benutzen und ihre Notizen anschließend auf Diskette überspielen konnte.

Mit heißem Wasser und Instantpulver bereitete sie sich in der kleinen Küche einen Cappuccino zu und ging anschließend mit ihrer dampfenden Tasse und Roberts Laptop auf die Terrasse hinaus, wo sie sofort anfing zu schreiben. Während sie noch dabei war, die Szene aus ihrem Traum ein bißchen erotisch aufzupeppen (»*Der armdicke Schlauch glänzte in einem feuchten, obszönen Rot, und im nächsten Moment entrollte er sich mit einem fleischigen Schnalzen zu seiner ganzen Länge von stattlichen zehn Metern ...*«), hörte sie Britta drinnen im Bungalow rumoren. Eine Minute später erschien sie dann, noch völlig verschlafen, mit strubbeligen Haaren und rot geränderten Augen. In der Nacht waren sie erst gegen halb vier von ihrem nächtlichen Streifzug durch Eivissa zurückgekommen.

»Robert ist schon weg«, sagte sie anklagend.

Annabel blickte mitfühlend auf. »Ich weiß. Ich soll dich schön grüßen.«

»Hat er gesagt, wann er wiederkommt?«

»Das wußte er nicht genau.« Annabel zeigte auf den Laptop. »Aber er hat seinen Laptop mit meinem verwechselt, also denke ich mal, daß er rechtzeitig zum Frankfurter Börsenschluß wieder hier sein dürfte, weil er sonst die Kurse nicht abfragen kann.«

Britta kam neugierig näher und setzte sich zu Annabel an den Tisch. »Er hat seinen heiligen PC hier vergessen? Na so was! He, das Ding ist ja an! Wie hast du das denn hingekriegt? Ich dachte immer, der startet nur mit Paßwort!«

Annabel zuckte die Achseln. »Robert muß ihn angemacht haben, bevor er gefahren ist. Aber keine Angst, ich geh nicht in seine Dateien.«

»Laß doch mal gucken.«

Britta zog den aufgeklappten Laptop zu sich heran.

»Moment mal, ich hab' schon fast drei Seiten geschrieben!« protestierte Annabel. »Speicher es wenigstens ab!«

»Ja ja.« Britta fummelte ungeduldig am Scroll-Pad herum, dann war sie im Datei-Manager und las halblaut Dateinamen vor.

»Was machst du da?« wollte Annabel wissen.

»Nix.«

34

»Du spionierst.«

»Na und?«

»Ich weiß nicht ...«

»Genau. Du weißt nicht. Und ich auch nicht. Aber gleich werde ich's wissen. Ich sage dir, Robert ist in letzter Zeit anders als sonst. Ganz anders.«

»Bist du sicher, daß du dir das nicht nur einbildest?«

»Hundertprozentig sicher. Und ich fühle, daß es mit diesem Ding zusammenhängt. Oh, klar, ich weiß schon lange, daß er chattet, das probiert ja wohl jeder mal aus, der im Internet ist. Aber das ist es nicht allein. Da ist noch was. Und ich werde es rausfinden.«

»Britta, du solltest ...«

»Da«, entfuhr es Britta halblaut. »Briefe.«

»Briefe? Was für Briefe?«

»Da ist eine Datei, die so heißt.«

»Briefe? Du meinst nicht vielleicht Briefing?«

»Nein, *Briefe*. Wie der Brief, der mit der Post und per E-Mail kommt. Der Liebesbrief zum Beispiel.« Britta hatte die gesuchte Datei gefunden. Sie starrte auf das Display und atmete geräuschvoll aus.

Annabel lugte ihr über die Schulter und wurde blaß, als sie die ersten Zeilen las.

»Oh, nein.« Sie schluckte krampfhaft. »Du solltest daraus keine voreiligen Schlüsse ziehen, Britta. Sicher gibt es dafür eine ganz einfache Erklärung.«

Britta las mit überquellenden Augen.

»Britta, vielleicht ist der Brief gar nicht von Robert.«

»Wieso steht dann *Dein notgeiler Robbie* drunter? Das ist genau sein Stil.«

»Vielleicht hat er das nur so aus Jux geschrieben. An niemand besonderen.«

35

Britta tippte mit dem Finger auf den Bildschirm. »Du hältst es für einen Jux, daß er hier schreibt: *Dieser Urlaub mit B. gibt mir den Rest. Jede Nacht neben B. im Bett zu liegen, während sich alles in mir nach Dir verzehrt, ist die schlimmste Folter?* Wenn es ein Jux wäre, müßte es irgendwie komisch sein. Findest du es komisch? Daß er mich B. nennt?« Den letzten Satz schrie sie mit überkippender Stimme heraus.

»Äh ... nein«, flüsterte Annabel.

»Er hat das hier auf Ibiza geschrieben«, sagte Britta tonlos. »Hier im Urlaub.«

»Britta ...«

»Warte.« Britta beugte sich vor. »Meine Güte. Das ist ja der Hammer. Siehst du das? Im dritten Absatz?«

»Ich seh's.«

Trotzdem las Britta es laut vor. »*Mein kleines heißes Eisen, ich sterbe vor Lust beim Gedanken an Deinen glühenden Schmelzofen, und ich würde alles dafür geben, jetzt, in diesem Moment, meinen Titanstab in diesem Feuer stählen zu können. Ich kann es kaum erwarten, meinen Bolzen endlich wieder in Deinem herrlichen Schraubgewinde zu versenken.*« Britta hielt inne und blickte zornig auf. »Was soll der Scheiß? Ist diese Schmelzkuh Metallurgin oder was?«

Annabel verkniff sich mit heroischer Anstrengung ein nervöses Kichern, während Britta mit der Zielstrebigkeit der schmählich Betrogenen ältere Dateien öffnete und weitere eisenharte Fakten zutage förderte.

»Ich bring ihn um«, knirschte sie. Dann heulte sie laut auf. »Guck mal! Guck dir das mal an!«

»Was denn?«

»Hier! Die Stelle!«

»Meinst du das: *Und für immer unvergeßlich bleiben wird mir der letzte Sonntag. Dieser Tag mit Dir im
Bett war das Schönste, was ich je erlebt habe. Mein
Gesicht an Deine herrlichen prallen Brüste zu schmie-
gen, mit der Zunge an Deinem Körper herabzugleiten
bis hin zu Deiner feuchten ...«* Annabels Stimme erstarb.

»Das hat er bei mir nie gemacht!« schluchzte Britta.
»Niemals! Nicht mit der Zunge!«

Annabel fiel keine Erwiderung ein. Sie legte tröstend den Arm um Brittas Schultern. Doch die war
noch nicht am Tiefpunkt ihres Jammertals angelangt.
Fieberhaft verglich sie im Geiste die Daten des Briefes
mit zurückliegenden Ereignissen, und plötzlich stieß
sie einen schrillen Schrei aus. Annabel zuckte zurück
und rieb sich das Ohr. »Mein Gott, was ist denn?«

»Dieser Sonntag – das war unser Hochzeitstag!«

»Wirklich?« fragte Annabel betroffen.

Britta nickte mit geschlitzten Augen. »Das war vor
genau sechs Monaten. Der achtzehnte Januar. Ich
weiß es noch wie heute, weil ich mich so wahnsinnig
darüber geärgert habe.«

»Worüber?«

»Du mußt dich doch auch daran erinnern. Ich weiß
noch, wie ich mit dir darüber gesprochen habe.«

»Im Januar? Warte mal ...« Annabel fühlte sich mul-
mig. »Stimmt. Du hattest mir erzählt, daß Robert auf
ein Wochenendseminar gefahren ist.«

»Genau.« Britta schlug mit der Faust auf den Tisch,
daß der Laptop hüpfte. »Weil er mir weisgemacht hat,
daß er unbedingt zu dieser Fortbildung muß. Jetzt wissen wir wenigstens, worin er sich fortbilden wollte.«

»Mensch, Britta, das tut mir so leid! Ich weiß genau, wie dir jetzt zumute ist!«

»Das sagst du doch bloß so.«

»Vergiß nicht, ich habe vor drei Monaten dasselbe durchgemacht.«

»Mit Harald, diesem Arsch? Das zählt doch nicht! Das kannst du doch überhaupt nicht vergleichen!«

»Wieso nicht?« Annabel war beleidigt. »Ich war immerhin fast zwei Jahre fest mit ihm zusammen.«

»Aber nicht verheiratet. Keine Ehe, keine Scheidung.«

»Okay, ich hatte keine Scheidungskosten, aber dafür mußte ich fast zehn Mille für die dämlichen Anzüge rüberschieben, weil er mich sonst gerichtlich belangt hätte. Das war unterm Strich auch nicht viel billiger als eine Scheidung. Und dabei habe ich nicht mal mitgerechnet, daß ich seitdem kein einziges Kapitel geschrieben habe. Normalerweise hätte ich in dieser Zeit einen ganzen Roman geschrieben und entsprechende Kohle dafür gekriegt. Du darfst nicht vergessen, daß ich von der Schreiberei lebe. Stell dir doch nur mal vor, ich könnte nie wieder eine Zeile zu Papier bringen. Bloß, weil ich vielleicht nie mehr in der Lage bin, dieses gewisse erotische Prickeln zu beschreiben.« Annabel spürte den Schauder, der ihr bei diesen Worten über den Rücken lief, und hastig klopfte sie auf den Tisch, obwohl der nicht aus Holz, sondern aus Plastik war.

Gereizt hob Britta den Kopf. »Du lieber Himmel, soll mir das vielleicht ein Trost sein?«

»Das wäre es, wenn du einsehen würdest, daß dieses blöde Gesülze über Titanstäbe und Schmelzöfen

38

nicht schlimmer ist als das, was mir passiert ist. Ich habe Harald schließlich in flagranti erwischt.« Mit zornbebender Stimme setzte Annabel hinzu: »Und er hat dabei ausgesehen wie ein widerliches, brünstiges Schwein. Ich sehe ihn immer noch vor mir. Wie soll ich erotische Bücher schreiben, wenn ich dabei immer an grunzende Schweine denken muß?«

»Dann schreibst du eben Krimis«, meinte Britta mit dumpfer Stimme.

Annabel überging dieses lächerliche Ansinnen. »Lassen wir diesen Aspekt meiner Trennung mal beiseite. Das war sowieso nicht das schlimmste.« Annabel hatte sich ihren Trumpf bis zum Schluß aufgespart. »Das schlimmste war: Harald hat es mit Claudia gemacht. Das wäre ungefähr so, als wenn ich es mit Robert treiben würde. Stell dir doch mal vor, ich wäre diese komische Eisentussi aus den Briefen. Wie würdest du dich wohl dann erst fühlen?«

Britta ließ den Kopf hängen. »Du hast recht. Tut mir leid. Du hast gleich zwei Menschen verloren, die dir nahestanden.«

»Harald ist mir im nachhinein echt scheißegal«, schränkte Annabel sofort ein. »Aber daß es ausgerechnet Claudia sein mußte, die mit ihm ins Bett gestiegen ist – das hängt mir heute noch nach. Immerhin hab' ich sie seit dem Sandkasten gekannt, und wir waren immer ein Herz und eine Seele.«

»Ich schwöre dir, von mir hättest du so was niemals zu befürchten«, gelobte Britta inbrünstig. Und im nächsten Moment brach sie mit einem Heulkrampf zusammen.

»Kann ich vielleicht irgendwas für Sie tun?«

Annabel und Britta fuhren beim Klang der männlichen Stimme hoch. Magnus Knapp stand hinter der Trennmauer auf der Terrasse des Nachbarbungalows und schaute besorgt zu ihnen hinüber.

»Also, ich weiß nicht ...«, begann Annabel beklommen.

Britta sprang aufschluchzend auf und stürzte ins Haus.

»Das ist jetzt leider nicht so ganz passend«, meinte Annabel. »Aber trotzdem vielen Dank für das Angebot.« Und schon war auch sie im Haus verschwunden.

Magnus hörte das Heulen der Frau, die zuerst hineingerannt war, durch die geschlossenen Fenster hindurch. Die Bungalows verfügten über eine recht gute Schallisolierung, doch der Lautstärke einer Signalboje waren sie nicht gewachsen. Liebeskummer, was sonst.

Achselzuckend wandte er sich ab und ging zurück in die kleine Küche seines eigenen Ferienbungalows, wo er sich gerade eine Tasse Tee zubereitet hatte. Sein Magen knurrte heftig, und einen Moment lang überlegte er, ob er nicht doch rasch zum Frühstücken gehen sollte. Doch dann entschied er, auf Charlie zu warten. Sie sollte unbedingt das Gefühl haben, daß er für sie da war, wenn sie ihn brauchte. Irgend etwas stimmte nicht mit ihr, soviel war sicher. Er hatte zwar keine Ahnung, was genau es war, doch für ihn stand fest, daß seine Tochter sich anders benahm als sonst. Der Unterschied war nicht besonders groß, und jemandem, der sie nicht so genau kannte wie er, wäre er vielleicht gar nicht aufgefallen, denn Charlie war schon immer ein unglaublich impulsives, rein emotionales Geschöpf gewesen. Ihre Sprunghaftigkeit und ihre Launen hätten einen weniger gefestigten Menschen als ihn sicher längst an der Vaterrolle verzweifeln lassen. Wenn er an die diversen Eskapaden zurückdachte, die sich Charlie seit ihrem ersten Lebensjahr geleistet hatte, überkam ihn regelmäßig ein heftiges Schaudern. Im Alter von dreizehn Monaten war sie das erste Mal weggelaufen. Ihre Mutter hatte die Kleine nur einen winzigen Moment aus den Augen gelassen, als sie an der Kasse einer Boutique etwas bezahlen wollte. Flugs war Charlie, die schon damals sehr gelenkig gewesen war, aus ihrem Buggy geklettert und im Gewimmel des unübersichtlichen Einkaufscenters verschwunden. Erst Stunden später war sie zwischen den Kleiderrondellen eines Jeansshops aufgegriffen worden, laut brüllend, mit triefender Windel und völlig verängstigt. Dieses Trauma hatte sie indessen nicht von weiteren Extratouren abgehalten. Mit sechs Jahren war sie aus der Schule abgehauen, weil sie den Lehrer bescheuert fand. Anstatt einfach nach Hause zu gehen, hatte sie ihrer Abenteuerlust nachgegeben und war in einen Intercity nach Hamburg gestiegen. Erst am nächsten Tag hatte die bundesweite Suchmeldung der Polizei Erfolg gehabt.

Mit zwölf hatte sie sich unsterblich in ihren Reitlehrer verliebt, einen dreißigjährigen Familienvater, und als der keine Anstalten machte, in Leidenschaft zu ihr zu entbrennen, klaute sie kurzerhand eines seiner Pferde, um nach Frankreich zu reiten, wo ihre Brieffreundin lebte. Weil sie den genauen Weg nicht kannte, nahm sie praktischerweise die Autobahn. Sie war schon fast in Straßburg gewesen, als sie endlich gestoppt werden konnte.

Mittlerweile war sie achtzehn und schien etwas vernünftiger geworden zu sein. Sie war eine gute Schülerin, und sehr zu Magnus' Erleichterung hatte es in den letzten Jahren in ihrem Umfeld keine größeren privaten Katastrophen gegeben. In der achten Klasse war sie vorübergehend in ihren Deutschlehrer verknallt gewesen, doch das hatte sich zum Glück als rasch niederbrennendes Strohfeuer entpuppt. Auch der im letzten Jahr spontan gefaßte Entschluß, nach Hollywood zu ziehen und Filmschauspielerin zu werden, war nicht lange aktuell geblieben.

Bis vor kurzem war die Mitgliedschaft in einem Fitneßstudio ihre einzige große Leidenschaft gewesen. Im letzten Herbst hatte sie angefangen zu trainieren, meist mindestens zweimal, häufig sogar drei- oder viermal die Woche, mit einem Eifer, der an Besessenheit grenzte. Magnus begann sich bereits zu wundern, daß sie so lange bei der Stange blieb, bis sie vorigen Monat plötzlich verkündet hatte, von Fitneß die Nase voll zu haben.

Seitdem hatte Magnus den Eindruck, daß sie verändert war, und zwar in einer Art, die ihm Sorgen bereitete. Charlie schien ihren gewohnten Überschwang verloren zu haben. Viel häufiger als sonst saß sie in ihrem Zimmer, in stummer Grübelei versunken und von donnerndem Heavy Metal beschallt. Ab und zu kam es ihm so vor, als hätte sie geweint, doch auf seine vorsichtigen Fragen reagierte sie einsilbig.

Deshalb hatte er auch nur kurz gezögert, als sie ihn vor ein paar Wochen gefragt hatte, ob er nicht mit ihr nach Ibiza fahren könnte. Sie wollte endlich mal wieder was erleben, hatte sie gesagt. Magnus hatte in seiner Erleichterung über diesen Stimmungsumschwung spontan einen Last-Minute-Urlaub für sie beide gebucht. Kurt, sein Sozius, hatte ein bißchen gemeckert, weil einige Gerichtstermine anstanden und weil Magnus seinen Urlaub ursprünglich erst für September eingetragen hatte, doch das war nicht mehr gewesen als ein kumpelhaftes Geplänkel. Kurt würde ein paar Überstunden einschieben, und damit hatte es sich. Er war nicht nur Magnus' Sozius, sondern auch seit Jahren sein bester Freund. Er wußte genau, daß Magnus der Kanzlei nicht einfach zur Unzeit den Rücken kehrte, wenn es ihm nicht wirklich wichtig wäre. Und Charlie war Magnus wichtiger als alles andere. Obwohl sie nicht immer bei ihm war, war sie ein fester Bestandteil seines Lebens. Während der letzten drei Monate hatte sie in seinem Haus gelebt, doch es konnte gut sein, daß sie demnächst beschloß, den Rest des Jahres bei ihrer Mutter zu verbringen.

Charlie wohnte abwechselnd bei ihm und bei seiner geschiedenen Frau, gerade so, wie es ihr in den Kram paßte. Magnus und Ingrid, seine Exfrau, hatten es längst aufgegeben, Charlie auf bestimmte Zeiten festlegen zu wollen. Zum Glück war Charlie nicht jemand, der dazu neigte, Menschen gegeneinander auszuspielen, deshalb verteilte sie im großen und ganzen ihre Zeit recht gleichmäßig auf die beiden Elternteile. Im übrigen lebte sie ihr eigenes Leben, denn als Kind vielbeschäftigter Eltern hatte sie früh lernen müssen, selbständig zu sein. Ingrid war eine erfolgreiche Theaterintendantin, und er selbst hatte sich als Strafverteidiger einen guten Namen gemacht. Die Kanzlei hatte in den letzten paar Jahren einen rasanten Aufschwung genommen, und momentan hatte er mehr zu tun, als ihm lieb war. Er nahm sich für die Abende und die Wochenenden regelmäßig Arbeit mit nach Hause, weil er es anders nicht schaffte. Kurt und er hatten neulich gemeinsam beschlossen, noch dieses Jahr endlich einen Assessor einzustellen, damit sie nicht in Arbeit erstickten. Es war wirklich höchste Zeit, wieder mehr an Privates zu denken. Magnus konnte sich kaum erinnern, wann er das letzte Mal mit einer Frau aus gewesen war.

Reumütig dachte er an die Brünette von nebenan. Annabel. Ihr Name war genauso lieblich wie alles andere an ihr, fand er. Sie war ihm schon am Tag seiner Ankunft aufgefallen, und als sich gestern die Gelegenheit ergeben hatte, sie anzusprechen, hatte er keinen Moment gezögert. Ihr hübsches, herzförmiges Gesicht mit den klaren, dunklen Augen und ihre sanft gerundete Stundenglasfigur erinnerten ihn lebhaft an die Frauengestalten von Manet. Er hätte sich liebend gern noch eine Weile mit ihr unterhalten, und unter anderen Umständen hätte er sich bestimmt zu ihr gesetzt und das Gespräch fortgeführt. Doch leider waren die Umstände zufällig gerade nicht ganz normal, denn keine Minute vorher hatte er Charlie weglaufen sehen. Eben noch stand sie am Pool und betrachtete irgend etwas, und im nächsten Moment war sie auch schon davongestürzt, in Richtung Bungalow. Magnus hatte auf die Entfernung ihre Augen nicht sehen können, doch ihrem Gesichtsausdruck zufolge hätte er schwören können, daß sie kurz davorstand, in Tränen auszubrechen. Also war ihm nichts anderes übriggeblieben, als Annabel eine Ausrede über angebliche Pflichten aufzutischen und Charlie nachzueilen.

Sie hatte sich in ihrem Schlafzimmer eingeschlossen und weigerte sich, mit ihm zu reden. Als Magnus wissen wollte, ob irgend jemand sie belästigt hätte, ließ sie ein schrilles Lachen hören. Eine Stunde später kam sie wieder zum Vorschein, blaß, aber gefaßt – und vor allem fest entschlossen, über den ganzen Vorfall kein einziges Wort zu verlieren.

Es war Magnus schwergefallen, das Gefühl der Hilflosigkeit niederzukämpfen, das ihn wie immer bei solchen Anlässen zu überwältigen drohte.

Nach dem gestrigen Abendessen hatten sie noch eine Zeitlang gemeinsam auf der Terrasse gesessen und sich ganz bewußt nur über belanglose Themen wie Schule, Sport oder Studium unterhalten. Dazu hatten sie ein paar Gläser von dem Rioja getrunken, den Magnus im Supermarkt besorgt hatte. Genauer gesagt hatte Magnus den Rioja getrunken. Charlie hatte sich an Saft gehalten.

Gegen Mitternacht war sie dann abgezogen, aufgerüscht und angemalt, um auf Discotour zu gehen. Sie hatte ihn gar nicht erst gefragt, ob er mitkommen wollte, und ihm war sofort klar gewesen, daß sie allein losziehen wollte. Ihm war nicht wohl dabei gewesen, doch was hätte er tun sollen? Sein kleines Mädchen war erwachsen, und er konnte sie nicht ewig beschützen. Schon gar nicht, wenn er keine Ahnung hatte, wovor.

Zum selben Zeitpunkt, als Magnus über den gestrigen Tag nachdachte, war besagtes kleines Mädchen bereits aufgewacht, weil das Geheul der Frau von nebenan unüberhörbar gewesen war. Charlie kämpfte sich aus dem Bett und ging unter die Dusche. Sie war erst vor drei Stunden vom Tanzen zurückgekommen. Die meisten Discos auf Ibiza machten nicht vor Mitternacht auf, und so richtig Stimmung kam meist erst ab zwei Uhr oder später auf. Magnus hatte ihr fünfhundert Mark Taschengeld für den Urlaub gegeben, doch damit würde sie nicht weit kommen. Der Eintritt, ein oder zwei alkoholfreie Longdrinks, das Taxi für die Rückfahrt – schon waren reichlich hundert Mark futsch.

Unter der Dusche ließ sie ihren Gefühlen freien Lauf und tat das, was sie sich für den Rest des Tages verkneifen mußte, damit niemand merkte, was mit ihr los war: Sie heulte zum Steinerweichen. Einmal am Tag brauchte sie das, daran gab es nichts zu rütteln. Anscheinend war es vollkommen normal, daß Frauen in ihrem Zustand häufig heulten. Im Internet war sie auf zahlreiche Informationen gestoßen, die in diese Richtung deuteten. Es hatte mit den Hormonen zu tun.

Über Hormone hatte sie in den letzten Monaten viel gelernt. Nicht nur über Schwangerschaftshormone, sondern vor allem solche, die bei Männern die Muskeln anschwellen und die Hoden schrumpfen ließen. Friedhelm hatte ihr alles über Anabolika und Steroide erzählt. Zeitweilig hatte er sogar selbst darauf zurückgreifen müssen, das taten alle, aber immer mit Bedacht und niemals zuviel, vor allem nicht vor den Wettkämpfen.

Charlie war aus der Dusche gestiegen. Friedhelm. Sie merkte, wie sie mit den Zähnen knirschte. Ihr ganzes Denken kreiste um diesen Kerl. Es gab natürlich nur eine Lösung für ihr Dilemma. Er mußte sterben. Anders ging es nicht.

Charlie hatte gründlich darüber nachgedacht und ihre Entscheidung erst getroffen, nachdem sie alle Aspekte gegeneinander abgewogen hatte. Schließlich wollte sie sich nachher nicht irgendeine dämliche Kurzschlußreaktion vorwerfen müssen. Es mußten alle nur denkbaren Punkte berücksichtigt werden, fairerweise auch solche, die zu Friedhelms Entlastung ins Feld geführt werden konnten.

Dennoch hatte sie ihre Entscheidung in überraschend kurzer Zeit treffen können, denn die Liste mit den Entlastungstatbeständen war kläglich kurz ausgefallen, genauer gesagt, bestand sie nur aus einem einzigen Punkt, nämlich daß sie selbst so dämlich gewesen war, auf ihn reinzufallen – im Grunde also gar keine echte Entschuldigung für sein Verhalten.

Die Liste seiner Verfehlungen war dagegen unendlich lang, weshalb Charlie sich gar nicht erst die Mühe gemacht hatte, eine Aufstellung anzufertigen. Sie hatte sich der Einfachheit halber darauf beschränkt, alle Negativ-Punkte zu einem einzigen zusammenzufassen: Er war ein Arsch.

»So ein Arsch, so ein Arsch, so ein Arsch«, murmelte sie vor sich hin, während sie ihr Haar trockenfönte. Schon allein im Interesse des Kindes mußte sie dafür sorgen, daß dieser Arsch nie wieder Hanteln stemmte oder dümmlichen kleinen Engländerinnen nachstellte. Kein Mensch konnte von ihr verlangen, daß sie ihrem

47

Kind so einen Vater zumutete. Charlie hatte sich die Worte schon zurechtgelegt, die sie ihrem süßen kleinen Sprößling in ein paar Jahren sagen würde: »Dein Papi ist leider bei einem Unfall ums Leben gekommen, Schatz! Ach, er war ein so gut aussehender Mann!«

Leider stellte die Verwirklichung der ersten Aussage sie vor Probleme. Charlie hatte nach kurzer Zeit akzeptieren müssen, daß es kaum ein schwierigeres Unterfangen gab als einen geplanten – tödlichen! – Unfall. Nicht, daß sie nicht eine ungeheure Menge Ideen für ein möglichst effizientes Dahinscheiden dieses Arsches ausgetüftelt hatte, o nein! Daran mangelte es ihr keineswegs. Von dem als Vitamindrink getarnten tödlichen Hormoncocktail bis hin zu einer Überdosis Viagra war ihr schon alles mögliche eingefallen. Besonders gut gefallen hatte ihr der Gedanke an einen Exitus in der Sauna. Wenn sie hätte wählen können – sie hätte sich dafür entschieden, ihn genau da zu killen.

Sie malte sich das komplette Szenario aus:

Friedhelm saß schwitzend in der Sauna und wichste nichtsahnend still vor sich hin (zufällig hatte sie ihn einmal dabei erwischt), und plötzlich ging das Licht aus. Friedhelm wichste noch eine Weile weiter, doch dann merkte er, Narziß, der er war, daß es halb so interessant war, sich im Dunkeln einen runterzuholen. Er ließ also widerwillig seinen Schwanz los, stand auf, ging zur Tür. Bekam sie nicht auf. Fing an zu rütteln. Zu reißen. Zu klopfen. Dann zu brüllen. Niemand hörte ihn, denn alle waren schon nach Hause gegangen. Es war dunkel. Unterdessen wurde es natürlich immer

48

heißer und heißer. Der Sauerstoff wurde knapp, zumal Friedhelm so blöd war, immer weiter zu brüllen. Tja, Pech gehabt. Am nächsten Morgen war Friedhelm rot wie ein gekochter Hummer. Und mausetot.

Charlie seufzte bedauernd. Daraus würde wohl nichts werden. Saunatüren hatten bekanntlich kein vernünftiges Schloß, und selbst, wenn es ihr irgendwie gelingen sollte, rasch eins anzubringen, während Friedhelm drinnen schwitzte, war noch lange nicht gewährleistet, daß es auch hielt. Auf der einen Seite eine dünne Fichtenholztür, auf der anderen hundert Kilo geballter Muskelmasse – es war klar, wie das ausgehen würde. Ein harter Tritt, und Friedhelm würde seelenruhig unter die Dusche marschieren können.

Ganz abgesehen davon war da auch die Sache mit dem Knast zu bedenken. Auf keinen Fall wollte Charlie ins Gefängnis. Allerdings würde nicht einmal ein Spitzenverteidiger wie Magnus sie davor bewahren können, mindestens fünf Jahre abzubrummen, wenn sie jemanden umlegte und sich dabei erwischen ließ.

Also mußte sie darauf achten, daß sie nicht aufflog. Auf drei Dinge mußte sie dabei ihr Augenmerk ganz besonders richten: Mittel, Motiv, Gelegenheit.

Jeder halbwegs intelligente Ermittler wußte, daß es exakt auf diese drei Dinge ankam. Konnte nämlich irgend jemandem in einem Mordfall Mittel, Motiv und Gelegenheit zugeordnet werden, war es so gut wie sicher, daß dieser Jemand auch der Täter war. Charlie war völlig klar, daß sie ihr Vorhaben unter diesen Umständen sehr genau planen mußte, um nicht die lästigen Konsequenzen tragen zu müssen. Leider drängte die Zeit. Wenn demnächst erst ihr Bauchumfang zunahm, wäre es mit der nötigen Mobilität und Flexibilität zur Umsetzung etwaiger Eliminierungspläne nicht mehr weit her. Was immer sie tun wollte – es mußte bald passieren. Sehr bald.

Folglich brannte Charlie förmlich darauf, Friedhelm möglichst noch während des Urlaubs um die Ecke zu bringen. Sie hatte sogar schon überlegt, sich hier auf der Insel eine Schreckschußpistole zu kaufen. Irgendwo hatte sie mal gelesen, daß man jemanden damit gut umbringen konnte, wenn man die Mündung direkt aufsetzte, vorzugsweise in unmittelbarer Nähe eines lebenswichtigen Organs, weil dann nämlich die Druckwelle tödlich wirkte.

Bei ihrer Abreise war sie noch davon überzeugt gewesen, daß sich hier auf Ibiza eine günstige Gelegenheit ergeben könnte, das Problem Friedhelm aus der Welt zu schaffen, doch mittlerweile war sie nicht mehr so sicher. Bis jetzt hatte der Arsch nicht eine Minute allein verbracht. Irgendwie hatte er es geschafft, jede Nacht eine andere abzuschleppen. Und am hellichten Tag konnte sie schlecht hingehen und ihn am Pool mit einer Schreckschußpistole erledigen. Nein, an diesem Plan – sofern davon überhaupt schon die Rede sein konnte – mußte sie noch arbeiten. Wenn sie doch nur nicht so mit den Nerven runter gewesen wäre!

3. Kapitel

Nachdem sie sich angezogen und zurechtgemacht hatte, ging sie mit Magnus zum Frühstücken ins Restaurant der Anlage. Falls er bemerkt hatte, daß ihre Augen verschwollen aussahen, gab er jedenfalls keinen Kommentar dazu ab. Charlie liebte ihn doppelt dafür. Immer achtete er darauf, ihr die nötigen Freiräume zu lassen. Nie versuchte er, sie zu bevormunden. Einen besseren Vater konnte sie sich nicht wünschen. Jedes Kind verdiente einen Vater wie ihn. Schade, daß ihres keinen haben würde. Aber immer noch besser keinen als Friedhelm.

Magnus tat sich am Büfett reichlich Rührei auf, während Charlie sich auf ein Croissant beschränkte. Seit ein paar Tagen war ihr morgens übel. Das war zu erwarten gewesen, aber irgendwie hatte sie gehofft, daß ihr wenigstens das erspart bleiben würde. Es war eher ein flaues Gefühl im Magen als ein richtiger Brechreiz, doch es war mehr als ausreichend, um ihr den Appetit zu verderben. Zumindest bis mittags. Dann bekam sie regelmäßig Heißhunger in unvorstellbarem Ausmaß. Sie konnte nicht anders, als sich mit allem Erreichbaren vollzustopfen, in den letzten Tagen meist Pommes frites und Unmengen von Eis an der Poolbar, weshalb sie auch seit ihrer Ankunft ihrer Schätzung nach schon mindestens fünf Pfund zugenommen haben mußte. Ihr graute vor dem Augenblick, in dem sie das nächste Mal auf eine Waage steigen mußte. Auch das hatte sie Friedhelm, dem Arsch, zu verdanken. Ein Grund mehr, der gegen seine Daseinsberechtigung sprach. Während er sich im Vollgefühl seiner männlichen Stromlinienform sonnen konnte, würde sie demnächst wie ein wandelndes Faß durch die Gegend laufen müssen. Sie haßte den Gedanken, fett zu werden. Fette Frauen waren ihr ein Greuel. Fett war ein Synonym für mangelnde Disziplin. Nur wer hemmungslos und ohne nachzudenken Essen in sich reinstopfte, wurde fett. Jedes Pfund Übergewicht war der lebendige, schwabbelnde Beweis für fehlende Hirnmasse. Intelligente Menschen wußten, wann sie aufzuhören hatten.

Für die Schwangerschaft galten natürlich andere Gesetze. Auch darüber wußte Charlie aus dem Internet Bescheid. Verstand und Intelligenz wurden vorübergehend durch die Hormone außer Gefecht gesetzt. Hormone zwangen die Frauen, saure Gurken, Schokoladeneis und Sahnetrüffel durcheinander zu futtern, ohne jede Rücksicht auf Kalorien oder Cholesterin. So betrachtet war die Schwangerschaft der erste Schritt einer Frau auf dem Weg zu bleibendem Übergewicht, denn einmal angefressen, gab es kaum Hoffnung, die Polster wieder loszuwerden. Charlie hatte sich eingehend zu dem Thema informiert. Sie wußte alles über den Jojo-Effekt. Fasten, Fettsein, Fasten, Fettsein – nicht gerade rosige Aussichten für die Zukunft einer Abiturientin, die zu den Prüfungsklausuren als trächtige Mutterkuh auflaufen mußte. Sie durfte gar nicht daran denken, sonst war der nächste Heulkrampf vorprogrammiert.

Abgesehen davon war sie momentan mit ihrem Aussehen nicht unzufrieden. Ihr Gesicht wirkte weicher und glatter als sonst; ihre Haut schimmerte wie Perlmutt unter der Sonnenbräune, und auch ihr Busen kam ihr üppiger vor, wenigstens ein positiver Aspekt an der ganzen Sache.

Magnus nahm einen Schluck von seinem Kaffee. »Bist du gut drauf?«

Charlie kaute lustlos auf ihrem Croissant herum. »Super.«

»Was hast du nachher vor?«

»Weiß noch nicht.« Das hing ganz davon ab, was Friedhelm vorhatte, aber davon konnte sie Magnus natürlich nichts sagen.

»Hättest du nicht Lust, ein bißchen was von der Insel zu sehen?«

»Tut mir leid, auf Kirchen und Museen habe ich keine Lust.«

»Ich dachte eher an eine Bootsfahrt. In der Gegend um Es Vedrá soll man hervorragend schnorcheln können.«

Charlie hätte für ihr Leben gern geschnorchelt, doch andere Dinge hatten Vorrang. »Vielleicht morgen«, meinte sie ausweichend.

»Ist alles in Ordnung?«

Sie hörte den besorgten Ton in seiner Stimme, und als sie den Ausdruck hingebungsvoller Zuneigung sah, mit dem er sie betrachtete, wäre sie um ein Haar schwach geworden und hätte hier, vor allen Leuten, angefangen zu heulen. Statt dessen zwang sie sich zu einem breiten Lächeln. »Alles in Ordnung.« Sie nahm seine Hand und drückte sie. »Wirklich, Papa.«

Magnus betrachtete sie wehmütig. So hatte sie ihn schon lange nicht mehr genannt. In der letzten Zeit war sie dazu übergegangen, ihre Eltern beim Vornamen zu nennen, schließlich seien sie dafür noch jung genug. Magnus wußte, daß seine Exfrau sich deswegen geschmeichelt fühlte, doch er selbst empfand dabei ein unbestimmtes Gefühl des Verlustes.

»Soll ich dir noch Kaffee holen?« fragte sie.

»Bitte.« Er schob ihr seine Tasse hin, und sie stand auf, um zum Kaffeeautomaten zu gehen.

Nachdem sie ihm frischen Kaffee geholt hatte, trank sie ihre eigene Tasse mit ein paar Schlucken aus. »Ich geh' ein bißchen in die Stadt, und später will ich zum Strand.«

»Nimmst du den Wagen?«

»Wenn du nichts dagegen hast.«

»Natürlich nicht. Amüsier dich gut.«

»In Ordnung.« Sie gab sich Mühe, sein Lächeln zu erwidern, während sie sich zum Gehen wandte. Er schaute ihr stirnrunzelnd nach. Ob sie Liebeskummer hatte? Das wäre immerhin eine Möglichkeit. Eine sehr naheliegende sogar. Warum hatte er nicht eher daran gedacht? Keine Frau war gegen derlei Sorgen gefeit. Und Charlie war eine Frau, nicht wahr? Noch jung, aber längst alt genug, um Ärger mit Männern zu haben. Nachdenklich trank Magnus seinen Kaffee aus. Ihre Männerprobleme hatte Charlie noch nie mit ihm besprochen. Vielleicht wollte sie das mit sich selber ausmachen. Oder mit ihrer Mutter. Ob er Ingrid mal darauf ansprechen sollte?

54

Müßig ließ er seine Blicke durch den vollbesetzten Saal schweifen. Die Sonne fiel durch die blankgeputzten Flügeltüren und malte helle Sprenkel auf den sauberen Terracottafußboden und die weiß getünchten Wände. Dies war ein Raum zum Wohlfühlen, eigens dazu hergerichtet, dem Urlauber für sein Geld ein Maximum an Komfort und Entspannung zu bieten. Liebevoll arrangierte Blumenbuketts schmückten die Tische und Theken mit den Speisen. Einzelbüfetts waren in lockerer Anordnung über die Weite des Raums verteilt, was der Umgebung jenen Anstrich von familiärer Gemütlichkeit verlieh, die ein ausgedehntes, spätes Frühstück erst richtig zum Genuß werden ließ.

Junge Frauen mit weißen Schürzchen über ihren dunklen Kleidern gingen lächelnd umher und räumten gebrauchte Gedecke ab, und hinter den Theken mit den warmen Speisen sorgten freundliche Köche für den ständigen Nachschub an internationalen Lekkerbissen. Sie brieten Spiegeleier, Speck und Würstchen, buken Pfannkuchen und kochten Eier. Der Oberkellner, wie immer ganz formell in schwarzem Anzug mit Fliege auf weißer Hemdbrust, bewegte sich geschmeidig durch den Raum und sah überall diskret nach dem Rechten.

Magnus folgte ihm mit seinen Blicken, und dann erhellte sich seine Miene, als er ein paar Tische weiter Annabel sitzen sah. Sie war allein. Ohne groß zu überlegen, stand er auf und ging mit seiner Kaffeetasse zu ihr hinüber.

»Störe ich? Kann ich mich auf einen Kaffee zu Ihnen setzen?«

Sie blickte auf. Ihre Stirn war leicht gerunzelt, ihre Augen wirkten nachdenklich, doch als sie ihn erkannte, lächelte sie spontan. »Gerne.« Sie deutete auf den freien Stuhl. »Bitte.«

Er setzte und überlegte dabei krampfhaft, wie er möglichst elegant ein nettes Gespräch in Gang bringen konnte. In diesen Dingen war er ein wenig aus der Übung. Juristische Fachsimpeleien hätte er stundenlang von sich geben können, ohne ein einziges Mal zu stocken, doch mit einer hübschen Frau zusammen am Frühstückstisch zu sitzen und unbefangen gesellschaftliche Konversation zu betreiben – das überforderte ihn auf die Schnelle.

Heftig sann er über diverse Möglichkeiten nach, wie er das Gespräch eröffnen konnte. Locker mußte es klingen, absolut beiläufig, unverkrampft und möglichst interessant. Oder witzig. Am besten natürlich alles auf einmal.

Bloß kein Statement über das Wetter. Das wäre wahrlich das letzte. Lieber würde er sich die Zunge abbeißen, als vom Wetter anzufangen. Schon gar nicht mit einer saublöden Bemerkung wie *Heiß heute, oder?*

Nur einem Volltrottel konnte entgangen sein, wie heiß es hier war, und zwar täglich. Magnus hielt sich nicht für einen Volltrottel, im Gegenteil. Er war ein Volljurist, und zwar einer mit zwei hervorragenden Prädikatsexamina und einem Doktortitel.

Er hatte es nicht nötig, in Gesellschaft über das Wetter zu schwadronieren. Seiner Meinung nach zeugte es von einem beklagenswerten Mangel an Eloquenz und Intelligenz, auf offenkundigen Tatsachen herumzureiten, nur weil einem nichts Besseres einfiel. Dasselbe galt für etwaige Bemerkungen über das Essen oder die Anlage. Es verbot sich sozusagen von selbst, davon anzufangen, denn auch damit würde er sie höchstens darauf aufmerksam machen, daß ihm nichts besseres einfiel.

Aber was sollte er sonst sagen? Sollte er ihr ein Kompliment über ihr Kleid machen? Es war wirklich sehr hübsch, ein locker fallendes, seidiges Etwas im goldbraunen Farbton ihrer Augen. Und die einfallende Sonne erzeugte muskatfarbene Reflexe auf ihrem brünetten Haar, ganz zu schweigen von der Haut ihrer bloßen Arme, die im hellen Vormittagslicht im Glanz barocker Perlen schimmerte ...

Während er sein Gehirn noch verzweifelt nach möglichen Gesprächsthemen durchforstete, machte sich seine Zunge selbständig.

»Heiß heute, oder?«

»Sehr«, stimmte sie höflich zu.

Er holte tief Luft. »Es ist überhaupt überdurchschnittlich heiß hier im Sommer.«

Idiot, fuhr er sich in Gedanken an. Überdurchschnittlich im Verhältnis zu was? Wie hatte er eine so dämliche Bemerkung machen können? Keine Frage, nach allen nur denkbaren Maßstäben war, was er gerade von sich gegeben hatte, ein Schlag ins Wasser. Für derlei Äußerungen gab es sogar eine Reihe juristischer Fachausdrücke. Unsubstantiiert, unerheblich, unschlüssig und unbegründet.

Am besten sagte er gar nichts mehr.

Annabel spielte mit ihrem Kaffeelöffel. Ihm fiel auf, daß ihre Hände schön geformt waren, schlank und mit langen, grazilen Fingern. Allerdings waren die Nägel radikal abgebissen. Irgendwie rührte ihn das. Es gab ihr etwas Kindliches, Unvollkommenes, ein kleiner Beweis dafür, daß auch sie nur ein Mensch mit Problemen war. Am liebsten hätte er ihre Hand genommen und sie gestreichelt. Ganz sacht, um sie nicht zu verschrecken. Und danach ... Gerade überlegte er, wie er vom Wetter auf irgendeine nette, gemeinsame Urlaubsaktivität überleiten konnte, als sie anfing, zu sprechen. »Heute morgen ...« Sie hielt inne, räusperte sich und fing erneut an. »Britta – das ist meine Freundin ...« Abermals stockte sie und rührte hastig ihren Kaffee um, als könnte sie dort den Stein der Weisen finden. »Ich weiß nicht, wieviel Sie gehört haben, aber ich hoffe, Sie haben keinen falschen Eindruck von uns bekommen.«

»Ich wollte nicht lauschen.«

»Das ging ja wohl nicht anders«, sagte Annabel seufzend. »Sie war ziemlich ... laut. Haben Sie viel mitgekriegt?«

»So ziemlich alles, glaube ich«, bekannte Magnus.

»Oh.« Annabels Wangen röteten sich. Sie schob den Daumennagel in den Mund und fing an zu knabbern, dann besann sie sich und legte die Hand hastig wieder auf den Tisch.

»Tut mir leid«, sagte Magnus verlegen. »Ich meine ... ich habe nebenan gesessen, auf der Terrasse, und ich konnte nicht ... ich wollte nicht absichtlich ... Bitte, entschuldigen Sie vielmals«, schloß er hastig.

»Schon okay.«

»Geht es ihr wieder besser?« fragte Magnus taktvoll.

»Ähm ... ein bißchen.«

Annabel hatte keine Ahnung, ob das den Tatsachen

entsprach. Nach außen hin hatte Britta zumindest wieder einen relativ gefaßten Eindruck gemacht, als Annabel vorhin zum Frühstück aufgebrochen war, aber verheult, wie sie war, hatte sie sich geweigert, ihre Freundin zum Büfett zu begleiten. Annabel hätte trotz ihres nagenden Hungers gern solidarisch bei ihr ausgeharrt, doch Britta hatte es vorgezogen, eine Weile alleinzubleiben.

»Sie wird sich schon wieder berappeln.« Annabel lächelte ein bißchen schief. »Sie haben es ja mitbekommen. Es ist nur eine ... Beziehungskrise. Nichts, was einen gleich umbringt.«

»Höchstens den Urlaub vermiest.«

»Das auf jeden Fall.«

»Hoffentlich nicht *Ihren* Urlaub.«

»Das wird sich finden.« Annabel seufzte.

»Ganz bestimmt.« Magnus hielt es für angeraten, das Thema zu wechseln.

»Kommen Sie mit Ihrer Arbeit voran?«

»Es läuft nicht so gut, wie ich gehofft hatte.«

»Darf ich fragen, was Sie beruflich machen?«

»Ich bin Schriftstellerin«, sagte Annabel vorsichtig.

»Schreiben Sie über Ibiza? Ich hatte den Eindruck, daß Sie viele Eindrücke aus Ihrer Umgebung notiert haben.«

Er hatte das Gefühl, daß sie mit der Beantwortung dieser Frage zögerte. Plötzlich wurde sie rot.

Wenn du wüßtest, dachte sie. Sie fragte sich, was er wohl sagen würde, wenn er hörte, auf welche Art von Eindrücken sie tatsächlich aus war. Ob er betreten reagieren würde? Oder vielleicht eher amüsiert?

Sie betrachtete seine Hände, große Hände mit kantig geschnittenen Nägeln, wie es bei einem Mann seiner Statur zu erwarten gewesen war. Sein Oberkörper war kräftig, und an seinen Unterarmen spielten Muskeln, als er die Kaffeetasse zum Mund hob. Er war durch und durch ein Mann von der Sorte, die als Held für einen ihrer Romane in Frage kamen. Dennoch wirkte er mit dem ungebärdigen, dunkelroten Haar, der kleinen Ansammlung von Sommersprossen auf seiner Nase und der winzige Zahnlücke eher jungenhaft verschmitzt als männlich überlegen.

Auf einmal hatte sie das Bedürfnis, ihn zu schockieren. Unvermittelt platzte sie heraus: »Ich schreibe Liebesromane.«

»Oh«, sagte er überrascht. »So was wie Hedwig Courths-Mahler?«

Sie grinste. »Nein.«

»Ach? Wie denn dann? Ich meine, nicht daß ich von ihr schon mal was gelesen hätte. Es war bloß der erstbeste Name, der mir zu dem Genre eingefallen ist.«

»Sonst kennen Sie keine?«

»Ich fürchte nein«, gab er betreten zu.

»Was ist mit Barbara Cartland?« neckte sie ihn.

»Richtig. Von der hab' ich natürlich auch schon gehört. Ist das eher die Richtung, in der Sie schreiben?«

Annabel mußte kichern. »Nein, wirklich nicht. Barbara Cartland ist sozusagen das englische Pendant zu Courths-Mahler. Die sind beide eher was für die Generation unserer Großmütter.«

»Und was ist heute gefragt?«

»Sex«, sagte Annabel unverblümt. »Heißer, wilder Sex.«

Er starrte sie an. Sie lächelte liebenswürdig.

»Äh ...«, begann Magnus heiser. Dann räusperte er sich. »Sie meinen ... Pornographie?«

»O nein«, sagte sie entschieden. »Erotik.«

»Ach«, meinte er schwach. »Gibt's da Unterschiede?«

»Für Männer vielleicht nicht.«

Er hörte den ärgerlichen Tonfall in ihrer Stimme und fühlte sich, als wäre er mitten auf hoher See über Bord gegangen und nun im Begriff, von haushohen Brechern überrollt zu werden. Und dabei hatte das Gespräch doch gerade erst so eine nette Wendung genommen!

»Ich habe ... Ich wollte damit nicht zum Ausdruck bringen ...«, setzte er an. Dann verstummte er, fuhr sich mit beiden Händen durch das kupferfarbene Haar und sammelte sich. »Erklären Sie es mir?«

»Ich weiß nicht ...«

In seinen Augen blitzte ein Funke von Belustigung auf. »Wissen Sie nicht, möchten Sie nicht oder können Sie nicht?«

Annabel lächelte mit tiefen Grübchen. Er war wirklich nett, dieser Magnus. Vielleicht wurde dieser Urlaub doch noch ganz schön.

»Also?« fragte er.

»Tja, wie soll ich es Ihnen am besten erklären ...«

Sie versuchte es, so gut es ging, und es machte ihr wider Erwarten großen Spaß, sich mit Magnus über die feinen, aber entscheidenden Unterschiede zwischen Erotik und Pornographie zu unterhalten.

»Und was machen Sie beruflich?« fragte sie, nachdem sie das Thema erschöpfend behandelt hatten.

»Ich bin Rechtsanwalt.«

Das fand Annabel hochinteressant. Sie hatte noch

61

nie einen Anwalt aus nächster Nähe kennengelernt und wollte sofort alles mögliche wissen. Er erzählte bereitwillig von seiner Kanzlei und seinem Tätigkeitsfeld, und Annabel hing an seinen Lippen, als er ein paar Anekdoten aus dem Nähkästchen eines erfolgreichen Strafverteidigers zum besten gab.

Danach kam die Rede auf seine Tochter Charlie, die rothaarige Nixe, die Annabel schon einige Male am Pool und vorhin auch im Restaurant gesehen hatte. Der väterliche Stolz, der aus seinen Augen leuchtete, als er von der Kleinen sprach, berührte Annabel eigentümlich, ebenso wie seine kaum versteckte Sorge, als er erwähnte, daß Charlie momentan nervlich ein bißchen angegriffen war.

»Sie redet nicht drüber, aber ich merke, daß sie nicht gut drauf ist.«

»Liegt es an der Schule?« wollte Annabel wissen.

Magnus zuckte die Achseln. »Eher nicht. Sie wird ein gutes Abi machen und danach studieren. In der Schule ist sie viel besser, als ich es je war.«

Dieses Stichwort führte als nächstes zu der Entdeckung, daß Annabel und Magnus dasselbe Gymnasium besucht hatten; Annabel erinnerte sich sogar dunkel an den hochaufgeschossenen, schlaksigen Abiturienten mit den roten Haaren.

»Ich war in der Sexta«, sagte sie. »Ich weiß noch, wie ich mir immer gewünscht habe, doch auch schon in der Oberstufe zu sein. Damals kam mir die Zeit bis dahin einfach endlos lang vor.«

Magnus grinste verhalten. »Für mich war sie endlos lang. Ich war nämlich extrem faul und mußte zwei Ehrenrunden drehen.«

Annabel lächelte. »Das ist mir zum Glück erspart geblieben. Ich hab' mich bis zum Schluß immer gerade so durchgemogelt.«

Sie ergingen sich in gemeinsamen Erinnerungen an diese oder jene Lehrer und lachten über diverse Begebenheiten im Zusammenhang mit einem schürzenjagenden Hausmeister namens Schlotterbein.

»Hatte der nicht ein Verhältnis mit der Direktorin?« fragte Annabel.

»Nein, ich glaube, es war die Schulsekretärin«, sagte Magnus. »Ein paar aus unserer Klasse haben die beiden mal zusammen im Chemielabor erwischt.«

»Davon hab' ich auch gehört. Mitten auf dem Pult.«

»Nein, es war auf dem gefliesten Tisch, da wo die Reagenzgläser standen. Sie haben einige davon runtergeschmissen, und es gab eine chemische Reaktion.«

Annabel kicherte. »Das kann ich mir vorstellen.«

Magnus betrachtete fasziniert die tiefen Grübchen, die sich beim Lachen in ihren Wangen bildeten. Er konnte sich nicht an die kleine Sextanerin erinnern, aber er war sicher, daß er die große Annabel nicht so schnell vergessen würde.

Schließlich endete der unterhaltsame Vormittag mit Sekt von der Frühstücksbar. Beim zweiten Glas verabredeten sie sich zu einem Inselausflug, und beim dritten gingen sie fröhlich zum *Du* über, schließlich hatten sie quasi miteinander die Schulbank gedrückt.

»Ich bin Magnus«, meinte Magnus und prostete ihr fröhlich zu.

»Annabel.«

»Annabel«, wiederholte er, den Klang des Wortes auf der Zunge zergehen lassend.

63

Sie schaute auf seinen Mund. In ihren Fingerspitzen kribbelte es. Wenn sie jetzt ihren Laptop zur Hand gehabt hätte ...

Seine Lippen glitten rastlos über die zarte Haut ihrer Kehle, weiter nach unten zu ihrer Brust, wo sie sich saugend um ihre Brustwarze schlossen. Clarissa grub ihre Hände in seine dunklen Locken und preßte seinen Kopf an sich. Sein harter Schenkel schob sich zwischen ihre Knie ...

»Ist dir nicht gut?« fragte Magnus besorgt. »Du bist so rot im Gesicht.«

»Nein, alles in Ordnung«, sagte sie frohlockend. Soeben war vor ihrem geistigen Auge blitzartig ein ganzes Kapitel erstanden. Sie brauchte es nur noch runterzutippen. Beschwingt trank sie ihr Glas leer. »Mir geht's bestens.«

»Das freut mich.«

Als sie sich vor dem Restaurant trennten – Magnus wollte zum Strand, um nach Charlie zu sehen –, waren sie bester Stimmung, beide in dem Bewußtsein, daß dieser Urlaub eine vielversprechende Wendung genommen hatte.

Im Bungalow flogen buchstäblich die Fetzen. Annabel hörte schon von draußen den Lärm, sie brauchte gar nicht erst Roberts Fahrrad neben der Terrassentür lehnen zu sehen, um zu wissen, daß er zurückgekommen war, und es bedurfte auch nicht des Gebrülls von drinnen, um zu erahnen, daß der Gute seine Frau definitiv auf dem falschen Fuß erwischt hatte.

»Was heißt hier: Nur eine Affäre?« kreischte Britta. Sie stand hochaufgerichtet im Wohnzimmer und riß den

Reisekatalog in Stücke. Mit den Fetzen warf sie nach Robert, der am Eßtisch vor der Küchentheke saß und beide Hände schützend auf seinen Laptop gelegt hatte. Sein schmales Gesicht war hochrot, ob vor Anstrengung oder vor Verlegenheit, ließ sich nicht sagen. Sein eng anliegendes, buntes Radlerhemd triefte vor Schweiß. Anscheinend war er noch nicht lange wieder hier.

»Eine Affäre heißt, daß es nichts Ernstes war. Es war nur vorübergehend.« Er wischte eine zerrissene Seite aus dem Reisekatalog von seinem PC und wandte sich um. »Hallo, Annabel.«

»Hallo, Robert.« Annabel wollte sich rasch und unauffällig wieder verdrücken und die beiden ihren Disput allein weiterführen lassen, doch Britta hob gebieterisch die Hand. »Du bleibst hier. Du sollst dir anhören, was dieses miese Titanstab-Schwein für einen Scheiß von sich gibt.«

Annabel zuckte peinlich berührt zusammen. »Britta!«

»Britta«, fing Robert an.

»Halt die Klappe!« brüllte Britta. »Deine Lügen kannst du dir schenken! Von wegen vorübergehend! Ist von Januar bis jetzt vielleicht *vorübergehend*?«

»Ja, weil es nämlich vorbei ist.«

»Was ist vorbei?«

»Meine ... Affäre.«

»Seit wann?«

»Ab sofort.«

»Das ist ja hochinteressant«, höhnte Britta. »Fragt sich bloß, ob Lady Schmelzeisen es auch schon weiß.«

Robert preßte sich die Fingerspitzen gegen die Schläfen. »Mein Gott, wie soll ich es dir nur begreiflich machen?«

»Siehst du, du kannst es nicht.«

»Warte.« Robert gestikulierte wild. »Es war bloß ...«

»Bloß was?« fragte Britta lauernd.

»Ich weiß nicht, wie ich es sagen soll. Diese ... diese Sache hatte jedenfalls überhaupt nichts mit uns beiden zu tun, Liebling!«

»Nenn mich nicht Liebling!« knirschte Britta. Sie packte die Reste des Reisekatalogs fester, zerriß mit Brachialgewalt alles auf einmal und warf es mit Schwung auf Robert und seinen Laptop. Ein Schauer zerfetzten Papiers flatterte über die Küchentheke, den Tisch und den Fußboden.

Annabel schluckte und wandte sich auf Zehenspitzen zur Tür.

Britta fuhr zu ihr herum. »Wehe, du läßt mich jetzt im Stich!«

Roberts Stimme klang zunehmend verärgert. »Britta, du mußt mir glauben, wenn ich dir sage, daß diese Sache nichts Ernstes war!«

Britta starrte ihn nur an.

Robert hob die Hände, wobei etliche Schnipsel herabfielen, dann wühlte er mit beiden Händen in seinen Haaren, bis sie zerrauft nach allen Seiten abstanden. »Annabel, sag du doch auch mal was!«

»Äh ... also ...«, begann Annabel hilflos. Sie zuckte zusammen, als sie sowohl Roberts als auch Brittas Blicke auf sich gerichtet fühlte.

»Ja, sag auch was!« verlangte Britta. »Sag ihm, daß er ein Arschloch ist. Ein mieser, schleimender Betrüger, ein Mistkerl, ein Oberwichser, ein ...«

Annabel straffte sich und fiel ihr ins Wort. »Im Zweifel halte ich zu dir.«

»Danke«, sagte Britta.

»Das hätte ich mir denken können«, erklärte Robert erbittert. »Aber ich kann dazu nur sagen, daß zu einer Beziehungskrise immer zwei gehören. Jedes Ding hat bekanntlich zwei Seiten.«

»Da hast du recht«, rief Britta wutbebend. »Vor allem du hast zwei. Hinten Arsch und vorne Titanschwanz.« Ihre Augen verengten sich anklagend. »Aber bloß bei seiner neuen Tussi. Zu Hause war er aus Gummi. Wenn überhaupt. Da lief ja schon die ganze Zeit nichts mehr.«

»Das meine ich ja gerade«, hielt Robert ihr vor.

»Willst du damit sagen, es war meine Schuld?«

»Ja.« Robert besann sich. »Nein.« Erbost schüttelte er den Kopf. »Verdammt, ich weiß es nicht.«

»Aber ich. Schließlich kann ich zählen. Dreimal die Woche, pünktlich wie die Feuerwehr, danach konnte ich die Uhr stellen. Und dann auf einmal, Ende letzten Jahres ...« – Britta hieb mit der Faust patschend in ihre Handfläche – »*Rien ne va plus. Nada. Niente.* Tote Hose. Was soll uns das sagen?« Mit flammenden Augen fuhr sie zu Annabel herum. »Was? *WAS*???«

»Keine Ahnung«, äußerte diese überrumpelt.

»Daß er genau *dann* angefangen hat, sein Ding in den Schmelzofen zu schieben! Am besten wäre, er käme vollständig in den Ofen! Er selbst, sein Titanschwanz und sein verdammter PC!« Sie beugte sich vor und versuchte, den Laptop zu fassen zu kriegen. »Gib her! Ich steck das blöde Ding in die Mikrowelle!«

Robert hielt seinen kostbaren Computer mit beiden Händen fest. Beide zerrten und zogen und versuchten ihr Bestes, das Gerät an sich zu bringen.

»Laß das!« schrie Robert. Schließlich gewann er die Oberhand und preßte den Laptop schützend an die Brust. »Hast du sie noch alle, du blöde Gans?«

Er drehte sich anklagend zu Annabel um. »Sie hätte das echt gemacht! Mein Gott, das Ding hat fünftausend Mark gekostet!«

»Weiß ich. Schließlich hab' ich das gleiche Gerät.«

»Sie hat ein Rad ab.« Robert wandte sich wieder zu Britta um. »Du hast ein Rad ab, hörst du?«

»Du Drecksack!« Mit hochrotem Gesicht wich Britta zurück und starrte Robert haßerfüllt an. »Das zahl ich dir heim. Ich mach dich kalt. Glaub mir, das tu ich.«

»Du bist jetzt nicht in der Lage zu einer vernünftigen Aussprache«, meinte Robert mit einem unmißverständlichen Beiklang von Herablassung. »Am besten regst du dich erst mal ab. Dann unterhalten wir uns weiter. Solange du dermaßen überreagierst, ist jede Diskussion zwischen uns sinnlos.« Er klemmte seinen Computer unter den Arm, stand auf und ging zur Tür. Bei Annabel blieb er kurz stehen. »Ich wäre dir dankbar, wenn du mit ihr reden könntest. Vielleicht kommt sie bei dir eher zur Vernunft.«

Annabel versteifte sich. »Fragt sich, wer hier unvernünftig war.«

Robert schnaubte verächtlich. Eine Sekunde später knallte die Haustür hinter ihm zu.

Britta setzte sich ermattet auf einen Stuhl und starrte ins Leere. Besorgt eilte Annabel zu ihr und setzte sich ihr gegenüber an den Eßtisch. Britta sah sie nicht an. Sie schien in Gedanken meilenweit weg zu sein.

»Meine Güte, Britta! Alles in Ordnung?«

Zu ihrer Überraschung nickte Britta. In ihren Augen

spiegelte sich ein entschlossener Ausdruck. »Könnte mir nicht besser gehen.«

»Im Ernst?«

»Aber ja.«

»Das wäre aber sehr plötzlich«, meinte Annabel zweifelnd.

»War es auch. Es ging mir in dem Augenblick besser, als ich mich entschlossen habe, *Tabula rasa* zu machen. Gerade eben habe ich mir überlegt, daß es die einzige Lösung ist. Und schon fiel mir ein Riesenstein vom Herzen.«

Annabel nickte gedankenvoll. Sie mußte an Harald denken. »Du hast recht. Vielleicht wäre eine Trennung wirklich das beste für euch beide.«

»Wer redet von Trennung?«

»Na ja ... Was hast du denn mit *Tabula rasa* gemeint?«

»Das hab' ich doch vorhin schon gesagt. Ich mach' ihn kalt.«

Britta stand auf und ging zum Kühlschrank. Sie öffnete die Tür und holte nacheinander Kokoslikör, Rum, Ananassaft und Sahne heraus.

»Was ist das denn für Zeug?«

»Alles für Piña Colada. Hab' ich gestern nachmittag eingekauft. Als hätte ich geahnt, daß ich das heute ganz dringend brauche.« Britta deutete auf die Flaschenbatterie. »Kostet alles zusammen soviel wie ein einziges Glas an der Bar.« Ungerührt fing sie an, sich einen Drink zu mixen. »Willst du auch einen?«

»Es ist noch nicht mal Nachmittag«, gab Annabel zu bedenken. »Na gut, mach mir auch einen. Aber nur einen kleinen.«

Sie nahmen ihre Gläser, setzten ihre Sonnenbrillen

69

auf und gingen hinaus auf die Terrasse. Die Sonne brannte heiß und brachte die Luft über den flammen-farbenen Hibiskusbüschen zum Wabern. Vom Pool her hörte man das Lachen und Kreischen von Kindern.

Annabel nahm einen Schluck von dem eiskalten Longdrink. »Schmeckt gar nicht mal schlecht. Fast wie an der Bar.«

»Besser. Es ist mehr Rum drin.«

Annabel hüstelte. »Das von vorhin – das war doch nicht dein Ernst, oder?«

Britta wandte ihr den Kopf zu und bedachte sie mit einem sphinxhaften Lächeln.

4. Kapitel

Charlie fuhr mit dem Corsa von der Feriensiedlung in Eivissa über Sant Jordi in Richtung Flughafen, bis zum Ende der Straße. Sie stellte den Mietwagen ab und ging die paar Meter bis zum Strand. Friedhelm teilte seine Zeit tagsüber mit schöner Regelmäßigkeit zwischen immer denselben Schauplätzen ein, und Charlie hatte deshalb keine Probleme damit, seiner Spur zu folgen. Die Nächte verbrachte er in einem angesagten Aufreißschuppen von Eivissa. Das *Privilege*, das *Amnesia* und das *Pacha* waren ihm wohl zu teuer, er hatte sich eine andere Disco auserkoren, von wo aus er überdies bequem zu Fuß nach Hause gehen konnte.

Dort führte er Nacht für Nacht seinen Astralleib der anwesenden Weiblichkeit vor. Von Mitternacht bis etwa fünf Uhr in der Frühe war Friedhelm-Showtime angesagt: anbaggern, aufreißen, abschleppen. Sobald sich eines von den Mädchen willig zeigte, war die Nacht zu Ende, und unter viel Gekicher und Geknutsche wurde der Heimweg angetreten. Bis jetzt hatte er es immer bis zum Morgen geschafft, eine Frau ins Bett zu kriegen. Charlie gab sich keinen Illusionen darüber hin, was danach in seinem Schlafzimmer ablief. Sie hatte immerhin schon zweimal Gelegenheit gehabt, ihn in Aktion zu beobachten – das eine Mal, als sie selbst Darstellerin in einem dieser Dramen gewesen war, nicht mitgezählt. Außerdem hatte besagtes eine Mal nicht in einem Schlafzimmer, sondern auf einer Gummimatte im Geräteraum des Fitneßcenters stattgefunden – aber das war eine andere Geschichte.

Sein Apartment war zu ebener Erde gelegen, und Charlie hatte, die Nase dicht an den Schlitzen der zugeklappten Fensterläden, im Licht der Nachttischlampe genau gesehen und gehört, was sich auf Friedhelms Bett abgespielt hatte, inklusive Dialog.

Vollbusige Blondine: »Wow, hast du Muskeln!«

Friedhelm, Kopf zwischen Riesentitten vergraben: »Mmpf!«

Vollbusige Blondine: »He, warte mal, nicht so schnell!«

Friedhelm, schon voll bei der Sache: »Aaah!«

Vollbusige Blondine: »Moment mal, das kann nicht dein Ernst sein! Bist du schon fertig? He! Du! Wie heißt du noch mal?«

Friedhelm, zur Seite gerollt: »Rrrchch.«

Danach war Nachtruhe angesagt bis mittags um eins. Anschließend Katerfrühstück an der Bar. Danach zwei Stunden Abhängen am Pool mit Bodyshow am Beckenrand. Und am späteren Nachmittag schließlich Strandleben mit Fleischbeschau. Nach dem Abendessen ausgedehnte Körperpflege, hinterher ein paar Bier an der Poolbar, und ab Mitternacht endlich dasselbe wie am Vortag.

Alles in allem war er geradezu lächerlich berechenbar, eigentlich ein Grund mehr für Charlie, sich in

Selbstvorwürfen zu zerfleischen, weil sie sich jemals so weit vergessen konnte, mit diesem Neandertaler intim zu werden. Im Grunde mußte er ja nur den Mund aufmachen, und schon merkte jeder, was sich in seinem Kopf abspielte. Nämlich nichts.

Das fatale war bloß, daß er, soweit es Charlie betraf, die Hose schneller aufgemacht hatte als den Mund. Was allerdings nicht bedeutete, daß sie sich vorher nicht unterhalten hätten. Sie hatten sogar mehrere Male miteinander geredet. Aber nur über Muskelaufbauprogramme und neuartige Methoden, das Lungenvolumen zu optimieren. Einmal auch über die Schädlichkeit von Anabolika und die Notwendigkeit, die Haut mit Vitamin-E-reichen Ölen zu pflegen. Und schließlich bei ihrer letzten Unterredung – an diesem Abend waren sie beide im Fitneßcenter die letzten Besucher gewesen – hatte er ihr einen unglaublich klugen Vortrag über die richtige Zusammensetzung einer aus pflanzlichen Eiweißen und ausreichenden Ballaststoffen bestehenden Athletenernährung gehalten. Er hatte mindestens zehn Minuten gesprochen, flüssig, kenntnisreich und intelligent. Charlie war überwältigt gewesen. Und dann hatte er seine große, schwere Hand auf ihre Schulter gelegt und ihr dabei in die Augen geschaut, und ihr war sein Geruch in die Nase gestiegen, eine explosive Mischung aus verschwitzter Männerhaut und purem Testosteron.

»Hab' ich dir schon gesagt, daß ich dich liebe, Charlie?«

Und als nächstes hatte sie flach auf dem Rücken gelegen, und Friedhelm auf ihr drauf.

Als es eine Minute später vorbeigewesen war, hatte

er sie gefragt, wie ihr sein Ernährungsvortrag vorhin gefallen hatte, er hätte volle drei Monate gebraucht, um den ganzen Scheiß auswendig zu lernen, für seine Prüfung als Fitneßtrainer. Charlie war dazu nichts eingefallen, sie stand unter Schock.

Doch der Schock war inzwischen vergangen und hatte wütender Entschlossenheit Platz gemacht.

Charlie suchte sich einen Schattenplatz unweit einer kleinen Düne, rollte die mitgebrachte Strandmatte aus, streifte ihr T-Shirt ab und rieb sich mit Sunblocker ein. Sie war zwar nicht mit der bleichen, sommersprossigen Haut der meisten Rothaarigen geschlagen, doch ihr Teint war immer noch hell genug, um auf zuviel Sonne empfindlich zu reagieren. Eine halbe Stunde außerhalb des Schattens, und sie würde am Abend rot wie gekochter Hummer in der Notaufnahme liegen.

Charlie hatte Friedhelms eingeölten Bronzekörper bereits an der gewohnten Stelle erspäht. Wie immer hielt er sich im Zentrum des Geschehens auf, dort, wo die Brüste am prallsten und die Ärsche am knackigsten waren, wo sich die meisten Strandschönheiten tummelten und mit allem wackelten, was sie hatten, Männer wie Frauen, nackt bis auf G-String, Tattoo und Bauchnabelpiercing. Alles, was jung und schön oder beides war, ließ sich hier blicken. Manche Mädchen trugen zu ihrem Tanga verrückte Netzhandschuhe und Stiefeletten, und Charlie sah auch einige, die sich den Busen mit Goldpuder bestäubt hatten.

Vom nahegelegenen Stand des Diskjockeys schallte betäubend laut ein Rap über den Strand, und der Kellnerservice von der Bar servierte Getränke. Die Platja d'es Codolar, eine Bucht von etwa anderthalb Kilometern Länge mit feinsandigem, sauberem Strand, war wie die Platja d'en Bossa ein Ort des Trubels und zugleich ein typischer Ibizatreff, wo der inselübliche Körperkult unter heißer Sonne und zu dröhnender Musik zelebriert wurde wie ein ewiges Balzritual. Manchmal wurde auch von einer der größeren Discos am Strand eine Paella-Party organisiert, dann flossen Rotwein und Bier in Strömen, und der Andrang war unglaublich.

Momentan war es noch zu früh; der größte Rummel ging meist erst ab vier Uhr los. Um so besser konnte Charlie ihr Zielobjekt im Auge behalten.

Gerade spazierte ein Mädchenduo den Strand entlang. Sie blieben stehen und versperrten Charlie die Sicht. Eine der beiden Bräute hatte gepiercte Brustwarzen und Hunderte künstlicher, bunter Zöpfe im Haar, die andere trug einen knallengen Schlauch von Minikleid ohne was drunter, naß vom Wasser und völlig durchsichtig. Die zwei kicherten und ließen im Takt der Musik ihre Brüste wippen. Ein Jüngling mit karamelfarbenem, ölig glänzendem Luxusbody gesellte sich zu den Mädchen und wippte mit. Das Stoffdreieck unter seinem Nabel, das ihm als Badehose diente, konnte kaum seine Erektion bändigen. Die Szene hätte aus einem Werbevideo über Ibiza stammen können: heiße Körper unter heißer Sonne.

Charlie rutschte mit ihrer Matte ein Stück zur Seite, bis sie Friedhelm wieder im Blick hatte. Mit der flachen Hand schirmte sie ihre Augen gegen die Sonne ab und sah, wie er von einem der Kellner ein Glas entgegennahm. Und gleich darauf eine Handvoll Scheine als Wechselgeld.

Ein Geldschein wechselte den Besitzer. Friedhelm faltete den Schein nachlässig zusammen und schob ihn in die Tasche seiner Jogginghose. Sein Gegenüber, kaum weniger muskulös als er, ließ ein schmieriges Grinsen sehen. »Ich hätte echt nicht gedacht, daß du die Wette gewinnst. Nicht bei der Kleinen.«

»Tja, ich hab's nun mal drauf. Ich knack sie alle. Gestern gewettet, heute flachgelegt.«

»Und dafür noch kassieren.«

»Sag ich doch.«

»Wie war sie denn?«

Wüstes Gelächter. »Eng und mit roten Haaren drumherum.«

Charlie merkte, wie sie mit den Zähnen knirschte, als sie sich an diese Szene erinnerte. Manchmal fragte sie sich, ob es nicht besser gewesen wäre, wenn sie nie an der halb geöffneten Tür der Männerumkleidekabine vorbeigekommen wäre. Doch es war passiert, und jetzt gab es für Charlie natürlich nur eine Möglichkeit, ihr inneres Gleichgewicht wiederherzustellen.

»Hallo.«

Charlie wandte sich in Richtung der Stimme. Ein hagerer, mittelgroßer Mann stand neben ihr, eine zusammengerollte Matte und ein Buch unterm Arm. Obwohl er kaum Ende Zwanzig sein konnte, zeigte sein Haar bereits Tendenzen, sich zu lichten. In spärlichen braunen Strähnen hing es ihm in die verschwitzte Stirn.

Er trug Gummischlappen, Schlabbershorts und ein schweißnasses grünes T-Shirt mit der Aufschrift *Anfassen erwünscht*. Schüchtern glubschte er Charlie durch die dicken Brillengläser an. »Das ist aber ein Zufall, daß ich dich hier treffe.«

»Hallo«, sagte Charlie, während sie fieberhaft überlegte, woher sie ihn kannte. Die dicke Brille, das breite Lächeln, die geblähten Nasenlöcher, dieses grüne Outfit ... Tatsächlich, sie mußte ihn schon mal gesehen haben. Aber wo? Richtig, jetzt fiel es ihr wieder ein. In der Muppetshow. Er sah aus wie Kermit der Frosch. Um ein Haar hätte Charlie gesagt: *Tag, Kermit.*

»Tag, äh ...?«

»Hermann. Hermann Scheuermann. Wir kennen uns aus dem Fitneßcenter.«

Jetzt fiel es ihr wieder ein. Kennen war stark übertrieben. Sie hatte ihn zwei- oder dreimal an den Geräten trainieren sehen, und er sie umgekehrt wahrscheinlich auch, aber bis auf ein kurzes Hallo im Vorbeigehen hatten sie bisher kein Wort miteinander gewechselt.

»Ist der Platz hier noch frei?«

Charlie zuckte die Achseln. »Klar, wieso nicht?«

Sie war nicht gerade scharf auf Hermanns Gesellschaft, doch lange wollte sie ohnehin nicht mehr hierbleiben. Sie war sowieso bloß hergekommen, um Friedhelm zu sehen. Ihn sehen und ihn hassen war eins. Und ihn abmurksen wollen natürlich. Sie konnte nicht zulassen, daß sie in ihrem einmal gefaßten Entschluß wankend wurde. Deshalb war es wichtig, ihn zu überwachen und zu beobachten. Das hielt den Haß frisch und regte die Phantasie in puncto Mordmethoden an. Bei seinem Anblick fielen ihr immer äußerst schmerzhafte Todesarten ein, und er hatte jede einzelne davon verdient.

Hermann rollte seine Matte neben ihr aus und setzte sich.

»In der letzten Zeit hab' ich dich im Fitneßcenter aber nicht mehr so oft gesehen.«

»Mhm«, machte Charlie unbestimmt. Beispielsweise könnte sie damit anfangen, ihn zu kastrieren. Am besten mit einer Geflügelzange, dann kam noch der Schock durch den Kneifeffekt hinzu. Zuerst den Schwanz. Ganz langsam, Stück für Stück. Bestimmt würde er daran nicht gleich sterben. Und wenn er dann blutend und kreischend um Gnade winselte, würde sie sich die Hoden vornehmen. Nacheinander natürlich. Wie die Dinger wohl aussahen, wenn man sie aus dem Sack holte?

Hermann zog sein albernes T-Shirt aus und entblößte eine noch ziemlich weiße Brust. »Ich glaube, ich wohne in derselben Ferienanlage wie du und dein Vater. Er ist doch dein Vater, oder?«

»Mhm.« Charlie überlegte, ob sie Friedhelm nach Einsatz der Geflügelschere vielleicht am Leben lassen sollte. Sie hatte mal in einem Buch gelesen, wie man früher im Orient Männer kastrierte. Man schnitt ihnen alles ab und vergrub sie dann einfach bis zum Hals im heißen Wüstensand. Wenn sie dann Stunden später wieder rausgeholt wurden und zufällig noch lebten, waren sie Eunuchen und damit quasi haremsfähig. In der Folgezeit wurden sie dann unheimlich fett und verloren die Haare, von den ständigen Entzündungen an ihren Schniedelstümpfen und ihren gekappten Klöten ganz zu schweigen. Das wäre für Friedhelm ein Schicksal, das weit schlimmer war als der Tod.

»Er hat wirklich einen tollen Körper, oder?« fragte Hermann.

Charlie drehte sich verblüfft zu ihm um. »Wer?«
Hermann deutete zum Wasser. »Na, Friedhelm.«
»Du kennst ihn?«
»Natürlich. Er ist doch Trainer im Fitneßcenter.«
Charlie ärgerte sich über ihre Begriffsstutzigkeit. Sie
machte ein paar nichtssagende Bemerkungen über
Zufälle und darüber, wie klein die Welt doch ist.

Hermann klappte derweil diskret das Buch auf, das
er mitgebracht hatte. Es war eine Dissertation mit dem
Titel *Infektionen der Harnwege beim Mann*.

»Du lieber Himmel, was liest du denn da?« wollte
Charlie wissen. »Hast du's mit der Blase oder so?«

»Ach, das ist bloß für meine Facharztausbildung.«
Hermanns Ohren erglühten in sanftem Rosa. »Ich bin
außerdem gerade dabei, über ein ähnliches Thema zu
promovieren.«

Charlie war gebührend beeindruckt. Hermann
mochte aussehen wie ein Frosch, aber zu echten aka-
demischen Graden gelangte man nicht von ungefähr.

»Was genau machst du denn?«

»Andrologie.«

Charlie war ein gebildetes Mädchen, aber sie hatte
kein Griechisch in der Schule gehabt, und sie ging
auch nur selten zum Doktor, weil sie nur so strotzte
vor Gesundheit. Von Andrologie hatte sie noch nie etwas gehört, doch sie reimte sich die Bedeutung des
Wortes anhand des Buchtitels zusammen.

»Das ist das Gegenteil von Gynäkologie, stimmt's?
So eine Art Männerarzt?«

»Nicht ganz, aber so in etwa kommt es hin. Mein
Fachgebiet hat viel mit Fortpflanzung zu tun.«

»Dann weißt du bestimmt eine ganze Menge über

männliche Geschlechtsorgane, oder?« Charlie beugte sich eifrig näher. »Steht da in dem Buch auch was über Hoden drin?«

Annabel beendete ihr erstes Kapitel am späten Nachmittag. Von den drei Gläsern Sekt und der hochprozentigen, dreistöckigen Piña Colada fühlte sie sich immer noch angenehm beschwingt; sie vibrierte förmlich vor Schaffenskraft. Sie war bester Stimmung. Wenn das so weiterging, wäre sie in vier Wochen fertig. Es wäre das nicht das erste Mal, daß sie in derart kurzer Zeit einen Roman schrieb. Einmal hatte es sogar ein Jahr gegeben, in dem sie sechs Bücher geschafft hatte. Normalerweise brauchte sie zwischen sieben und zehn Wochen für einen Titel, und wenn es ganz hervorragend lief, kriegte sie ein Buch auch mal in vier oder fünf Wochen fertig. Zwischen den einzelnen Romanen pausierte sie meist für etwa einen Monat. Aber niemals länger. Bis auf dieses letzte Mal, da hatte die Pause dreimal so lange gedauert. In Annabel war bereits die leise Furcht hochgestiegen, sie könne womöglich an einer echten, dauerhaften Schreibblockade leiden. Dergleichen war ihr noch nicht passiert, aber sie hatte schon von Autoren gehört, die davon betroffen waren. Es war, so hatte man ihr gesagt, wie eine Art Amputation, ein schweres Trauma, das seinesgleichen suchte.

Manche Autoren schafften es nie mehr, sich davon zu befreien. Annabel wußte von einer Kollegin aus dem Krimigenre, die seit zehn Jahren nur erste Kapitel schrieb und anschließend jedesmal wegen eines Nervenzusammenbruchs stationär behandelt werden mußte.

Summend überflog Annabel die erste Seite. Ihr neuer Roman fing gut an. Gleich die Eingangsszene war ein heißer Teaser, ein scharfes Appetithäppchen, wie es sich für einen erotischen Liebesroman gehörte – eine Sexszene. Natürlich nur mit Nebenfiguren, das hatte den Vorteil, ein bißchen härter zur Sache gehen zu können, weil hier die Gefühle keine so große Rolle spielten wie bei den Hauptfiguren.

Die seidenen Bettlaken waren feucht und zerwühlt. »Ich will dich haben«, stieß Ernesto hervor. Die Umrisse seines bulligen Körpers zerflossen vor den Schatten des dämmerigen Hotelzimmers, als er sich schwer atmend über die Frau auf dem Bett beugte.

»Sag zuerst bitte«, zierte sich Marina.

»Den Teufel tue ich.« Ernesto packte sie, drückte sie in die Kissen und zwängte mit dem Knie ihre Schenkel auseinander. Sein pochendes Glied drängte hart gegen ihre Schamlippen. Marina warf aufkeuchend den Kopf zurück. »Aah! Ich liebe deine Art, bitte zu sagen!«

Und so weiter, und so weiter, bis zum Finale furioso. So weit, so gut. Marina war Clarissas Freundin und Ernesto ein neapolitanischer Mafioso, der im Laufe des Romans noch massiv für Unfrieden sorgen würde. Unter anderem würde er versuchen, Clarissa unter Drogen zu setzen und ihr noch ein, zwei andere häßliche Dinge antun, bevor Markus (der Name des männlichen Helden war Annabel ganz spontan nach dem Frühstück eingefallen) ihn gegen Ende des Buches erledigte. Die erste Bettszene zwischen Clarissa und Markus würde viel später stattfinden. Das Körperliche zwischen weiblicher und männlicher Hauptfigur mußte sich ebenso wie die seelische Verbindung kon-

81

tinuierlich entwickeln, dafür gab es schriftstellerische Regeln, sozusagen die hohe Kunst der Konstruktion erotischer Liebesromane. Annabel hatte sich für ihre Bücher eine eigene zeitliche Abfolge der jeweiligen wollüstigen Zwischenspiele zurechtgelegt, mit der sie hervorragend klarkam. Interesse und Gelüste im ersten und zweiten Kapitel. Ein Kuß im dritten. Etwas Gegrabsche im vierten. Noch mehr Gegrabsche im fünften und sechsten. Im siebten dann abermals Sex zwischen Nebenfiguren. Und im achten ging's dann bei Clarissa und Markus richtig zur Sache, mindestens über drei Seiten hinweg. Voraussetzung war natürlich, daß bis dahin eine echte Gefühlsbindung bestand. Nur Sex mit Gefühl machte die Leserinnen richtig an, denn Gefühl war die Voraussetzung jedweder Romantik.

In den frühen Siebzigern, als der erotische Liebesroman, ob zeitgenössisch oder historisch, seinen Siegeszug um den Erdball antrat, war es noch gang und gäbe gewesen, daß der Held die Heldin erst ein paar Mal vergewaltigte, um sie sich geneigt zu machen. Brutalität galt damals sozusagen als absolutes Muß in Sachen Erotik. Zum Glück war es damit schon lange vorbei. Erzwungener Sex wirkte auf die Frauen von heute eher abtörnend. Die Heldinnen moderner Liebesromane wollten erobert, ja sogar überwältigt werden, aber nur weil sie scharf darauf waren, nicht weil irgendein Kerl sie dazu nötigte. Annabel kannte sich mit der Materie aus. Sie schrieb nicht nur Liebesromane, sie las auch welche, und zwar seit dem zarten Alter von zwölf Jahren. Wenn es ein Genre gab, in dem sie sich auskannte, war es das des Liebesromans. Sie war eine glühende Verehrerin von Amanda Quick ali-

82

as Jayne Ann Krentz. Sie verschlang jede Neuerscheinung von Johanna Lindsey. Sie verbrachte ganze Nächte mit Diana Gabaldon (letztere vergötterte sie förmlich und las deren Wälzer immer wieder und wieder, weil sie so unvergleichlich gut waren), sie schlüpfte mit Iris Johansen unter die Bettdecke und stand mit Virginia Henley wieder auf.

Es wäre jedoch ein Irrtum, zu glauben, daß sich solche Romane hauptsächlich durch heiße Sexszenen auszeichneten. Natürlich gehörte dergleichen unbedingt dazu, und zwar in möglichst schlüpfrig-detaillierter Ausführung. Doch damit war es nicht getan. Wie für jedes gute Buch waren auch für den Liebesroman ein fesselnder Plot und faszinierende Figuren unerläßlich. Atmosphäre und Stimmung wurden hauptsächlich von den Charakteren transportiert, und spielte die Story, wie es häufig bei Liebesromanen der Fall war, gar vor historischer Kulisse, mußten Schauplätze und gesellschaftliche Hintergründe sorgfältig recherchiert sein. Annabel hatte schon ein paar historische Schmonzetten verfaßt, zog es aber grundsätzlich vor, ihre Romane in der Gegenwart spielen zu lassen.

Klischees waren bei diesem Genre natürlich absolut unvermeidlich. Die Heldinnen kamen beispielsweise – ein in der Realität nirgends vorzufindendes Phänomen – bei jeder Penetration zum Orgasmus, häufig sogar mehrmals hintereinander und vorzugsweise gleichzeitig mit dem Mann. Wo gab es das in Wirklichkeit schon? Aber das interessierte niemanden. Kein Liebesroman ohne Lust, das war ein ehernes Gesetz. In diesem Punkt waren kaum Abweichungen möglich, schließlich kauften die Frauen sich solche Bücher, um eigene Frustrationen zu kompensieren und ihre kleinmädchenhaften Idealvorstellungen vom vollkommenen Lover zu kultivieren. Da ging es natürlich nicht an, sie mit realitätsnahen Schilderungen von Ejaculatio praecox oder Vaginismus vor den Kopf zu stoßen.

Deswegen gab Annabel sich redlich Mühe, wenigstens ihre Figuren ambivalent anzulegen. Der Gute durfte niemals völlig gut, der Böse niemals gänzlich böse sein. Annabel agierte hierbei nach der Faustregel, zwei gleichwertigen Eigenschaften eine dritte entgegenzusetzen. War der Held beispielsweise verwegen und leidenschaftlich, verpaßte Annabel ihm als interessante Facette ein handfestes Alkoholproblem. Oder ein wahrer Widerling von Antagonist, der seine weiblichen Angestellten sexuell belästigte und gnadenlos seine Konkurrenten ausbootete, zeigte menschliche Züge, weil er ein Herz für seinen kranken Sohn hatte.

Nach Fertigstellung dieses ersten Kapitels von *Im Fegefeuer der Leidenschaft* hatte Annabel einen groben Überblick über den Rest des Romans, jedenfalls genug, um Bernhard einen Kurztext für die nächste Vertreterkonferenz zu faxen.

Lieber Bernhard, hier wie erwünscht mein Kurztext für Im Fegefeuer der Leidenschaft. Annabel hielt kurz inne, um aufzustoßen, dann tippte sie flott und mit zehn Fingern weiter. Ein Grund für ihre Schnelligkeit beim Verfertigen von Romanen war ihre im Lauf der Jahre vervollkommnete Fähigkeit, zweihundertfünfzig Anschläge pro Minute zu produzieren.

Nach einer großen persönlichen Enttäuschung (welche, wollte Annabel sich in aller Ruhe noch überlegen) *will die junge Clarissa in Italien einen Neuanfang wagen.*

Annabel überlegte kurz, dann strich sie Italien aus und ersetzte es durch *im Ausland*, das gab ihr mehr Spielraum bei der Wahl der Schauplätze. Es war kontraproduktiv, sich bei diesen Dingen zu früh festzulegen. Manchmal entwickelten sich Romane beim Schreiben ganz anders als das Konzept.

In dem Hotel, das sie zusammen mit ihrer Freundin Marina eröffnet hat (Hotel war immer gut, weil dort zwangsläufig – wie bei Vicky Baum – viele ganz unterschiedliche Menschen zusammenkamen), *trifft sie bald auf den zwielichtigen Ernesto. Er scheint etwas zu verbergen, das im Zusammenhang mit Marinas Vergangenheit steht* (wunderbar diffus, hier konnte Annabel sich alles mögliche einfallen lassen). *Doch Marina schweigt, und bald spitzen sich die Ereignisse um Clarissa auf dramatische Weise zu* (wie, würde sich noch finden). *Rätsel gibt auch der attraktive Fremde auf, der sich Markus nennt und zu dem Clarissa sich gegen ihren Willen stark hingezogen fühlt.*

Tschüs und bis bald, Deine Annabel.

Sie schloß den Laptop an die Telefonbuchse an, wählte Bernhards Nummer im Verlag und klickte auf Senden, anschließend ging sie hinüber ins Wohnzimmer, wo Britta gerade damit beschäftigt war, sich ihre ungefähr fünfte Piña Colada an diesem Tag zusammenzumixen. Nur mit einem winzigen Slip bekleidet, stand sie schwankend vor dem Kühlschrank und schüttete die Zutaten in den Shaker. Dem Flaschenpegel nach zu urteilen, hatte sie nicht am Rum gespart.

»Du solltest lieber damit aufhören«, empfahl Annabel ihr. »Alkohol ist keine Lösung.«

»Ist er doch«, widersprach Britta mit schwerer Zunge. »Flüchtig. Brennbar. Hochprozentig.« Sie hickste hörbar. »Jetzt mußt du lachen. Das war ein Witz.«

Annabel konnte es nicht komisch finden. Sie machte sich Sorgen, und zwar, wie sie sich zu ihrer Schande eingestehen mußte, nicht wegen Brittas angeknackstem Seelenleben, sondern weil sie gleich mit Magnus verabredet war und befürchtete, Britta könnte irgendeine Dummheit anstellen, während sie weg war. Betrunken genug dafür war sie mittlerweile. Und außerdem so gut wie nackt.

Annabel erinnerte sich mit Schaudern an einen Vorfall anläßlich ihrer zehnjährigen Abiturfeier. Britta hatte sich nach etlichen Tequilas auf dem Damenklo nackt ausgezogen, weil ihr heiß gewesen war. Dann hatte sie sich in der Tür geirrt und war spornstreichs auf die Straße marschiert, wo ihr erst ungefähr drei Kilometer weiter aufgefallen war, daß irgend etwas faul und das Restaurant, in dem sie feierten, weit weg war. Sie war wegen Erregung öffentlichen Ärgers verhaftet worden und mußte den Rest der Nacht in einer Ausnüchterungszelle zubringen, nur mit einer alten Decke bekleidet.

»Du hast dich ausgezogen«, sagte Annabel besorgt. Britta schüttelte ihren Drink. »Mir war total heiß.«

»Vielleicht solltest du dich hinlegen«, meinte Annabel hoffnungsvoll. »Bestimmt bist du unheimlich müde.«

»Ich doch nicht.« Britta setzte den Shaker an und trank. »Ist doch erst fünf Uhr.«

»Es ist schon fast sechs.«

Genau genommen war es halb sechs. Sie hatte gerade noch genug Zeit, unter die Dusche zu springen, sich umzuziehen und sich die Haare zu machen. Um sechs Uhr war sie mit Magnus verabredet. Er hatte einen kleinen Mietwagen, und sie wollten ein bißchen über die Insel kutschieren, ein Folklorefestival besuchen und vielleicht später auswärts essen.

Britta wankte mit dem Shaker zum Sofa und ließ sich fallen. »Ich hab' schon einen Plan«, lallte sie.

»Was für einen Plan?«

»Für den M-Mord.«

»Welchen Mord?« fragte Annabel, von unguter Vorahnung erfüllt.

Britta nahm ein paar gluckernde Schlucke von der flüchtigen Lösung in dem Shaker. »Ich will es machen wie der F-Fremde im Zug.«

Jetzt fängt sie schon an zu phantasieren, dachte Annabel bekümmert.

»Du fährst doch nie Zug«, sagte sie nachsichtig.

Britta runzelte die Stirn und dachte nach. Schließlich nickte sie nachdrücklich. »Richtig. Das stimmt. Ich fahr eigentlich nie Zug. Höchstens mal S-Bahn. Aber das macht gar nix.«

»Dann ist es ja gut.«

»Ich mach's trotzdem wie der F-Fremde im Zug. Wie bei Hitch.«

Es klang anders als das *Hicks* von vorhin. »Hitsch? Kenn ich den?«

»Hitchcock. Alfred Hitchcock.«

Bei Annabel fiel der Groschen. »Ach so. Der Film.«

Zwei Männer, die sich nicht kennen, begegnen ein-

87

ander im Zug. Beide wollen jemanden loswerden, haben aber Angst, als Mörder erwischt zu werden. Ein Überkreuzmord ist die ideale Lösung. So kann einer der beiden die Drecksarbeit erledigen, während der andere gerade mit Freunden zusammensitzt und so ein wasserdichtes Alibi hat.

»Wie hattest du dir das denn genau vorgestellt?« wollte Annabel neugierig wissen.

Britta wedelte mit der Hand. »Zyankali. Erwürgen. Fön in der Badewanne. Oder Laptop in der Badewanne. Irgendwas.«

»Vielleicht solltest du erst mal ein paar Tage drüber schlafen«, empfahl Annabel.

»Nicht nötig. Mein Entschluß steht fest.«

Annabel ging ins Bad und ließ die Tür offenstehen. Es wurde Zeit für eine schnelle Dusche. Während sie aus ihren Sachen schlüpfte, rief sie: »Dein Plan hat allerdings einen kleinen Schönheitsfehler. Wer soll dein Komplize sein?«

»Du natürlich.«

Annabel raffte die Haare im Nacken zu einem Zopf zusammen und drehte das Wasser in der Dusche an. »Ich glaube nicht, daß ich jemanden umlegen kann.«

»Man muß es nur ganz fest wollen«, rief Britta beschwörend. »Wenn m-man sich erst mal an den Gedanken gewöhnt hat, ist das überhaupt kein Problem, glaub mir!«

»Kann schon sein.« Annabel stieg in die Wanne und zog den Duschvorhang zu. »Leider hab' ich gerade keinen Mann«, brüllte sie dann gegen das Rauschen des Wassers an. »Mit anderen Worten, ich müßte in Vorleistung treten, und du hättest nichts zu tun.«

Britta stellte mit einem Knall ihr leeres Glas auf den Couchtisch und kam ins Bad gewankt, allem Anschein nach zutiefst gekränkt darüber, daß Annabel das Ganze offensichtlich von der spaßigen Seite sah. Ihr nackter Busen wogte vor Empörung. »Denkst du vielleicht, ich meine das nicht ernst?«

Annabel schäumte sich den Bauch mit Duschgel ein und summte die Melodie von *Cloud Number Nine* von Bryan Adams.

»Was ist mit dir los?« wollte Britta mißtrauisch wissen. Sie lüpfte den Duschvorhang. »Hast du noch was vor?«

»Ja, ich wollte mit Magnus weggehen, den hab' ich gestern kennengelernt, und heute hab' ich ihn wiedergetroffen.«

»Magnus? Wer ist das? Kenn ich den?«

»Ich glaube nicht. Es ist der rothaarige Typ aus dem Bungalow nebenan. Wir wollen nach Sant Antoni fahren, da ist heute Volksfest.«

Britta stierte Annabel an und wischte sich ein paar Wassertropfen ab, die von der Dusche auf ihren nackten Körper spritzten. »Er ist ein M-Mann, oder?«

»Sicher.«

Hinter Brittas Stirn arbeitete es. »Aha«, sagte sie schließlich.

»Was heißt *aha*?« Annabel war mit Duschen fertig und stieg aus der Wanne. Sie rubbelte sich mit einem Handtuch ab und zog sich das Gummiband aus den Haaren.

»Aha heißt *aha*.« Britta rülpste.

»Ach so.« Annabel hatte keine Ahnung, worauf Britta hinauswollte, doch sie hatte keine Lust, dieses Thema weiter zu vertiefen. Sie war spät dran. Rasch fuhr sie mit der Bürste durch ihre widerspenstige Naturkrause. Während sie anschließend ein dezentes Make-up auflegte, fragte sie vorsichtig: »Willst du eigentlich so bleiben?«

»Wie bleiben?«

»Na – so. Nur im Slip.«

»Mir ist heiß«, quengelte Britta.

»Ich weiß. Aber du machst doch keinen Blödsinn, solange ich weg bin, oder?« Sie zupfte ein Kleenex aus der Wandbox und tupfte sich überschüssigen Lippenstift ab. »Ich meine, nackt durch die Gegend rennen und so.«

Britta hielt sich schwankend an der Wand fest und schaute beleidigt drein. »Hältst du mich für besoffen oder w-was?«

Annabel zog BH und Höschen an, dann streifte sie die Sachen über, die sie vorhin herausgesucht hatte, weiße Cargohosen und ein ziemlich offenherziges Spitzentop, das den Bauchnabel freiließ. Sie drehte sich vor dem Spiegel. »Findest du, daß ich fett darin aussehe?«

»Es geht«, murrte Britta.

Annabel erstarrte entsetzt ihr Spiegelbild an. »Ich *bin* fett!«

»Scheiße, nicht doch. Du b-bist nicht direkt fett, du bist eher ...« – Britta dachte nach, dann malte sie mit den Händen eine gigantische Acht in die Luft.

Anschließend überließ sie es Annabel, sich darauf ihren eigenen Reim zu machen, denn mittlerweile war ihr so warm, daß sie sich im Bad rasch den Slip ausziehen mußte.

Nachdem Annabel gut gelaunt und voll aufgebrezelt von dannen gezogen war, brauchte Britta einen frischen Drink. Je mehr sie trank, um so weniger mußte sie an Robert denken. Das hoffte sie zumindest. Leider schien es nicht ganz zu klappen. Robert schlich sich ständig in ihre Gedanken. Warum mußte sie sich ausgerechnet jetzt daran erinnern, wie süß er bei ihrer ersten Verabredung gewesen war? Er hatte ihr eine einzelne Rose mitgebracht und ihr sündhaft teuren Champagner spendiert. Lieber Himmel, was war sie verliebt in diesen Oberwichser gewesen! Und wenn es nach ihr gegangen wäre, hätte es für immer und ewig so weitergehen können!

Britta stierte blind in den ausgeschalteten Fernseher und fragte sich, wie es zu dem Titan-Desaster hatte kommen können. Sie war sich keiner Schuld bewußt. Immer, wenn er seinen Schlips gebunden und sie gefragt hatte: *Wie sehe ich aus?*, hatte sie geantwortet: *Gut, mein Schatz!* Und immer, wenn er nach dem Sex hatte wissen wollen, ob sie auch gekommen war, hatte sie behauptet: *Logisch, bei dir komme ich jedesmal, Schatz.* Das hatte sie sogar dann gesagt, wenn es nur eine schnelle Nummer im Stehen gewesen war, wie zum Beispiel dieses eine Mal, damals, ganz am Anfang ihrer Beziehung, bei dieser Kollegenfeier auf dem Gästeklo.

Wenn sie es recht bedachte, hatte sie ihn permanent glauben lassen, Mister Ironman persönlich zu sein. Und das aus reiner, selbstloser Liebe heraus!

Nein, alles war einzig und allein seine Schuld. Nicht sie hatte versagt, sondern er. Es lag schlicht daran, daß er ein Arsch war, und es bedurfte drakonischer Maßnahmen, dem abzuhelfen. Um Róbert zum Nicht-Arsch zu machen, mußte man ihn ausschalten, soviel war klar. Er war ein klassischer Fall für Alfred Hitchcock.

Britta ergriff ein Kissen und fächelte Luft gegen ihren nackten Körper. Ihr war, wenn irgend möglich, noch heißer als vorhin. Sie brauchte dringend frische Luft. Mühsam zog sie sich vom Sofa hoch und ging durch die offene Schiebetür hinaus auf die Terrasse.

»Tut mir wirklich leid für dich, Robert, du Blödarsch«, nuschelte sie vor sich hin. »Aber der Tod ist noch viel zu gut für dich.«

»Wer ist Robert?«

Die Stimme schien aus dem Nichts zu kommen. Britta blinzelte verblüfft und drehte sich taumelnd um die eigene Achse, bis sie in knapp zwei Metern Entfernung das rothaarige Mädchen hinter der halbhohen Mauer auf der Terrasse des Nachbarbungalows stehen sah. Die Kleine sah niedlich aus, mit kurzen, widerspenstigen roten Locken, Stupsnase und einem eigensinnigen Kinn.

»Hallo. Ich bin Charlie. Ich wohne hier.«

»Hallo«, sagte Britta. »Ich bin Britta und ziemlich b-blau. Ich hatte schon drei oder vier oder fünf Piña Coladas.« Sie zählte an den Fingern ab und verhaspelte sich. »Oder waren es d-doch schon sechs?« Britta schüttelte den Kopf. »Hab' ich vergessen. Aber es waren viele. Ich glaube, ich b-bin eine Alkoholikerin, sonst wäre ich sicher schon ...« Sie stockte und suchte nach dem richtigen Wort.

»Bewußtlos?« schlug Charlie vor.

»Genau.« Britta schwankte leicht, dann fing sie sich

wieder. »Außerdem leide ich unter einem B-Beziehungstrauma.«

»Das kommt vor.«

»Wegen R-Robert.«

»Aha. Ist Robert der mit dem Fahrrad?«

Britta rülpste dezent und winkte einladend. »Ja. Und er ist sozusagen ein toter Mann.«

»Das klingt interessant.«

»Findest du?« fragte Britta geschmeichelt.

»Unbedingt. Was genau meinst du mit *toter Mann*? Ist das eher wörtlich oder eher allegorisch aufzufassen?«

»Komm d-doch rüber und setz dich zu mir«, sagte Britta verschwörerisch. »Dann erzähl ich dir alles.«

Charlie zögerte keine Sekunde. Sie schob zwei Büsche auseinander, stieg über die Mauer und gesellte sich zu ihrer neuen, splitternackten Bekannten.

Und schon hatten die Ereignisse einen höchst entscheidenden Wendepunkt genommen.

5. Kapitel

Das Fest in Sant Antoni war ein buntes Treiben, zu dem sich ortsansässige Einheimische in ihren Trachten ebenso eingefunden hatten wie Insulaner aus der näheren und weiteren Umgebung und schaulustige Touristen. Überall wurde begeistert gefeiert. An Ständen wurden Süßigkeiten und Snacks verkauft, Souvenirhändler hielten ihre Waren feil, und Wein und Sangría flossen in Strömen. Ibizenkische Volksmusik schallte durch die engen Gassen und über den Platz, auf dem ein inseltypischer Folkloretanz aufgeführt wurde.

Magnus und Annabel amüsierten sich prächtig. Sie hatten Stehplätze in unmittelbarer Nähe der Vorführung ergattert und verfolgten die Darbietung. Die Männer trugen rote Mützen und bunte Westen zu ihren weißen Hemden und Hosen. In kühnen Sprüngen tanzten sie um die Frauen herum, die eher plump aussahen in ihren wenig kleidsamen, breit ausladenden Röcken.

»Das hat übrigens einen historischen Hintergrund«, rief Magnus gegen das Gedudel der Flöten und das Geklapper der Kastagnetten an.

»Was denn?«

Magnus deutete auf die Frauen. »Die Kostümierung. Sie sehen dick aus, stimmt's?«

Annabel zog unauffällig den Bauch ein. »Meinst du, das ist Absicht?«

Magnus nickte. »Ich hab' darüber was gelesen. In früheren Jahrhunderten wurde die Insel oft von Piraten überfallen. Damals haben sich die Frauen angewöhnt, sich so einzumummen, damit es aussah, als ob sie schwanger wären, weil sie dann von den Kerlen verschont wurden.«

Sie schauten der Tanzvorführung bis zur nächsten Pause zu, dann schlenderten sie weiter und ließen sich durch das Gewimmel der vielen Schaulustigen treiben. In einem Straßenlokal fanden sie einen freien Tisch und setzten sich, um ein Glas Wein zu trinken. Sie unterhielten sich angeregt über Gott und die Welt, und Annabel kam es so vor, als ob sie und Magnus sich schon seit Jahren kannten, und soweit sie es beurteilen konnte, schien es ihm ebenso zu gehen. Sie hatte nicht den Eindruck, daß er sie fett fand. Im Gegenteil, sie glaubte, mitbekommen zu haben, daß sein wohlgefälliger Blick schon mehr als einmal den Ausschnitt ihres knapp sitzenden Spitzentops und den großzügig bemessenen Streifen nackter Haut zwischen dem Saum ihres Hemdchens und dem Bund ihrer dünnen Flatterhose gestreift hatte. Alles in allem war sie sich sogar ziemlich sicher, daß er sie attraktiv fand.

Sie ahnte nicht, wie recht sie mit ihrer Einschätzung hatte. Magnus fand Annabel nicht nur über die Maßen anziehend, sondern fühlte sich vom Anblick dieser Frau geradezu elektrisiert. Es kam ihm vor, als sei er mit einem Mal zehn Jahre jünger als gestern. Oder eher fünfzehn. Genau genommen fühlte er sich geradezu jünglingshaft. Noch genauer: Er hatte gerade in diesem Augenblick wieder eine Erektion. Wenn er richtig mitgezählt hatte, war das die vierte an diesem Abend, und es war noch nicht einmal neun Uhr. Er sann schon die ganze Zeit heftig darüber nach, wie er es anstellen sollte, Annabel ins Bett zu kriegen. Das *Ob* stellte für ihn keine Frage mehr dar, er war wild entschlossen, sie flachzulegen, wie es so schön hieß. Nach eingehender Berechnung war er darauf gekommen, daß er seit genau achtzehn Monaten mit keiner Frau geschlafen hatte. Seit seiner Scheidung hatte er über die Jahre hinweg insgesamt drei längere Beziehungen zu Frauen unterhalten, doch in den Zeiten zwischen den einzelnen Affären war nichts gelaufen.

Bisher hatte es ihm nichts ausgemacht, über einen längeren Zeitraum hinweg abstinent zu leben. Magnus hatte sich nie für einen Mann gehalten, der zu One-Night-Stands neigte, und wenn er eine neue Frau kennengelernt hatte, dauerte es regelmäßig Wochen, bis er zum ersten Mal mit ihr im Bett landete.

Andererseits, so sinnierte er, hatte er aber bislang auch noch nie im Beisein einer Frau allein in der Zeit zwischen sechs und neun Uhr abends vier Erektionen bekommen. Es reichte schon, den Duft von Annabels Haar einzuatmen. Oder mit den Fingerspitzen wie unabsichtlich ihren nackten Arm zu berühren. Oder diesen niedlichen Bauchnabel länger anzuschauen. Oder dabei zuzusehen, wie sie ihre Lippen mit der Zunge befeuchtete. Sie war so weich, so warm, so ... weiblich! Kurz: Sie machte ihn rasend.

Magnus neigte allmählich zu der Überzeugung, daß er vielleicht doch ein Mann für einen One-Night-Stand sein könnte. Jedenfalls fürs erste. Morgen würden sie dann weitersehen, vielleicht war sie nach dem ersten Mal ja so angetan von ihm, daß sie es noch mal tun wollte.

Er für seinen Teil wollte im Moment nur eins: ihr diese komische Hose mit den überall heraushängenden Kordeln vom Leib reißen und sie an Ort und Stelle an die Wand drängen, ihre Schenkel anheben und ...

Magnus schluckte mühsam. Wie sie wohl reagieren würde, wenn er das versuchte? Natürlich nicht hier an diesem belebten Platz – aber zum Beispiel in ihrem Schlafzimmer? Nun, vermutlich kam das ganz auf die Stimmung an.

Ob er sie zu Entspannungszwecken zuerst in eine Disco einladen sollte? Danach wäre sie bestimmt aufs angenehmste erhitzt und wunderbar locker.

Im Prinzip war diese Idee sicher nicht schlecht, blieb nur das Problem, daß die meisten Tanzlokale ihre Pforten erst um Mitternacht öffneten, und nach dem, was Charlie ihm erzählt hatte, ging dort immer erst ab zwei, halb drei richtig die Post ab. Vorher, so hatte sie ihm gesagt, wäre da nur tote Hose.

Tote Hose war nicht gerade Magnus' Idealvorstellung vom Auftakt einer heißen Liebesnacht. Er wollte ... Magnus' Augen saugten sich an Annabels Ausschnitt fest. Er wollte sie ganz langsam aus diesem neckischen Spitzenoberteil schälen. Und er wollte sie küssen. Überall. Seine Lippen würden seinen Fingern folgen und eine feuchte Spur auf ihrer köstlichen Haut hinterlassen, bis er ihre Brustwarze fand. Sie würde winzige, unterdrückte Laute der Lust von sich geben, ganz tief in der Kehle, und wenn seine tastenden Fingerspitzen dann in ihr Höschen glitten ...

Magnus stöhnte verhalten.

»Ist dir nicht gut?«

Magnus wischte sich den Schweiß von der Stirn. »Es ist ziemlich heiß, findest du nicht?«

»Nein«, sagte Annabel.

Die tiefstehende Sonne warf lange Schatten auf die Gehwege und Hauswände. Es war immer noch warm, aber längst nicht mehr so heiß wie am Nachmittag.

»Aber ich könnte langsam was zu Essen vertragen«, setzte sie eifrig hinzu.

»Gute Idee«, sagte Magnus. »Ich hab' da von einem guten Restaurant gehört; wenn du möchtest, können wir hinfahren.«

»Gerne.« Annabel dachte gerade darüber nach, daß ein nettes Abendessen zu zweit – am besten bei Wein und Kerzenlicht – ein hervorragender Auftakt für nachfolgende Vertraulichkeiten darstellte. Dieser kräftige Männerarm, ganz entspannt um ihre Schultern gelegt, während sie zurück zum Wagen schlenderten ... Sein Atem, der ganz sacht ihre Schläfe streifte, wenn er sich bückte, um ihr die Beifahrertür zu öffnen ... Dann vielleicht seine Hand auf ihrem Knie, zuerst zögernd, dann besitzergreifend und mit so unmißverständlich erotischer Absicht, daß sie in williger Schwäche gegen ihn sinken würde ...

Und wenn sie dann den Wagen auf dem Parkplatz

der Ferienanlage abgestellt hatten und durch den duftenden, nächtlichen Garten hinüber zu den Bungalows spazierten, würde er im tiefen Schatten eines Hibiskusbusches mit ihr stehenbleiben und sie zum ersten Mal küssen, zuerst zärtlich, dann leidenschaftlich und wild, seine Hände wären plötzlich überall auf ihr, sie würde stöhnen und sich winden und stumm nach mehr verlangen, und dann würde er sie fragen ...

»Was hältst du davon, nach dem Essen noch tanzen zu gehen?«

»Was?« stammelte Annabel, mitten aus den schönsten Phantasien für ihr nächstes Kapitel gerissen. »Tanzen?«

»Ja, in einer Disco.« Magnus wurde rot. »Das heißt natürlich nur, wenn du Lust dazu hast.«

Annabel war keineswegs daran interessiert, bis zum Morgengrauen unter zuckenden Neonlasern zwischen lauter leichtgeschürzten Girlies herumzuhopsen. Beim Tanzen bewegte sich für ihren Geschmack an ihrem Körper zuviel Gewebe. Wenn Magnus sie jetzt noch nicht für fett hielt, täte er es spätestens beim ersten Hip Hop.

Nein, ihr schwebte für den Rest der Nacht etwas anderes vor, und es war höchste Zeit, in dieser Richtung mal die Lage zu peilen. Dieser Mann war nicht nur ein wandelndes, herrlich authentisches Beispiel für einen griffigen Romanhelden, sondern er war außerdem geradezu prädestiniert dafür, ihr nach dem Reinfall mit Harald den Glauben an ihre erotische Ausstrahlung zurückzugeben. Mit anderen Worten, sie konnte sich vorstellen, Sex mit ihm zu haben. Sex mit einem Mann, bei dem nicht die kleinste Eigenheit an ein

Schwein denken ließ. Magnus würde beim Akt weder grunzen noch wie ein Eber dreinschauen, davon war Annabel so gut wie überzeugt. Sie konnte kaum erwarten, das auszutesten.

Und sie wußte, wie eine Frau sich benahm, die es darauf anlegte. Schließlich war sie Annabel Hoffmann, Autorin einschlägiger Romane.

»Wir können ja mal sehen, wie wir uns nach dem Essen fühlen«, meinte sie mit rauchiger Stimme. »Vielleicht haben wir ja hinterher schon die richtige ... Bettschwere.«

Magnus starrte sie an, nicht ganz sicher, ob er sich die bedeutungsvolle kleine Pause vor dem letzten Wort nur eingebildet hatte.

Ihre Lider sanken ein wenig herab. Sie befeuchtete ihre Lippen. Schaute ihn an. Lächelte sinnlich.

Und Magnus' Hose spannte plötzlich extrem im Schritt.

»Erzähl mir noch mal die Stelle mit dem Zug«, verlangte Charlie.

Britta tat es, so gut sie konnte. Mittlerweile hatte sie beim Zählen ihrer Drinks restlos die Übersicht verloren. »Ich glaub', ich bin besoffen«, stöhnte sie.

»Das kommt hin«, meinte Charlie, die bis jetzt keinen Tropfen Alkohol angerührt hatte. Sie hatte sich mit dem widerlich süßen Ananassaft begnügt. Schließlich mußte sie an das Baby denken. Heutigen Theorien zufolge sollte man in der Schwangerschaft völlig auf alkoholische Getränke verzichten, zumindest sollte nichts Hochprozentiges konsumiert werden.

»Die Sache geht im Prinzip klar«, erklärte sie.

»Welche Sache?« nuschelte Britta.

»Die, worüber wir gerade geredet haben.«

»Klasse«, sagte Britta, ohne zu wissen, worüber genau sie geredet hatten. »Echt klasse.«

»Sag ich doch. Ich übernehme Robert.«

Britta hielt mit beiden Händen ihren Kopf fest, weil sie fürchtete, er könne ihr von den Schultern rollen. »Du willst Robert haben? Ich schenk ihn dir. Er ist ein Arsch. Hab' ich dir das schon erzählt?«

»Ich will ihn nicht haben, ich will ihn killen«, meinte Charlie ungeduldig. »Für dich.«

»Das ist echt nett v-von dir.« Britta stieß geräuschvoll auf. »Warte mal kurz. Ich muß eben ein bißchen Piña Colada wegbringen.«

Sie stemmte sich hoch, taumelte ins Bad und beugte sich über die Kloschüssel. Würgend ergab sie sich in ihr Schicksal. Anschließend kam sie zurück ins Wohnzimmer gewankt und ließ sich rücklings aufs Sofa plumpsen.

»Besser?« fragte Charlie mitfühlend.

Britta stöhnte bloß.

»Wir dürfen es nicht auf die lange Bank schieben«, sagte Charlie.

»Was denn?«

»Robert kaltzumachen.«

Britta musterte Charlie aus trüben Augen. »Aber er ist doch gar nicht da.«

»Der kommt schon noch. Und dann bin ich bereit.«

Britta gewahrte den fanatischen Glanz in den Augen des Mädchens. »Du m-meinst das wirklich ernst!«

»Mit so was spaßt man nicht.«

Britta wackelte benommen mit dem Kopf, weil sie

für einen Moment vergessen hatte, ihn festzuhalten. »Und wie soll das alles ablaufen?«

»Über Kreuz natürlich. Genau so, wie du's mir erzählt hast. Wie in dem Film. Ich kille Robert, und du erledigst Friedhelm.«

Britta fühlte sich plötzlich viel nüchterner. Sie rieb sich die Schläfen. »Sekunde mal. Wer ist Friedhelm?«

»Der andere Arsch.«

»Aha.«

Charlie informierte Britta, warum Friedhelm sterben mußte, und Britta schnalzte mitleidig mit der Zunge. »Das ist wirklich ein Hammer. Im Prinzip fast so schlimm wie bei mir.«

»Schlimmer, würde ich sagen. Schließlich krieg ich ein Kind.«

»Ja, aber das läßt sich rückgängig machen. Bei mir nicht.« Britta, durch zuviel Alkohol enthemmt, zerfloß in Selbstmitleid. »Bei dir waren es nur fünf Minuten. Aber ich habe acht Jahre meines Lebens in diese Luftnummer investiert!«

Charlie wischte diesen Einwand mit einer ungeduldigen Handbewegung beiseite. »Es waren nicht fünf, sondern höchstens zwei Minuten, aber das spielt keine Rolle. Hauptsache, wir ziehen es durch. Ich bin zuerst an der Reihe.«

»Warum?«

»Weil du viel zu betrunken bist, um jemanden umzulegen. Wenn es soweit ist, achte ich schon darauf, daß du nüchtern bist.«

»Okay«, sagte Britta friedfertig.

»Jetzt müssen wir erst mal das Wichtigste überlegen.«

»Die Methode?«

»Die auch. Aber zuerst das Alibi. Genauer gesagt, dein Alibi. Es muß hieb- und stichfest sein. Wenn Robert nachher kommt, mußt du woanders sein.«

»Ich könnte mich in die Bar setzen«, schlug Britta vor.

Charlie hatte eine bessere Idee, die sie Britta auch umgehend in allen Einzelheiten auseinandersetzte und die mit Brittas beachtlicher Oberweite zusammenhing. Britta war nicht hundertprozentig überzeugt von dem Plan, den Charlie da in aller Eile entworfen hatte, gab dann aber nach, unter dem Einfluß von etwa zweikommafünf Promille und der wortgewaltigen Überzeugungskraft dieses zu allem entschlossenen Teenagers. Sie fragte sich, ob sie mit achtzehn Jahren auch schon so ausgefuchst gewesen war. Vermutlich nicht, denn dann wäre sie später im reifen Alter von vierundzwanzig bestimmt nicht auf Robert hereingefallen, zumindest nicht acht endlose Jahre lang.

»Weißt du, daß ich mich total intensiv um ihn gekümmert habe?« fragte sie weinerlich, während Charlie von Raum zu Raum ging und ausgiebig die Örtlichkeiten besichtigte. »Einmal hatte er B-Blut im Stuhl, und da hat er gedacht, er hätte Darmkrebs, und er lag drei Tage im Bett und glaubte, er müßte sterben. Ich habe ihm Wärmflaschen und Kräutertee gemacht und ihm beim Aufsetzen des Testaments geholfen. Und weißt du, was furchtbar gemein war? Er wollte seinem Bruder den BMW vererben. Seinem Bruder! Weil er findet, daß ich nicht Auto fahren kann.« Britta stierte anklagend die Wand an. »Es ist ein Siebener Modell mit

103

Zierfelgen, Ledersitzen, Stereoanlage und Heckspoiler, und ich habe zehntausend Mark dazugetan. Der Rest läuft über eine B-Bankfinanzierung, für die ich als Bürge unterschrieben habe.«

Charlie warf einen Blick ins Bad und rümpfte die Nase. Britta hatte vergessen, die entsorgte Piña Colada abzuziehen. Charlie drückte rasch die Spülung, dann ging sie hinüber in Brittas und Roberts gemeinsames Schlafzimmer und danach in Annabels Zimmer.

»Wer wohnt hier drin?«

»M-Meine Freundin. Annabel.«

»Oh.« Britta dachte an den Zettel, den sie vorhin beim Heimkommen auf der Küchentheke vorgefunden hatte. *Bin mit Annabel aus dem Nachbarbungalow weggefahren. Sie ist sehr nett. Wir wollen ein Volksfest in Sant Antoni besuchen. Es kann spät werden. Gruß und Kuß, Magnus.*

Dieser Zettel war auch der Grund dafür gewesen, einen Blick auf die benachbarte Terrasse zu werfen. Das, und die interessante Äußerung über einen Arsch, für den der Tod noch viel zu gut war. Charlie hatte in dieser nackten, sturzbesoffenen Blondine sofort die Gesinnungsgenossin erkannt, und schon nach einer kurzen Unterhaltung mit Britta war ihr klar geworden, daß hier die Mächte des Schicksals am Werk waren. Dies war genau die Gelegenheit, auf die sie gewartet hatte.

»Leider war es dann gar kein Darmkrebs«, sagte Britta todtraurig. »Er hatte bloß Hämorrhoiden.«

»Daran ist noch keiner gestorben.«

»Eben.« Britta krauste die Stirn und dachte nach. Da

war doch noch irgendwas, wonach sie Charlie hatte fragen wollen ... Richtig! Die Mordmethode!

»Wie willst du es denn machen? Ihn umlegen, meine ich. Womit willst du es tun? Mit einem M-Messer?«

Charlie mußte zugeben, daß sie noch keine konkrete Mordwaffe im Auge hatte. »Über das genaue Prozedere hab' ich noch nicht entschieden. Aber mir wird schon noch rechtzeitig was einfallen.«

»Wenn du ein Messer nimmst, mußt du es ihm richtig reinrammen«, erklärte Britta mit glänzenden Augen. »Ich hab' mal irgendwo gelesen, daß man da unheimlich leicht an irgendwelchen Knochen abrutschen kann. Wenn du abrutschst, kannst du keine lebenswichtigen Organe treffen. Dann würde er bloß bluten wie ein Schwein und wäre in einer Woche wieder m-mopsfidel.« Britta pausierte kurz, um aufzustoßen. »Und dann müßtest du leider in den Knast.«

»Ich mach's schon richtig«, versprach Charlie.

»Rammst du es ihm ordentlich rein?«

»So tief es geht. Das heißt, falls ich überhaupt ein Messer nehme. Das weiß ich ja jetzt noch nicht.«

Britta furchte grübelnd die Stirn. Ihr war plötzlich ein anderer Punkt in den Sinn gekommen, der noch dringend der Klärung bedurfte. »Äh ... wenn ich dann dran bin ... Ich meine, mit dem Umbringen und so. Wie soll ich es bei Fridolin machen?«

»Friedhelm.«

»Okay. Wie möchtest du es gerne?«

»Am liebsten langsam und schmerzhaft, aber das steht wohl nicht zur Debatte. Ich werde mir schon was überlegen, wenn es an der Zeit ist.«

Britta zwang ihr alkoholumnebeltes Hirn zum Denken. Es dauerte eine kleine Ewigkeit, bis ihr die nächste wichtige Frage einfiel. »Und wann ist es an der Zeit?«

»Sobald Robert erledigt ist natürlich. Was dachtest du denn?«

Annabel und Magnus schlemmten in einem rustikal eingerichteten Lokal mit mittelalterlichem Ambiente; es trug den klangvollen Namen *Sa Capella de Can Basora*. Annabel verspeiste zu dezenter klassischer Musik eine Portion köstlicher Gambas, während Magnus sich an einem typisch ibizenkischen Gemüseauflauf gütlich tat. Der dazu servierte Wein war exquisit. Magnus, der nachher noch chauffieren mußte, hatte sich darauf beschränkt, an Annabels Glas zu nippen, denn er hatte auf dem Fest schon zwei Gläser getrunken. Er hatte sich ein Mineralwasser bestellt.

»Es schmeckt wunderbar«, sagte Annabel. Sie nahm einen Bissen von ihren Meeresfrüchten und kaute genießerisch.

Magnus stellte zufrieden fest, daß ihre Augen funkelten und ihre Wangen von einem rosigen Hauch überzogen waren. Wenn er je eine Frau gesehen hatte, die auch ohne vorheriges Tanzen äußerst entspannt wirkte, so saß sie hier vor ihm. In bester Laune aß er von seinem Gemüse. Das Essen war wirklich lecker, und zum Glück konnte er es uneingeschränkt genießen, denn seine Schwellkörper hatten sich vorübergehend beruhigt.

»Erzähl mir was von dir«, bat er spontan.

»Was willst du hören? Privatleben oder Job?«

»Von deinem Job hast du mir ja schon erzählt.«

Also privat. Annabel kam ohne zu Zögern zum zentralen Punkt.

»Ich bin unverheiratet.«

Dieser Aussage schien ein Fragezeichen nachzuschwingen. Magnus faßte das sofort richtig auf und reagierte entsprechend.

»Ich bin geschieden. Seit über zehn Jahren.«

»Ich lebe allein.« Die nächste Aussage, wieder mit einem Fragezeichen.

»Genau wie ich. Das heißt, Charlie lebt bei mir. Wenn sie nicht gerade bei ihrer Mutter wohnt. Sie wechselt immer zwischen uns hin und her, ohne festen Plan. Aber sie sorgt dafür, daß keiner von uns beiden das Gefühl hat, zu kurz zu kommen.«

»Du hängst wohl sehr an deiner Tochter, oder?«

»Sie ist ein kleines Biest.« Sein Gesicht war weich bei diesen Worten, und Annabel war sofort klar, daß Magnus den Boden anbetete, über den seine Tochter schritt.

»Hast du auch Kinder?«

»Nein.« *Noch nicht.*

»Und sonst?«

Ihr entging nicht, worauf er hinauswollte. »Keine Beziehung. Nicht mehr.«

Sie stach mit der Gabel in ein Stück Scampi, bis Saft hervorgespritzt kam.

»Du mußt nicht darüber sprechen«, sagte Magnus feinfühlig.

»Ich will aber.« Freimütig bekannte sie, daß sie vor kurzem eine ziemlich niederschmetternde Erfahrung hatte machen müssen.

»Es war wie im Film. Die beiden im Bett. Draußen der Regen. Dann die Anzüge auf der Straße, und die ganzen Laster, die da rübergedonnert sind ...« Sie stockte und errötete. »Ich frage mich, wieso ich dir das alles erzähle.«

Er legte in gespieltem Pathos die Hand auf seine Brust. »Ich bin Rechtsanwalt. Die Leute haben eben einfach Vertrauen zu mir.«

»Ja, und zum Glück mußt du über alles schweigen wie ein Grab.«

Er kniff ein Auge zu. »Nur, solange die Bezahlung stimmt.«

Annabel lachte. »Und welches Honorar verlangst du für dieses Mandantengespräch?«

»Darüber können wir später noch reden.«

Annabel fühlte sich von Hitze überflutet. Hatte das anzüglich geklungen?

Sie räusperte sich. »Wie ist dein Auflauf?«

Er spießte ein Kürbisbröckchen auf. »Ausgezeichnet.«

»Hattest du dich vorher nach dem Lokal erkundigt?«

Magnus nickte. »Ich hab' darüber gelesen.«

»In einem Reiseführer?«

Magnus bejahte und gestand dann ein wenig verlegen, daß er dazu neigte, die meisten seiner Unternehmungen von der wissenschaftlichen Seite her anzugehen. »Vielleicht hat es mit meinem Beruf zu tun. Es liegt mir quasi im Blut, Sachverhalte zu ergründen und Informationen zu sammeln. Ich weiß immer gern Bescheid über die Dinge, mit denen ich mich beschäftige. Also wälze ich jedesmal, wenn ich in Urlaub fahre, vorher mindestens einen Reiseführer. Oder ich sehe mir ein Video an. Ich denke mir, wenn ich schon mal irgendwohin fahre, sollte ich wissen, was mich erwartet. Und was ich mir bei dieser Gelegenheit auch gleich genauer anschauen sollte.«

»Das ist doch eigentlich ganz vernünftig«, fand Annabel. »Das machen viele Leute so.«

»Du auch?«

Sie schüttelte lächelnd den Kopf. »In diesem Fall nicht. Ich bin nur aus einem Grund nach Ibiza gekommen: der Liebe wegen.«

Magnus verschluckte sich an einem Stückchen gedünsteter Aubergine. Er röchelte, hustete und kam wieder zu Atem. »Ich verstehe. Ibiza, Liebe inbegriffen.«

Annabel grinste. »Nicht, was du denkst. Jedenfalls nicht direkt. Es ist wegen meines neuen Buchs. Ich bin einfach nicht damit weitergekommen. Mir fehlte der zündende Funke. Der männliche Funke, um genau zu sein.«

»Und den wolltest du auf Ibiza finden?«

»Das hoffe ich.« Sie suchte nach Worten, um es ihm begreiflich zu machen. »Wenn ich einen Roman schreibe, brauche ich ein Bild. Ein Bild in meinem Kopf, um genau zu sein. Ich muß mir die Figuren vorstellen können. Es ist alles eine Frage der Imagination. Für die ...« – sie gestikulierte – »... die echte Leidenschaft. Damit steht und fällt die ganze Geschichte. Sie sind das Highlight, wie Zuckerguß auf einem Kuchen. Deswegen kaufen die Frauen solche Romane. Aber was die meisten nicht wissen: Das eigentlich Fesselnde an einer Geschichte sind die Figuren. Sie müssen plastisch sein. Wenn die Figuren nicht echt rüberkommen, kann die Story nichts taugen. Und in diesem speziellen Fall hatte ich ein Problem mit der männlichen Hauptfigur. Ich konnte einfach keine finden. Sie nicht vor mir erstehen lassen.« Sie tippte sich gegen die Stirn. »Mental, wenn du verstehst, was ich meine.«

Magnus bemühte sich redlich, hatte aber seine Schwierigkeiten damit. »Und wieso glaubst du, diesen ... diesen männlichen Funken ausgerechnet auf Ibiza erwischen zu können?«

Sie sah ihn erstaunt an. »Ist doch klar. Wenn irgendwo das pralle Leben tobt, dann hier. Jeder weiß das. Soviel geballte Erotik auf einem Fleck findet man nirgendwo sonst.«

»Dann bist du ja jetzt aus dem Schneider, oder?«

Sie sah ihn an. Ihr Blick wirkte plötzlich leicht verhangen. »So könnte man sagen.«

Magnus hatte plötzlich Schwierigkeiten mit dem Atmen. Ihm fiel wieder ein, wie sie ihn auf dem Fest in Sant Antoni angeschaut hatte.

»Wie ist es?« fragte er mit belegter Stimme. »Möchtest du hinterher noch einen Nachtisch?«

»O ja«, versicherte sie. »Auf den Nachtisch freue ich mich schon den ganzen Abend.«

Das tat sie wirklich. Seit Stunden malte sie sich in den lebhaftesten Farben aus, wie es mit ihm ablaufen würde. Ob er gut küssen konnte? Würde er sich Zeit nehmen und darauf achten, daß sie auf ihre Kosten kam, oder war er von der schnellen Truppe?

Sie fragte sich, welche Geräusche er wohl von sich geben würde, und ob es sich wohl eher laut oder eher leise anhören würde, wenn er richtig zur Sache kam. Manche Männer röhrten bei der Liebe wie ein waidwund getroffener Hirsch. Andere fiepten wie ertrinkende Mäuse. Wieder andere – zu dieser Sorte hatte bekanntlich auch Harald gehört – grunzten wie Trüffelschweine beim Graben.

»Wir könnten nach dem Essen noch irgendwo was trinken«, sagte Magnus vorsichtig.

»Gerne. Bei dir oder bei mir?«

Britta ging exakt so vor, wie Charlie es ihr eingeschärft hatte. Betrunken, wie sie war, wußte sie zwar nicht genau, was das alles sollte, doch sie machte genau das, was von ihr verlangt worden war. Irgendwo in einem klaren Winkel ihres Verstandes war immerhin die Information eingesickert, daß sie mit dem, was sie hier tat, Robert unter die Erde bringen konnte, ohne dafür einen Finger krumm machen zu müssen.

Also marschierte sie kurz nach Mitternacht brav in die Disco, die ihre Komplizin ihr genannt hatte.

Sie kam sich vor wie ein Wesen von einem anderen Stern, als sie über die wild belebte, von wummernden Rhythmen beschallte Tanzfläche in Richtung Bar stolzierte. Charlie hatte ihr die Haare zu einer lässigen Mähne à la Pam Anderson toupiert, und mit dem Make-up, daß sie Britta verpaßt hatte, hätte man ein ganzes Haus anstreichen können.

»Du mußt die richtigen Signale aussenden«, hatte Charlie gemeint.

Das erforderte nicht nur die korrekte Tünche, sondern natürlich auch das passende Outfit. Britta trug ein knallenges Nichts von einem blaßrosa Top und einen schwarzen Röhrenrock in Lackleder, der kaum über die Hinterbacken reichte. Charlie hatte das Zeug

111

aus ihren eigenen Beständen angeschleppt und Britta überredet, sich hineinzuzwängen und dazu ihre – eigenen – Stilettopumps anzuziehen. Britta hatte sich die Dinger zwar in einem Anfall erotischen Leichtsinns irgendwann im letzten Jahr mal gekauft, sie aber noch nie getragen, denn sobald sie damit loslief, überkam sie immer das untrügliche Gefühl, sich nach höchstens zehn Schritten eine Zerrung oder Schlimmeres zuzuziehen. Doch Charlie hatte darauf bestanden, daß es heute nacht an der Zeit sei, die Treter einzulaufen.

Anschließend hatte sie gemeint, Britta wäre zwar, insgesamt gesehen, schon ein bißchen alt, aber das würde bei der Beleuchtung nicht so auffallen, vor allem dann nicht, wenn sie dieses Top anhatte, aus dem ihre Titten praktisch herausfielen. Das wäre genau die Art von Aufmachung, auf die Friedhelm voll abfahren würde, und falls Friedhelm sie fragen sollte, wie alt sie wäre, sollte sie bloß nicht verraten, daß sie schon zweiunddreißig war. Am besten wäre vielleicht sechsundzwanzig oder lieber nur fünfundzwanzig, das war auch Friedhelms Alter und daher gerade noch vertretbar, und außerdem sollte sie ja bloß ein einziges Mal mit ihm tanzen und ein paar Takte mit ihm quatschen, einfach, um sich selbst von der Notwendigkeit zu überzeugen, daß er um die Ecke gebracht gehörte.

Charlie hatte ihr Friedhelm vorher gezeigt, gegen zehn Uhr, als er noch an der Poolbar gesessen hatte, also hatte sie keine Probleme, ihn wiederzufinden. Außerdem war er ihr schon vorher aufgefallen; er war der Typ, dem Annabel Nachhilfe in Englisch geben mußte.

Abgesehen davon war er kein Mann von der Sorte, die man übersah. Im Gegenteil, er wirkte ausgesprochen ansehnlich. Wie eine Art moderner Wikinger.

Doch das gab es ja oft. Männer, die wie Götter aussahen, waren oft die größten Wichser, da gab es nichts zu rütteln.

Friedhelm stand entspannt an die Bar gelehnt und nippte an einem Bier. Seine Augen schweiften unablässig durch den Raum, auf der Suche nach Frischfleisch. Auch darüber war Britta von Charlie informiert worden. Wirklich schade, daß ausgerechnet so einer derart spitzenmäßig aussehen mußte!

Britta stieß sich von der Wand ab und stakste ihm entgegen.

»Hi«, sagte sie mit rauchiger Stimme.

Er starrte ihr in den Ausschnitt. »Hi.«

»Ich bin Britta.«

»Friedhelm.«

»Heiß hier, oder?« Sie faßte sich an die Brust und lupfte das Top für einen Sekundenbruchteil um ein paar entscheidende Zentimeter nach unten.

Friedhelm machte Stielaugen. »Sehr heiß.«

»Ich könnte was zu trinken vertragen.«

Hüftwackelnd kam sie noch näher und stellte sich neben ihn an die Bar.

»Was darf's denn sein?« wollte Friedhelm beflissen wissen.

»Piña Colada«, sagte Britta prompt.

Dagegen hatte er nichts einzuwenden. Er bestellte für sie, der Drink kam, und beide tranken kurz entschlossen Brüderschaft.

»Auf Ex«, sagte Friedhelm und hob sein Bierglas.

Britta gehorchte ohne Einwände. Danach fühlte sie sich merkwürdig. Die Laserblitze von der Decke stellten irgend etwas mit ihren Augen an. Oder der letzte Drink war definitiv zuviel gewesen. Friedhelm hatte plötzlich einen Schatten.

»Ich seh' dich doppelt«, kicherte sie. »Aber es lohnt sich.«

Friedhelm warf sich in die muskulöse Brust. »Findest du?«

Britta rülpste. »Du siehst echt gut aus.«

»Das sagen viele«, meinte Friedhelm geschmeichelt.

Britta streckte die Hand aus und befühlte einen braungebrannten Bizeps.

»Du fühlst dich auch t-toll an.« Das war ihr voller Ernst. Friedhelm war ein ganzer Kerl, das mußte der Neid ihm lassen. Und spendabel war er auch. Kaum daß sie ihr Glas leergetrunken hatte, bestellte er ihr auch schon ein neues. Und er geizte auch nicht mit Komplimenten.

»Du siehst aber auch klasse aus«, erklärte er. »Super. Echt. Du bist die tollste Frau hier in der ganzen Disco.«

Britta dröhnte der Kopf. Nicht, weil die Musik so laut war, nein, sie war wie erschlagen von seinem Charme. Komisch, hatte sie nicht vorhin noch gedacht, daß er eine Luftnummer war? Dabei war er doch wirklich einer von der netten Abteilung! So jemand war ihr schon lange nicht mehr über den Weg gelaufen!

Sie nippte ein paar Schlucke Hochprozentiges und himmelte ihr Gegenüber an.

Friedhelm himmelte intensiv zurück. Er ließ keinen

Zentimeter ihrer langen, wohlgeformten Beine und ihrer üppigen Oberweite aus.

»Wollen wir tanzen?« fragte er.

»Gerne«, nuschelte Britta. Sie stellte ihr Glas auf den Tresen der Bar und folgte Friedhelm torkelnd zur laserüberstrahlten, mit Leuten gespickten Tanzfläche. Fetziger Technosound brandete um sie herum, doch Britta war völlig mit Friedhelm einer Meinung, daß man dazu nur im Klammergriff tanzen konnte.

»Whow, du riechst gut«, nuschelte sie gegen seine Hemdbrust.

»Hugo Boss«, erklärte er, die Arme wie ein Krake um sie geschlungen.

Sie befühlte seinen Rücken. »Mann, das ist ja Wahnsinn!«

Friedhelm brachte seinen Mund an ihr Ohr und hielt ihr einen minutenlangen Vortrag über das Verhältnis zwischen Muskelmasse, Sauerstoffbedarf und Lungenvolumen. Britta verstand nicht viel davon, doch seine Ausdrucksweise war derart gewählt und seine Rhetorik so ausgefeilt, daß sie schon allein davon fast zum Orgasmus kam. Von der Hitze seines Körpers, der sich dicht an sie preßte, ganz zu schweigen.

Er drückte seine Lippen an ihren Hals und sein Becken gegen ihren Unterleib.

»Merkst du was?« raunte er.

Britta merkte es überdeutlich.

»T-Titan«, nuschelte sie.

»Wie bitte?«

»Nix.«

»Wie heißt du noch mal?«

»B-Britta.«

115

»Du bist süß, Britta. Wie alt bist du eigentlich?«

»Äh ... zweiunddr ... nein, sechsund ... nein, fünfundzwanzig.«

»Genau so alt wie ich!«

»So ein Z-Zufall.«

»Find ich auch. Da passen wir ja wunderbar zusammen.« Er wiegte sie in lustvoller Langsamkeit hin und her, nicht gerade im Takt der hämmernden Musik, aber dafür unglaublich erotisierend. Er fühlte sich so kräftig an, so massiv, so ... so ungeheuer männlich!

»Du bist so nett«, klagte sie. »Ich w-weiß gar nicht, was sie überhaupt gemeint hat!«

»Wer?«

Ja, wer? Britta kniff die Augen zusammen. Wer war das noch gleich gewesen, der ihr lauter schlechte Dinge über diesen wahnsinnig attraktiven Typ erzählt hatte? Sie hatte es schlicht und ergreifend vergessen.

Doch Friedhelm schien es ohnehin nicht zu interessieren. Er hatte anderes im Sinn.

»Hab' ich dir schon gesagt, daß du mich total anmachst?«

Britta legte den Kopf in den Nacken und schloß die Augen. Sie hing an Friedhelm wie tropfendes Wachs an einer überhitzten Kerze, durchdrungen von der betörenden Gewißheit, daß soeben ihre Slipeinlage feucht geworden war. Das war ihr noch nie passiert. Jedenfalls nicht ohne Anfassen an entsprechender Stelle. Nicht mal mit Robert, dem widerlichen, schleimigen Betrüger – und der hatte immerhin acht Jahre lang Zeit gehabt, zu üben.

»Wollen wir gehen?« fragte Friedhelm.

»Wohin?«

116

Er ergriff stützend ihren Ellbogen. »Zu mir.«

»Ähm ... Ich weiß nicht ...« Britta hielt sich die Hand gegen den Magen, um den darin befindlichen Alkohol am Herumschwappen zu hindern. Friedhelm hatte immer noch einen Schatten, und auch mit dem Fußboden stimmte etwas nicht, er hüpfte permanent auf und ab, sogar, wenn sie ganz still stand und sich überhaupt nicht bewegte.

»Du bist die schönste Frau, die ich je gesehen habe! Ich will dich!«

»Oh«, machte Britta schwach.

»Und du?«

»Was?«

»Willst du mich auch so wie ich dich, Bärbel?«

Britta hatte das vage Gefühl, daß hier irgend etwas aus dem Ruder lief, doch sie kam auf Anhieb nicht darauf, was das sein konnte. Und dann leistete Friedhelm ihr Entscheidungshilfe, dort, wo sie standen, mitten auf der Tanzfläche, umringt von all den zügellos herumhopsenden Nachtschwärmern. Er neigte sich zu ihr und küßte sie. Mit offenem Mund. Und Zunge. Und beiden Händen auf ihrem Hintern. Und an ihrem Bauch fühlte sie den Titanstab.

»O-Okay«, stammelte sie, als er von ihr abließ, um Luft zu holen. »Aber nur mit K-Kondom.«

117

6. Kapitel

In dem Bungalow, den Annabel zusammen mit Britta und Robert bewohnte, brannte Licht, als sie mit Magnus gegen Mitternacht in die Anlage zurückkehrte, also entschieden sie ganz zwanglos, den geplanten Schlummertrunk im Nachbarbungalow bei Magnus einzunehmen. Charlie war noch nicht wieder da, und Magnus erwartete sie nicht vor dem Morgengrauen zurück.

»Bleibt sie denn immer so lange aus?« fragte Annabel, während sie es sich auf dem Sofa bequem machte.

»Jede Nacht.«

»Machst du dir keine Sorgen deswegen?«

»Klar. Andauernd. Aber was soll ich machen? Es ihr verbieten? Sie ist volljährig.«

Magnus stand an der Küchentheke. Er entkorkte eine Flasche und goß Sekt in zwei Gläser. Er reichte Annabel eines davon und setzte sich neben sie.

»Zum Wohl.«

Annabel lächelte. »Zum Wohl.«

Sie stießen an und tranken. Annabel schlug ein Bein über das andere und sah sich um. »Sieht genauso aus wie nebenan.«

118

»Wahrscheinlich sieht's hier in allen Bungalows so aus.«

Annabel hatte rasch ihr Glas leergetrunken. Jetzt kam der spannende Teil des Abends. Während der ganzen Fahrt hatte er ihr heiße Blicke von der Seite zugeworfen. Er hatte zwar nicht versucht, ihr zwischen Bougainvillea- und Hibiskusbüschen an die Wäsche zu gehen, doch Annabel hätte schwören können, daß es bei ihm gefunkt hatte. Das Knistern war förmlich zu hören, die sexuelle Spannung fast mit Händen zu greifen. Alle Vorzeichen standen auf Vollzug. Jetzt war es an ihm, damit anzufangen. Annabel war zwar eine moderne junge Frau, doch als Autorin klischeebeladener Romantikschwarten und als Erziehungsprodukt eines den überkommenen Geschlechterrollen verhafteten Elternhauses würde sie es niemals über sich bringen, auch körperlich den ersten Schritt zu tun. In ihren Augen war es bereits der Gipfel der Verruchtheit, daß sie ihn angemacht hatte. Was weiter passierte, lag bei ihm. Wenn er es nicht über sich brachte, sie anzufassen, würde dieser Abend damit enden, daß sie ihr Glas austrank und höflich gute Nacht sagte.

Angespannt harrte sie der Dinge, die da kamen. Oder auch nicht.

Würde er oder würde er nicht? Und wenn ja, was wäre sein erster Schritt? Hand aufs Knie? Kuß auf die Wange? Oder würde er peinliche Fragen stellen, etwa: *Wollen wir es uns drüben im Schlafzimmer ein bißchen bequem machen?*

Er lockerte mit einer fahrigen Geste seinem Hemdkragen. »Schmeckt dir der Sekt?«

»Gut, ja, danke.«

»Es ist bloß so eine Nullachtfünfzehn-Marke aus dem Supermarkt«, sagte Magnus entschuldigend.

»Schmeckt trotzdem.«

»Möchtest du noch ein Glas?« Bevor sie etwas sagen konnte, war er schon aufgesprungen und holte die Flasche aus der Küche.

Annabel betrachtete ihn verstohlen von der Seite, während er ihr nachschenkte. Sein eigenes Glas goß er ebenfalls bis zum Rand voll und stürzte dann den Inhalt auf einmal hinunter. Er war ganz eindeutig nervös. Empfand er die Situation womöglich als peinlich? War sie zu forsch vorgegangen? Hatte sie ihm mit dem Vorschlag, noch auf ein Glas mit zu ihm zu kommen, die Pistole auf die Brust gesetzt? Vielleicht war er ein Mann von der altmodischen Sorte und hielt es für unhöflich, gleich in der ersten Nacht zur Sache zu kommen. Womöglich hatte er sie ja deswegen auch gefragt, ob sie mit ihm zum Tanzen gehen wollte – um die ganze Sache langsam voranzutreiben, Schritt für Schritt, wie es sich in seinen Augen gehörte. Schließlich war er schon weit über vierzig. Er gehörte sozusagen einer anderen Generation an.

»Wärst du lieber zum Tanzen gegangen?« platzte sie ohne nachzudenken heraus.

»Wie kommst du darauf?«

Annabel suchte nach einer diplomatischen Erklärung. »Ich habe ... ähm, irgendwie habe ich den Eindruck, daß du dich möglicherweise nicht ganz wohl fühlst.«

Es gab einen Knall, als Magnus sein Glas auf dem Couchtisch abstellte. »Das könnte damit zu tun haben, daß ich nicht weiß, wie ich es anstellen soll. Das letzte Mal ist schon ziemlich lange her.«

»Oh«, sagte Annabel. »Na ja. Dann ...« Sie legte ihre Hand auf sein Knie und küßte ihn auf die Wange. »Was hältst du davon, wenn wir es uns drüben in deinem Schlafzimmer ein bißchen bequem machen?«

»Du ... äh ... willst ...«

»Nur, wenn du es willst.«

Magnus schluckte. »Ob ich ... Ob ich ...«

Ihre Augen funkelten, ihre Lippen näherten sich seinem Mund. »Vielleicht sollten wir nicht so viel reden.«

»Du hast völlig recht«, stieß Magnus hervor. Er spürte, wie ihm an allen möglichen und unmöglichen Stellen der Schweiß ausbrach. Sein Herz raste zum Zerspringen. Dumpf schoß ihm durch den Kopf, daß er irgend etwas tun sollte, doch er kam nicht darauf, was es war. Zum Glück hatte er voll austrainierte männliche Reflexe. Sein Körper riß die Befehlsgewalt über sein Denkvermögen an sich. Sein Mund preßte sich automatisch auf den von Annabel, und der Rest klappte irgendwie von ganz allein.

»Du küßt wunderbar«, stieß sie während einer kurzen Atempause hervor.

»Du auch.«

Und schon machten sie weiter.

Magnus küßte Annabel wie ein Verhungernder, und gleichzeitig arbeiteten sich seine Hände an den Schnüren ihrer Cargohose ab. Er kriegte sie nicht auf und machte beim Top weiter. Dieses ließ sich überraschend leicht über ihre Schultern streifen, aber erst mit ein paar Sekunden Verzögerung erkannte er den Grund dafür, als nämlich das Geräusch berstenden

Stoffes an sein Ohr drang. Er hatte ihr die Bluse schlicht vom Leib gerissen. Zum Glück schien es ihr nichts auszumachen, und im nächsten Moment interessierte es auch ihn nicht mehr, denn er war völlig gebannt vom Anblick ihrer vollen, von rosigen Spitzen gekrönten Brüste. Stöhnend begrub er seinen Kopf inmitten der Fülle dieses weichen, weiblichen Fleisches.

»Ja«, flüsterte Annabel. »O ja!«

Ihre Hände zerrten an dem Reißverschluß seiner Jeans und streiften ihm gleich darauf die Hose herab, und er saugte hingerissen an ihrer rechten Brust, während er gleichzeitig einen neuen Versuch mit den widerspenstigen Bändeln ihrer Flatterhose unternahm.

»Sie geht nicht auf«, keuchte Magnus.

»Laß mich mal.« Annabel nestelte mit zitternden Fingern an sich herum und stellte fest, daß sich die Kordel des Taillenbundes rettungslos verknotet hatte. »Mist«, fluchte sie.

»Ich hol eine Schere.« Magnus sprang auf und rannte in die Küche – oder besser, er wollte rennen. Beim zweiten Schritt schlug er der Länge nach hin, die Jeans bis zu den Knien hinabgerutscht.

»Autsch!«

»Hast du dir wehgetan?«

»Nicht der Rede wert«, preßte er mit schmerzverzerrtem Gesicht hervor.

»Du Ärmster!« Halbnackt kniete Annabel sich neben Magnus und half ihm hoch. Ihre Brüste baumelten verlockend vor seinen Augen, und aufstöhnend packte er Annabel um die Hüften. »Du machst mich verrückt!«

122

»Warte, ich hol die Schere.«

Sie entwand sich seinem Griff, um in die Küche zu gehen, stolperte aber prompt über Magnus' Bein. Sie fiel auf ihn, und wieder war er verloren.

»Ich glaube, das wird so nichts«, meinte sie zweifelnd.

»Laß mich«, keuchte er, intensiv mit ihrer Brust beschäftigt – diesmal mit der linken. Und dann packte er mit beiden Händen die vermaledeite Hose und riß sie ihr mit Brachialgewalt vom Körper. Nacktes Fleisch traf auf nacktes Fleisch, und wie von allein drängte sein erigiertes Glied sich zwischen ihre entblößten Schenkel.

»Annabel«, stammelte er.

»Vielleicht sollten wir ...«

»Ins Bett?« Er war schon auf die Füße gesprungen. »Komm.«

Er zerrte sie vom Boden hoch und hinter sich her in sein Schlafzimmer. Stolpernd erreichten sie ihr Ziel. Immer noch halb angezogen, landeten sie auf dem Bett.

Magnus fühlte ein Brausen in seinen Ohren. »Ich kann nicht warten«, knirschte er. Fieberhaft machte er sich daran, es unter Beweis zu stellen. Die Jeans immer noch um die Fußknöchel verheddert, schob er sich zwischen Annabels geöffnete Knie und brachte sich in Position. Das Nirwana schwebte in verlockender Reichweite vor ihm. Ihr Duft stieg ihm in die Nase und schoß von dort direkt in sein Gehirn. Er konnte sich nicht erinnern, wann er zuletzt in seinem Leben derart wild auf eine Frau gewesen war.

Es mußte jetzt sein, jetzt sofort. Oder er würde sterben.

»Ich will dich«, sagte er mit undeutlicher Stimme. »Ich will dich so sehr.«

»Oh«, machte Annabel schwach. Sie fühlte sich am Rande der Verzückung schwanken. Nicht der sexuellen Erfüllung, nein, nicht etwas derart Profanes. Dies hier ging tiefer, es war gleichsam ein Höhepunkt der besonderen Art. Sie wußte, wenn es ihr gelänge, von dieser göttlich aufgeheizten Erotik auch nur zehn Prozent mental zu konservieren und für Clarissa und Markus einzufangen, würde ihr nächster Roman ein Bestseller werden. Vor allem würde sie einen bestimmten Satz verwenden, der sie gerade als feurige Inspiration durchzuckt hatte wie ein Blitz: *Die köstlich feuchte Hitze ihrer Bereitschaft ließ ihm die Sinne schwinden ...*

Magnus stöhnte. Annabel lauschte. Es klang ... interessant. Nicht wie ein Tier, jedenfalls nicht wie eines, das Annabel kannte. Eher schon wie eine Art Hochleistungsblasebalg. Annabel hatte nicht das geringste gegen Blasebälge. Sie waren sozusagen wertneutral. Im Grunde, so überlegte sie, könnte man sie sogar als Utensilien mit nützlichem, vielleicht gar sympathischem Charakter einstufen, dienten sie doch dazu, die Glut zu schüren und das Feuer immer heißer aufflammen zu lassen.

»Ja«, flüsterte sie aufmunternd, während Magnus sich anschickte, sie zu penetrieren. Doch dann fiel ihr siedendheiß etwas ein. »Warte. Nein, tu das nicht! Du hast was vergessen!«

Magnus hob benommen den Kopf von ihrer Brust. »Was?«

»Du weißt schon.«

»Oh. Ach so.« Und dann, nach drei Sekunden lasten-
den Schweigens: »Verdammt!«

»Sag bloß, du hast nicht ...?«

Magnus ließ sich auf den Rücken rollen, die Hand
über den Augen.

»Es tut mir leid. Ich bin so blöd. An den dämlichen
Sekt habe ich gedacht, aber nicht an Verhütung.« Er
wandte ihr kläglich das Gesicht zu. »Du hast nicht zufällig ...?«

Annabel schüttelte bedauernd den Kopf.

Sein Blick bekam etwas Raubvogelartiges, als er auf
ihren nackten Körper starrte. »Dann muß ich mir eben
etwas einfallen lassen.«

»Was meinst du damit?« fragte Annabel. Mit großen
Augen sah sie, daß seine Erektion kein bißchen nach-
gelassen hatte. Im Gegenteil.

»Damit meine ich, daß jetzt meine Phantasie gefragt
ist.« Er kam näher und beugte sich über sie. Ein unter-
nehmungslustiges Glitzern trat in seine Augen. Seine
Hände begaben sich auf eingehende Erkundungsreise.
»Und wenn ich nicht weiter weiß, muß mir die Erotik-
autorin eben auf die Sprünge helfen.«

Charlie stand im Wohnzimmer und spannte die Ohren
auf. Ganz klar, der Mann, der sich nebenan um seinen
Verstand stöhnte, war ihr Vater. Und die Frau war,
ebenso klar, diese Annabel aus dem Nachbarbungalow. Er sagte ja oft genug ihren Namen. Zum Beispiel:
Oh, jaaa, Annabel, das ist Wahnsinn! Oder, kurz darauf: *Nicht so schnell, Annabel, sonst komme ich! Warte! Oh, oooh, jaaa!*

»Das kann ja wohl nicht wahr sein«, sagte Charlie.

Sie bemühte sich dabei gar nicht erst, ihre Stimme zu dämpfen. Schließlich wohnte sie hier. Das fehlte noch, daß sie still wie ein Mäuschen vorbeischlich und sich ins Bett verkroch. Gleiches Recht für alle. Betont forsch stampfte sie durch den Wohnraum und an der angelehnten Tür vorbei.

Doch niemand hörte sie. Die Geräusche aus dem Schlafzimmer nahmen eher noch an Intensität zu. Charlie ging in ihr daneben liegendes Zimmer, warf sich aufs Bett und hielt sich die Ohren zu. Vergeblich. Diese Annabel verursachte einen Lärm, daß die Wände wackelten. Ihre Schreie wurden immer spitzer.

Charlie nahm die Hände von den Ohren und setzte sich auf. »Das ist nicht mehr normal.«

Sie sprang aus dem Bett und stürmte in das Schlafzimmer ihres Vaters. Normalerweise hätte sie sich das nicht herausgenommen, doch die Umstände waren alles andere als normal. Nicht etwa, weil Magnus Sex hatte – obwohl es schon schlimm genug war, den eigenen Vater bei so was zu erwischen! –, sondern weil sie vorhin im Nachbarbungalow ein Erlebnis gehabt hatte, das man auch bei wohlwollender Betrachtungsweise nur als traumatisch bezeichnen konnte. Hitchcock war gar nichts dagegen! Was sie jetzt vor allem brauchte, war Ruhe, Ruhe, und nochmals Ruhe. Schließlich mußte sie an ihr Kind denken.

Charlie baute sich im Türrahmen auf und gewahrte verblüfft die Szenerie auf dem Bett. Gehört hatte sie natürlich schon, daß es so etwas gab, es allerdings noch nie in natura gesehen. Hier mußte es sich um jene Stellung handeln, die man gemeinhin als Neunundsechziger bezeichnete. Jetzt wurde ihr auch klar, warum. Blieb nur die Frage, wie zwei Menschen solchen Radau fabrizieren konnten, wenn beide den Mund voll hatten.

»Ihr könntet echt etwas leiser sein«, beschwerte sie sich mürrisch.

Magnus fuhr mit einem entsetzten Aufkeuchen hoch, und auch Annabel ließ alles fahren, was sie zwischen den Lippen hatte. Im nächsten Augenblick wurden beide wieder aktiv, indem sie mit hektischen Bewegungen jeden verfügbaren Zipfel des Bettlakens hochrissen und notdürftig ihre Blößen bedeckten.

»Charlie«, stammelte Magnus. »Ich hab' dich gar nicht reinkommen hören!«

Annabel rutschte vollends von Magnus herunter und starrte Charlie mit weitaufgerissenen Augen an. Mein Gott, dachte sie verstört, ich muß gerade ausgesehen haben wie eine Boa Constrictor, die ihre Beute erwürgt!

»Das ist meine Tochter Charlotte«, brachte Magnus mühsam hervor. »Charlie, Annabel.«

»Angenehm«, flüsterte Annabel mit erstickter Stimme.

»Tut mir leid, wenn ich euch gestört habe«, erklärte Charlie entnervt. »Aber ich bin total erledigt. Ich muß dringend schlafen. Bloß kriege ich bei dem Krach leider kein Auge zu.«

Annabel raffte die Decke an sich und glitt mit schamroten Wangen aus dem Bett. »Ich geh mich dann mal anziehen.« Sie drückte sich in Windeseile an Charlie vorbei und sammelte im Wohnzimmer ihre zerfetzten Kleidungsstücke ein. »Bis morgen«, rief sie leise ins

Schlafzimmer hinüber, und dann: »Gute Nacht allerseits.«

Und schon war sie draußen. Über die Terrasse verschwand sie nach nebenan. Das Bettlaken nahm sie mit.

Magnus legte stöhnend den Kopf auf die angezogenen Knie. »Du hättest auch noch ein paar Sekunden warten können.«

Charlie war empört. »Sonst hast du dazu gar nichts zu sagen?« Sie musterte ihn mit flammenden Augen. »Du bist mein Vater!«

Magnus zuckte zusammen und zupfte die Bettdecke über seinen schmerzenden Lenden zurecht. »Du hast recht. Entschuldige.« Er suchte fieberhaft nach Worten. »Schau, Kleines, was du eben gesehen hast ...« Seine Stimme erstarb, und er nahm einen neuen Anlauf. »Auf den ersten Blick kam es dir vielleicht so vor, als wäre es ...« Wieder stockte er.

»Abartig?« fragte Charlie mit geblähten Nasenlöchern. »Pervers?«

Magnus schrumpfte unter ihrem bohrenden Blick. Diese Sache war verflixt schwierig. Wie erklärte man seiner einzigen Tochter gewisse niedere, aber letztlich doch legitime Spielarten des menschlichsten aller Triebe?

»Charlie, ich hoffe, daß du ...« Der Satz erstarb ihm auf den Lippen. Ihm wollte partout nicht der richtige Ansatz einfallen. Zum Glück übernahm Charlie die Initiative. »Darf ich dich was fragen?«

Magnus blickte erleichtert auf. »Natürlich. Alles.«

»Wie schmeckt es denn?«

Magnus fiel die Kinnlade herab.

128

»Normalerweise würde ich das einen Mann nicht fragen, aber wie gesagt, du bist ja mein Vater.«

»Ich ... ähm ... also ...«

»Ich könnte mir vorstellen, daß man das nur aushält, weil der andere im Gegenzug gleichzeitig ... Du weißt schon. Daß einen das irgendwie von dem ekligen Geschmack und den ganzen Haaren in der Nase ablenkt oder so.«

»Nein, so ist es ganz und gar nicht«, protestierte Magnus. Dann hielt er inne. »Nun ja, vielleicht bei manchen Leuten«, räumte er ein. »Aber nicht bei mir.«

»Dir macht es also Spaß«, konstatierte Charlie überflüssigerweise.

»Wir sollten jetzt über was anderes reden«, versetzte Magnus unwirsch. Er schaute auf seine Armbanduhr. »Es ist erst halb zwei. Wie kommt es eigentlich, daß du schon zu Hause bist? Normalerweise läßt du dich doch nicht vor fünf Uhr morgens hier blicken!«

»Ich hatte Kopfschmerzen«, erklärte Charlie. Das entsprach durchaus der Wahrheit, wenngleich dies noch das geringste ihrer derzeitigen Probleme darstellte. »Okay, ich geh dann mal ins Bett. Gute Nacht.«

Magnus seufzte ergeben. »Gute Nacht.«

Während Charlie im Bad verschwand, ließ er sich erschöpft zurück aufs Bett fallen und rekapitulierte die Ereignisse. Fünf Sekunden, dachte er. Allerhöchstens. Und er wäre hochgegangen wie eine Rakete. Und Annabel auch. Sie hatte genauso kurz davorgestanden wie er ...

Charlie kam aus dem Bad, in Unterwäsche und den Mund voller Zahnpastaschaum. »Ach, übrigens, ich glaube nicht, daß es echt war.«

129

Magnus schaute verdattert auf. »Wovon redest du?«

»Von ihrem Gestöhne. Es klang unecht. Wie in *Harry und Sally*.«

»Harry ...?«

»Du weißt schon, der Film, mit Meg Ryan. Wo sie in einem vollbesetzten Lokal die Geräusche vormacht, mit denen sie immer ihre Orgasmen simuliert.«

»Du spinnst«, entfuhr es Magnus.

Charlie wiegte den Kopf. »Mir kam es vorhin genau so vor wie in dem Film.«

»Das ist absoluter Quatsch«, erklärte Magnus im Brustton der Überzeugung. Er wirkte zutiefst entrüstet.

»Ich sage nur meine offene Meinung als Frau.«

»Ich wünsche dieses Thema nicht weiter zu diskutieren. Nicht jetzt und nicht später.« Jetzt kehrte er definitiv den toughen Anwalt heraus. Sein barscher Tonfall ließ keinen Zweifel daran, daß er es ernst meinte.

»Ich wollte dich nicht in deiner männlichen Ehre kränken«, versicherte Charlie. »Ich hab' halt bloß so gemeint. Man weiß ja nie.« Im Hinausgehen meinte sie lässig über die Schulter: »Vor allem in Anbetracht der Tatsache, daß laut der jüngsten amerikanischen Erhebung zu diesem Thema zweiundachtzig Frauen ihren Sexpartnern regelmäßig einen Orgasmus vortäuschen.«

Mit dieser niederschmetternden Information überließ sie Magnus seinen Gedanken und ging zurück in ihr Zimmer. Sie legte sich ins Bett und zog sich die Decke über den Kopf, doch keine Dunkelheit vermochte die Bilder auszulöschen, die sich in ihr Gedächtnis eingebrannt hatten wie Säure. Das kurze Zwischenspiel mit Magnus und Annabel hatte sie nur für ein paar Minuten ablenken können, mehr nicht. Jetzt drängte sich das davor Erlebte mit Macht wieder in ihr Bewußtsein. In rascher Abfolge und zugleich quälender Deutlichkeit erstanden Momentaufnahmen des Geschehenen vor ihrem geistigen Auge.

Die zerschmetterten schwarzen Plastikteile des Laptops auf dem grellweißen Untergrund der Bodenfliesen im Bad des Nachbarbungalows, Roberts dumpfes Stöhnen: *Britta, nicht ...* Sie war zur Seite getreten, einer der Kunststoffsplitter hatte sich in ihre Ferse gebohrt, und sie hatte einen Laut von sich gegeben, der eher erschrocken als schmerzerfüllt klang. Dann der zähe Fluß des Blutes – seines Blutes – zu ihren Füßen, während der Atem wie ein Sturmwind in ihren Lungen brauste und der Puls in ihren Ohren dröhnte wie Donnerhall. Und dann nichts mehr, kein einziges Geräusch, nur noch eine fast surreal anmutende Stille. Und der Geruch nach Blut. Sie hätte nie gedacht, daß frisches Blut so widerlich roch, metallisch, süßlich und gleichzeitig irgendwie exotisch.

Sie stand über ihn gebeugt. Ihr Magen krampfte sich zusammen, und in mehreren Schwällen übergab sie sich, bespuckte ihn von Kopf bis Fuß mit halb verdauten Shrimps und angegorenem Ananassaft.

Das Gestammel, das sie daraufhin von sich gab, war im Rückblick nach Charlies Dafürhalten an Peinlichkeit kaum zu überbieten: *Oh, tut mir furchtbar leid, das wollte ich nicht!*

Man bedenke – eine solche Bemerkung, nachdem sie ihn drei Sekunden vorher umgebracht hatte! Das Erbrochene floß über seine Ohren und lief ihm in den Hemdkragen. Charlie hatte bei dem Anblick unwillkürlich erneut würgen müssen, doch zum Glück war nichts mehr gekommen.

Jetzt war von der Übelkeit nichts mehr zu spüren, doch die Bilder waren immer noch da. Charlie rollte sich auf den Bauch und legte den Kopf auf ihren Unterarm, ohne die Bettdecke hochzuschieben. Die kleine Wunde an ihrem Fuß pochte, und Charlie fragte sich, ob der Splitter noch darin steckte. Sie stellte sich vor, wie sie mit der Hand hinunterlangte und die Stelle betastete, doch obwohl es sie in den Fingern juckte, ihre Ferse zu untersuchen und das Bruchstück herauszupulen, versagte sie es sich. Es war beinahe so, als wollte sie den Schmerz fühlen, als wollte sie darauf beharren, daß ein Fremdkörper in ihrer Haut steckte, eine Art persönliches Fragment, das von *ihm* stammte.

Irgendwo hatte sie mal gelesen, daß Splitter, die nicht aus einer Wunde entfernt wurden, tief ins Fleisch wuchern konnten, immer tiefer hinein, bis sie irgendwann begannen, im Körper herumzuwandern, um dann vielleicht Jahre später an einer völlig anderen Stelle und gänzlich unerwartet wieder aus der Haut herauszuwachsen. Diese Vorstellung erinnerte sie unwillkürlich an eine Story, die sie mal gelesen hatte, eine Gruselgeschichte von Edgar Allan Poe, *Das verräterische Herz*, obwohl dort, wenn sie sich recht erinnerte, von einem Splitter nicht die Rede gewesen war.

Müßig spann sie ihre Gedanken fort. Sie stellte sich vor, wie der Splitter durch die Gewebeschichten, Gefäße und Lymphbahnen ihres Körpers wanderte und in einiger Zeit, wenn sie schon gar nicht mehr daran dachte, wieder zum Vorschein kam – vielleicht an einer verräterischen Stelle, wo jeder das Ding sehen konnte, zum Beispiel im Gesicht! Ein widerlich spitzes, fremdartiges Plastikstück, das sich neben ihrer Nase seinen Weg ins Freie bahnte, so rabenschwarz wie ihre Seele und die Tat, die darauf lastete.

Charlie weigerte sich, über das Geschehene nachzudenken, obwohl sie wußte, daß sie mit dieser Vogel-Strauß-Taktik nicht weit kommen würde. Spätestens morgen würde sie sich der Realität stellen müssen.

Irgendwann fiel sie in einen unruhigen Schlaf.

Annabel wälzte sich im Bett hin und her und zerbrach sich den Kopf über die Frage, ob sie sehr unanständig ausgesehen hatte mit Magnus edelstem Körperteil im Mund. In den Augen eines gerade erst achtzehnjährigen Mädchens mußte es der Gipfel der Verworfenheit sein, das Geschlechtsteil des eigenen Erzeugers im Schlund einer wildfremden Frau stecken zu sehen! Von den freudianischen Aspekten eines derart traumatischen Anblicks ganz zu schweigen! Vielleicht waren dem armen Kind jetzt für alle Zukunft die Freuden oraler Beglückung durch einen Mann vergällt! Und das war allein ihre, Annabels Schuld!

Glühend vor Scham und Entsetzen war Annabel direkt durch die offene Terrassentür ihres Bungalows in ihr Zimmer geflüchtet – auf Zehenspitzen, denn sie hatte Roberts Fahrrad draußen stehen sehen. Im Bad brannte Licht, also war er zu Hause. Das Zähneputzen hatte sie folglich ausfallen lassen, zumal sie sich momentan sowieso nicht ins Gesicht schauen mochte.

Von Britta war nichts zu sehen gewesen, wahrscheinlich lag sie längst sturzbetrunken im Bett.

Annabel blieb für einen Moment reglos liegen und lauschte in die Dunkelheit. Aus dem Bad waren keinerlei Geräusche zu hören, und auch in den übrigen Räumen war es still. Ob Robert schon ins Bett gegangen war?

Wieder warf sie sich aufgewühlt herum. Die Ereignisse der letzten Stunden ließen sie nicht zur Ruhe kommen. Vor allem nicht gewisse Minuten, die es vom dramatischen Potential her wahrlich in sich gehabt hatten!

Es hielt sie nicht mehr im Bett. Sie sprang auf, setzte sich an den kleinen Schreibtisch, der vor dem Fenster stand und klappte ihren Laptop auf.

Soeben war ihr für ihren neuen Roman eine komplette Szene eingefallen, die in Clarissas Kindheit spielte. Eine Rückblende beleuchtete einen Vorfall, der sich zugetragen hatte, als Clarissa gerade fünfzehn Jahre alt war. Während sie selbst noch in kindlicher Unschuld in den Tag hinein lebte und für ihr Leben gern *Hanni-und-Nanni*-Bücher las, war die gleichaltrige Marina bereits ein mit allen Wassern gewaschenes Luder, die allen Männern, die ihr über den Weg liefen, schöne Augen machte. Eines Tages war Clarissa bei Marina zu Besuch. Sie saß in Marinas Zimmer und hörte Musik, als es läutete. Es war der Mann, der immer die Rassehunde der Familie ausführte, zwei hypernervöse Pudel mit roséfarbenen Löckchen. Marina, deren Eltern an jenem Nachmittag nicht zu Hause waren, bat den Mann unter irgendeinem Vorwand herein, dann forderte sie Clarissa unverfroren auf, mal kurz aus dem Zimmer zu gehen. In ihrer Arglosigkeit gehorchte Clarissa, wurde dann aber doch leicht stutzig, als Marina mit dem Mann, einem ölig grinsenden, windhundartigen Typ, der bestimmt schon über zwanzig war, in ihrem Zimmer verschwand. Nur Sekunden später waren durch die verschlossene Tür merkwürdig erstickte Geräusche zu hören. Clarissa, deren Neugier stärker war als ihr natürliches Schamempfinden, riskierte einen Blick durchs Schlüsselloch. Was sie sah, ließ sie vor Grauen einen Satz rückwärts machen. Für einen Moment hatte sie tatsächlich geglaubt, Marina wolle diesen Fremden verschlingen, genauer gesagt, einen bestimmten Teil von ihm! Bei ihrem panischen Rückzug vor diesem unaussprechlichen Anblick stolperte Clarissa über einen der Hunde, die Marina im Gang gelassen hatte, doch selbst das daraufhin einsetzende Jaulen vermochte die in ihrer Obszönität eindeutigen Geräusche nicht zu übertönen, die aus Marinas Zimmer drangen.

Annabel beschrieb es in allen Einzelheiten, mit dringlicher Intensität, und als sie die Szene am Ende durchlas, fand sie, daß ihr hier eine Darstellung von beklemmender Authentizität gelungen war. Äußerst zufrieden mit sich und ihrer Phantasie kroch sie wieder ins Bett. Markus, ihr Romanheld, würde alle Hände voll zu tun haben, um die emotional-erotische Barriere, die dieses Jugendtrauma bei Clarissa hinterlassen hatte, aus dem Weg zu räumen.

Annabel schlief ein und träumte, daß sie mit Magnus zusammen im Bett lag. Sie machten genau da weiter, wo sie vorhin aufgehört hatten, und ein Rudel rosagelockter Pudel schaute ihnen leise winselnd dabei zu.

7. Kapitel

Eivissa, im Süden der Insel gelegene Hafenstadt und zugleich Hauptstadt von Ibiza, bietet einen malerischen, südländischen Anblick, mit vielen weißen, würfelförmigen Häusern, die sich in den Hang geschmiegt auftürmen, bis hin zu der Mauer, welche die Oberstadt umgibt, den historische Kern des Ortes mit der Kathedrale, dem alten Bischofspalais sowie historischen Herrenhäusern und Amtsgebäuden. Mittelalterliches maurisches Flair verlockt hier regelmäßig die Touristen zu einem ausgedehnten Besichtigungsbummel geschichtsträchtiger Stätten – außer natürlich nachts, wenn der Ort überbordet von Partystimmung, vor allem im unteren Teil der Stadt, zum Beispiel im südlich vom Hafen gelegenen *La Marina*, dem betriebsamen Geschäfts- und Vergnügungsviertel, wo die Grenzen zwischen Tag und Nacht regelmäßig den ganzen Sommer über aufgehoben sind.

Auch in dieser Nacht, gegen zwei Uhr morgens, schoben sich die Menschen durch die Gassen, vorbei an Läden, Restaurants und Diskotheken, alle miteinander nur getrieben von dem einen Ziel: rund um die Uhr Spaß zu haben. Bei Nacht lautete die Devise auf Ibiza schlicht, gut drauf zu sein. Die Menge war ein

136

hungriger Schwarm aufgebrezelter, braungebrannter, hitziger Fun-Freaks, für die Lifestyle alles und Schlaf nichts war.

Das traf in diesem Fall auch auf Britta und Friedhelm zu, die sich auf dem Heimweg befanden. Der Lärm aus den umliegenden Lokalen und das brodelnde Treiben ringsherum lenkte sie nicht von dem Ziel ab, das beiden vor Augen schwebte, nämlich möglichst schnell in die Horizontale zu kommen, und das nicht etwa zum Schlafen.

»Ist es noch weit?« lallte Britta.

Friedhelm hörte es nicht, weil gerade einer der herumschwirrenden Nachtschwärmer versuchte, seine Aufmerksamkeit auf einen Hütchenspieler zu lenken, bei dem man garantiert nur gewinnen konnte. Als cleverer Ibiza-Urlauber wußte Friedhelm natürlich trotz der sechs Bier, die er seit dem Abendessen verinnerlicht hatte, ganz genau, daß diese Typen einen bloß abzocken wollten. Zwei- oder dreimal ließen sie einen gewinnen, danach wurde man abkassiert. Auf solche dämlichen Tricks würde er nicht hereinfallen.

»Keine Chance«, grunzte er den aufdringlichen Lockvogel an.

»Was?« fragte Britta.

»Nix«, sagte Friedhelm. Er hatte Mühe, sie festzuhalten und mitzuschleifen. Die Frau war wirklich abgefüllt. Er konnte sich nicht erinnern, jemals eine Braut abgeschleppt zu haben, die derart voll gewesen wäre. Nur noch vom festen Griff ihres Begleiters aufrechtgehalten, taumelte sie auf ihren unbequemen Stöckelschuhen vorwärts und rempelte dabei zahlreiche Passanten an.

137

»Meine Füße tun weh«, quengelte sie.

»Wir sind gleich da.«

»Ist es noch weit?«

»Wir sind gleich da.«

»Wo?«

»Da, wo wir hingehen.«

»Wo gehen wir denn hin?«

Friedhelm fand es erstaunlich, wie jemand trotz absoluter Volltrunkenheit noch derart hartnäckige und dabei an Dämlichkeit nicht zu überbietende Fragen stellen konnte.

»Ins Bett«, erklärte er.

Damit gab Britta sich vorläufig zufrieden. Der auf und ab wogende Trubel um sie herum wirkte gespenstisch auf sie, wie eine Art surrealer Faschingsumzug, mit ungezählten bunt ausstaffierten Leibern, auf denen schrill geschminkte, grinsende Clownsgesichter thronten.

»Lustig«, nuschelte sie.

Dann versuchte sie, sich auf ihre Füße zu konzentrieren, die ständig unter ihr wegknickten.

Danach hatte sie eine Art Filmriß, denn sie kam erst wieder zu sich, als Friedhelm sie auszog und kühle Luft ihre bloße Haut streifte. Britta riß die Augen auf und schaute sich um. »Wo sind wir?«

Er zerrte ihr den BH vom Körper. »In meinem Hotelzimmer.«

»Was hast du vor?«

Die Nähte ihres Slips knirschten, als Friedhelm ihn ihr vom Leib riß. »Ich mach es uns nur ein bißchen bequemer.«

Britta hatte den Eindruck, daß er es vor allem sich

selbst bequemer machte, denn als nächstes warf er sich auf sie wie auf eine Federkernmatratze und drängte sie nach unten, bis die Lattenroste ächzten.

»Mmpf«, stöhnte Britta erstickt gegen seine Schulter.

»Keine Angst, ich hab' dran gedacht.«

Britta hatte keine Ahnung, wovon er redete, sie war einfach zu weggetreten, und Luft bekam sie auch nicht mehr richtig. Erst als Sekunden später das Schnalzen eines am titanischen Objekt entrollten Kondoms ertönte, wurde ihr bewußt, was hier geschah. Mit einem Mal wurde sie lebendig.

Richtig, genau darauf war sie doch aus gewesen! Jetzt fiel ihr auch wieder auf, wie gut er roch, dieser herrliche, von oben bis unten mit kräftigen Muskeln bepackte Wikinger! Und wie er sich erst anfühlte! Danach lechzte jede gesunde Frau! Vor allem eine, deren aufgestauter sexueller Frust ganze Tagebücher hätte füllen können, wenn sie je auf die Idee verfallen wäre, welche zu führen.

Britta seufzte auf, hob die Hände und ließ sie genießerisch über Friedhelms Rücken weiter nach unten gleiten.

»Ja«, ächzte Friedhelm. Er packte sie bei den Hüften.

»Ja«, flüsterte auch Britta, in aufgeregter Erwartung des Kommenden. Das sollte nicht lange auf sich warten lassen, denn Friedhelm schritt unverzüglich zur Tat. Die Matratze quietschte, das Bett rüttelte, und kaum dreißig Sekunden später war Friedhelm fertig.

»Das war echt geil, Bärbel.« Mit diesen Worten rollte er sich von Britta herunter und schlief ein.

Britta starrte ihn an. »He.«

Keine Reaktion.

Britta hob die Stimme. »Was war'n das eben, hm?«

Friedhelm gab ein röchelndes Schnarchgeräusch von sich. Seine Bierfahne wehte Britta entgegen. Ihr wurde plötzlich speiübel. Sie richtete sich auf und schwang die Beine aus dem Bett. Das hätte sie lieber gelassen, denn im nächsten Augenblick drehte sich ihr Innerstes nach Außen. Eine ziemliche Menge mit Magensaft versetztes Hochprozentiges schoß in hohem Bogen aufs Bett, das meiste davon direkt auf Friedhelm. Er stöhnte unwillig auf, hob eine schlaffe Hand und wischte sich kurz über Lippen und Nase, als wolle er ein lästiges Insekt verscheuchen. Dann schlief er seelenruhig und mit offenem Mund weiter.

Britta tupfte sich mit einem sauberen Zipfel der Bettdecke den Mund ab. Die wogenden Nebel, die ihr Wahrnehmungsvermögen trübten, hatten sich ein wenig gelichtet. Mit einiger Zeitverzögerung drangen verschiedene Dinge gleichzeitig in ihr Bewußtsein vor.

Als erstes begriff sie, daß Friedhelm nicht nur ein lausiger Liebhaber war, sondern sie auch Bärbel genannt hatte. Wer zum Teufel war Bärbel?

Besonders viel konnte ihm an dieser Bärbel allerdings nicht liegen, denn er hatte auf jedwedes erotisches Vorspiel verzichtet. Er hatte sich nicht mal mit so etwas Zeitraubendem wie einem Kuß aufgehalten, sondern sich ausschließlich auf das rein Elementare beschränkt. Rein, raus, aus.

Außerdem hatte er sich nach getaner Tat nicht die Mühe gemacht, das gebrauchte Kondom abzustreifen. Schlapp und schrumpelig hing es zwischen seinen Beinen, gleichsam Gummi auf Gummi, und Britta schluckte zutiefst angewidert. Noch nie im Leben hatte ein Anblick sie derart abgetörnt. Wenn ihr nicht so schlecht gewesen wäre, würde sie diesen Kerl jetzt ... Ja, was? Irgendeine weit entfernte, nicht zu fixierende Erinnerung huschte am Rande ihres Bewußtseins vorbei und war im nächsten Moment auch schon wieder weg, bevor sie richtig zu fassen war. Britta erkannte, daß sie immer noch viel zu betrunken war, um richtig zu denken. Das mußte sie notgedrungen auf morgen verschieben.

Erst mal von hier abhauen, beschloß sie.

Mit nur mühsam gebändigtem Grimm kroch sie aus dem Bett, suchte ihre Siebensachen zusammen, zog sich mehr schlecht als recht an und taumelte nach draußen, in die nächtliche Dunkelheit der Ferienanlage. Wieder wurde ihr übel, und in den Büschen vor der Terrasse ihres Bungalows mußte sie sich erneut übergeben. Dann sah sie im schwachen Licht der Außenlaternen neben der offenen Schiebetür Roberts Fahrrad lehnen, und unwillkürlich fragte sie sich, woher das nagende Gefühl einer unausweichlichen Katastrophe rührte, das sich urplötzlich in ihr breitmachte.

Dieser Eindruck intensivierte sich noch, als sie ins Bad kam und die Bescherung auf dem Fußboden sah. Wie angewurzelt blieb sie in der Tür stehen und starrte auf das, was sich da zu ihren Füßen ausbreitete.

»Meine Güte«, stieß sie schockiert hervor, nachdem sie im unbarmherzig grellen Licht der Neonbeleuchtung die einzelnen Zutaten der grausigen Pfütze näher klassifiziert hatte. Erbrochenes war dabei, soviel war klar. Und Blut. Beides hatte sich vermischt und war zu einem ekelhaft klumpigen Gebräu geronnen. Gespickt war dieser Brei des Grauens mit einzelnen schwarzen

Plastikbruchteilen, die Britta unschwer als Bestandteil von Roberts Laptop identifizierte, welcher zertrümmert neben dem Klo auf dem Fußboden lag.

Erneut wurde sie von Erinnerungsfetzen durchzuckt, diesmal klarer als vorhin. Es hatte auf jeden Fall mit diesem rothaarigen Mädchen zu tun, wie hieß sie noch? Ja, richtig, Charlie. Die hatte heute – gestern? – zusammen mit ihr auf der Terrasse gesessen. Sie hatten was getrunken und geredet, irgendwas über Hitchcock und Mord ...

Britta spürte, wie Panik in ihr hochkroch. Ihrer vorsichtigen Einschätzung nach trübten mindestens drei Promille ihre Sicht, doch ihr schien, daß das da unten ziemlich viel Blut war. Es war nicht direkt eine Lache, aber es war ... Blut.

Jedenfalls war es weit mehr Blut, als vielleicht zufällig bei einer bestimmungsgemäßen Benutzung des Badezimmers dort hätte gelandet sein können, etwa weil Robert sich beim Rasieren geschnitten hätte oder weil Annabel aus Versehen ein benutzter Tampon runtergefallen wäre. Abgesehen davon besaß Robert einen elektrischen Rasierapparat, und Annabel hatte definitiv nicht die Tage, sie hatte während des Hinfluges noch davon gesprochen, wie froh sie sei, diesmal während des Urlaubs davon verschont zu bleiben.

Und dann der kaputte Laptop!

Brittas Blicke irrten über den Fußboden und streiften die Plastiktrümmer. Sie wußte nicht genau, was hier passiert war, vor allem nicht, mit wem. Sie ahnte nur vage, daß es mit Robert zusammenhing. Und mit dem Mädchen. Vielleicht würde sie von ganz allein darauf kommen, wenn sie erst ein paar Stunden lang ihren ungeheuren Rausch ausgeschlafen hatte. Doch bis dahin ... Beim Anblick der besudelten Bodenfliesen kristallisierten sich mit einem Mal Gedanken in ihrem Kopf heraus, die ihre Knie zum Zittern brachten.

Spuren. Indizien. Tödliche Fallstricke. Knast, Knast, Knast!

Britta dachte gar nicht weiter nach. Sie zerrte sich die unbequemen Pumps von den Füßen, rannte hinüber zur Küche und riß den Putzeimer aus dem Unterschrank der Spüle. Sie füllte den Eimer mit Wasser, kippte ihn aber dann ohne zu zögern wieder aus. Sie hatte genug Krimis gelesen, um zu wissen, daß selbst das popeligste Labor noch Rückstände von Blut in dem Putzeimer würde feststellen können, egal, wie gründlich sie das Ding hinterher ausschrubbte.

Und vor allem durfte sie keinen Putzlappen benutzen, Putzlappen waren tödliche Visitenkarten und brachten den Täter, der damit die Beweise seiner Tat vernichten wollte, zielsicher ins nächste Gefängnis, das wußte jedes Kind.

Kurzerhand nahm Britta zwei Rollen Klopapier aus dem Besenschrank und verwendete viele Meter Krepp, um den gröbsten Unrat aufzuwischen und im Klo zu versenken. Die kleineren Splitter wanderten gleich mit ins Abflußrohr. Das, was vom Laptop noch an einem Stück erhalten war, wickelte Britta in einen Müllsack, den sie sorgfältig verknotete. Sie klemmte ihn unter den Arm und wankte, nach allen Seiten sichernd, durch den Garten und um das Hauptgebäude herum, wo seitlich hinter einem Anbau die riesigen Müllcontainer der Anlage standen. Der Komplex verfügte über eine eigene, in regelmäßigen Abständen lästig lärmende Verbrennungsanlage, also konnte Britta einigermaßen sicher sein, daß alles, was sich in diesen Restmüll-Containern befand, in Bälde in Rauch aufgehen würde, einschließlich eines kaputten Laptops. Das hier war sogar hundert Mal besser als eine Mikrowelle.

Britta öffnete die Klappe an einem der Behälter und ließ den beutelverpackten PC hineinplumpsen. Sie lauschte dem befriedigenden Krachen, mit dem das Ding zwischen den übrigen Säcken landete.

»Eisen zu Asche«, deklamierte sie fromm.

Anschließend ging sie mit schlingernden Schritten zurück zum Bungalow, wo sie dem Bad den letzten Feinschliff in puncto Tatortreinigung verpaßte. Für die zweite Reinigungsstufe goß sie mit dem Eimer eine sorgfältig bemessene Menge Wasser auf den Fußboden, um die Pfütze mit etwaigen Blut- und sonstigen Resten wiederum gründlich mit Toilettenpapier wegzuwischen. Danach lief sie erneut in die Küche und holte ihre wichtigste Piña-Colada-Zutat. Mit wehem Herzen zweigte sie ein randvolles Glas Rum aus der Flasche ab, goß es über dem Kachelboden aus und rieb danach mit Klopapier alles akribisch trocken, bis in die kleinste Fuge. Sie wiederholte die Prozedur, um sicher sein zu können, daß alles hinreichend desinfiziert war. Danach setzte sie sich auf den Fußboden und nahm einen Schluck aus der ohnehin so gut wie leeren Flasche.

»*Sic transit gloria mundi*«, sagte sie zufrieden. Irgendwann in grauer Vorzeit hatte sie mal gewußt, was das bedeutete, doch in Latein war sie immer eine Niete gewesen, also hatte sie es beizeiten wieder vergessen. Sie mußte daran denken, Annabel danach zu fragen, die hatte sich mit solchen Sachen immer besser ausgekannt. Wie auch immer, als Trinkspruch taugte es allemal. Alles, was sie jetzt noch brauchte, war Schlaf. Morgen war auch noch ein Tag, und wenn sie aufwachte, würde ihr all das, was sie im Laufe der Nacht vergessen hatte, schon wieder eingefallen sein.

Britta nahm einen letzten Schluck, dann warf sie die leere Rumflasche in den Abfall und ging ins Bett.

Annabel fühlte sich nach dem Aufwachen wie gerädert. Sie hatte eine äußerst unruhige Nacht verbracht. Das häufige Rauschen der Klospülung hatte sie ein ums andere Mal hochfahren lassen. Anscheinend hat Britta am Vorabend ein paar Gläser zuviel gekippt. Zwischendurch hatte Annabel immer wieder überlegt, ob sie aufstehen und hinübergehen sollte, doch da sie wußte, daß Britta es nicht leiden konnte, in ihrem Elend beobachtet zu werden, hatte Annabel sich dagegen entschieden.

Annabel tappte barfuß in den Wohnraum. Sonnenstrahlen fluteten hell durchs Zimmer und brachten winzige Staubteilchen zum Flimmern.

Sie ging auf die Terrasse. Es war halb zehn. Vom Pool schallte mäßiger Lärm herüber, der übliche Geräuschpegel für diese Tageszeit. An der Zierputzwand des Gebäudes lehnte Roberts Hochleistungsrad. Von ihm selbst fehlte allerdings jede Spur, ebenso wie von Britta. Anscheinend schliefen die beiden noch.

Annabel hoffte inständig, daß wegen Roberts Affäre nicht weitere Querelen ins Haus standen. Die Vorstellung, daß die beiden sich während des ganzen restlichen Urlaubs in den Haaren liegen würde, war mehr als unangenehm, vor allem jetzt, wo ihr neues Buchprojekt so gute Fortschritte machte. Jeder Mißton wäre hier kontraproduktiv.

Auf der Nachbarterrasse stand Charlie. Sie schaute Annabel auf merkwürdige Weise an, irgendwie prüfend. Annabel fühlte sich wie eine Kuh, die vom Schlachter begutachtet werden sollte.

»Hallo«, sagte sie lahm.

»Hallo«, erwiderte Charlie kühl. Sie sah reizend aus in ihren jadegrünen Shorts und dem lose fallenden, weißen Top, das die zarte Bräune ihrer Haut hervorhob und das leuchtende Rot ihrer Haare verstärkte.

Annabel wurde sich peinlich der Tatsache bewußt, daß sie noch ihr vom Schlaf zerknittertes Nachthemd trug, ein formloses, schon mindestens zehn Jahre altes, völlig ausgewaschenes Etwas, das irgendwann mal azurblau gewesen war, jetzt aber zu einem völlig undefinierbaren Farbton verblaßt war.

»Alles klar?« fragte Annabel, krampfhaft bemüht, nette Konversation zu machen. Und um herauszufinden, ob die gräßlich kompromittierende Situation, in der Charlie sie selbst und Magnus gestern nacht vorgefunden hatte, bleibende Schäden an der jugendlichen Psyche hinterlassen hatte.

Doch das schien nicht der Fall zu sein. Auf Annabels Frage nickte Charlie gelangweilt, aber mit ersichtlichen Anzeichen von Gnade. Annabel fühlte gelinde Erleichterung. Immerhin konnte es durchaus sein, daß sie der Kleinen in diesem Urlaub noch öfter über den Weg lief. Sie war trotz des peinlichen Vorfalls letzte

Nacht nicht bereit, kampflos das Feld zu räumen, sprich, Magnus künftig aus dem Weg zu gehen.

Dafür gefiel er ihr zu gut. Er war sympathisch, gebildet, amüsant, unterhaltsam, zuvorkommend. Und das war erst der Anfang. Als Liebhaber war er, man konnte es nicht anders bezeichnen, ein echter Hammer. Annabel war wild entschlossen, seinen diesbezüglichen Fähigkeiten genauestens auf den Grund zu gehen. Sie wäre verrückt gewesen, es nicht zu tun. Bekanntlich waren die Männer, die erstens alleinstehend, zweitens von einnehmendem Wesen, drittens von angenehmem Äußeren und viertens auch noch toll im Bett waren, äußerst dünn gesät. Genau genommen waren sie so gut wie gar nicht existent, so daß es förmlich an ein Wunder grenzte, wenn so ein Prachtexemplar überhaupt je am Horizont einer Frau auftauchte, geschweige denn, sich sogar für sie interessierte.

Charlie lächelte ihr höflich zu und schlenderte in Richtung Pool davon.

Annabel ging zurück ins Haus. In der Küche trank sie ein Glas Wasser, dann ging sie ins Bad. Ein merkwürdig stechender Geruch stieg ihr in die Nase, während sie auf der Toilette saß. Sie schnüffelte eingehend. Alkohol. Und zwar eine Menge davon. Rum, wenn sie nicht alles täuschte. Anscheinend hatte Britta hier letzte Nacht einiges an überzähligen Drinks entsorgt. Immerhin hatte sie hinterher alles picobello geschrubbt, soviel war deutlich zu sehen. Kein noch so kleines Fleckchen verunzierte den Fliesenboden.

Nachdem Annabel sich geduscht und angezogen hatte, ging sie frühstücken. Im Restaurant herrschte ziemlich viel Betrieb, doch obwohl sie mehrmals unauffällig Ausschau hielt, konnte sie Magnus nirgends entdecken. Als sie anschließend zum Bungalow zurückkehrte, fand sie Britta katergeschwächt und ungewöhnlich nervös vor. Sie hatte noch nicht geduscht und war auch nicht angezogen. In ihren Bademantel gehüllt, mit zerrauften Haaren, verschmiertem Makeup vom Vortag und tiefdunklen Augenringen, hockte sie im Wohnraum auf der Couch und stierte Löcher in die Luft.

»Guten Morgen«, sagte Annabel freundlich. Sie dachte: Hoffentlich hast du letzte Nacht keinen Blödsinn gemacht!

»Ich glaube, ich habe letzte Nacht ziemlichen Blödsinn gemacht«, erklärte Britta heiser.

»O nein. Hast du dich wieder ausgezogen?«

»Nein, das hat der Typ gemacht. Glaub ich jedenfalls.«

»Welcher Typ?«

»Keine Ahnung. Fridolin oder so.«

»Du hast jemanden kennengelernt?« fragte Annabel vorsichtig.

Britta zuckte die Achseln. »Muß ich wohl. *Daran* erinnere ich mich noch.«

»Woran?«

»Daß wir im Bett waren. Wir haben's gemacht.«

»Du meinst ...?«

»Exakt. War leider die absolute Luftnummer.«

»Meine Güte, das tut mir leid«, sagte Annabel betreten.

»Mir erst. Du kannst dir nicht vorstellen, wie schnell der fertig war. Ich würde sagen, das war reif für's Guinness-Buch der Rekorde. Spermaproduktion in weniger als dreißig Sekunden. Oder so ungefähr. Ich hab' die Zeit nicht gestoppt. Könnte aber hinkommen.«

Annabel räusperte sich. »Du warst wohl wieder mal blau.«

»Total. Davor und danach ist so ziemlich alles weg.«

»Ein Filmriß?«

»Ich denke schon. Eine andere Erklärung habe ich nicht. Ich kann mich kaum noch an was erinnern.« Britta zögerte und runzelte die Stirn. »Bloß noch, daß ich wie eine Verrückte das Bad geschrubbt habe.«

»Das hab' ich gemerkt.« Annabel holte Britta ein Glas Mineralwasser aus der Küche. »Du hast wohl ziemlich viel gereihert, oder? Ich bin jedenfalls andauernd von der Klospülung wachgeworden.«

»Tut mir leid.« Britta setzte das Glas an den Mund und trank in durstigen Zügen. Sie wischte sich den Mund ab und seufzte. »Danke. Das hat gut getan.« Dann fuhr sie zögernd fort: »Sag mal, hast du Robert gesehen?«

»Heute morgen noch nicht. Aber sein Rad ist draußen, also kann er nicht weit sein. Allerdings hab' ich seinen Laptop hier nirgends stehen sehen. Hat er ihn mit ins Schlafzimmer genommen?«

»Kann sein.« Britta wirkte mit einem Mal leicht belämmert, aber gleichzeitig auch merkwürdig reserviert, gerade so, als sei ihr soeben etwas besonders Unangenehmes eingefallen, über das sie nicht reden wollte.

Annabel wußte, woher der Wind wehte. Kein Wunder, daß Britta derart miserabel drauf war. Annabel konnte es ihr lebhaft nachfühlen. Schließlich hatte sie selbst ebenfalls jede Zeile dieser unseligen, auf Festplatte gebannten Liebesbriefe gelesen. Britta war immer noch bis in die Zehenspitzen traumatisiert von dieser Gemeinheit, und sicher würde es Wochen, wenn nicht gar Monate dauern, bis sich das wieder legte. Der alkoholbedingte Absturz von vergangener Nacht war bestimmt nur der Auftakt für weitere emotionale Ausfälle. Arme Britta!

»Das kommt schon wieder in Ordnung«, sagte Annabel begütigend. »So oder so, egal, wie es ausgeht, ich habe in dieser ganzen Sache für dich ein unheimlich gutes Gefühl.«

Sie wußte, daß solche Sprüche Wunder wirkten. Britta hatte dasselbe zu ihr gesagt, als sie wegen Harald total am Ende gewesen war, und Annabel hatte sich sofort besser gefühlt.

Sie bedachte Britta mit einem aufmunternden Lächeln und überließ sie dann ihrem Kater. Gerade eben war ihr eine gute Idee für eine intrigante Wendung in ihrem Roman gekommen. Sie holte ihren Laptop aus dem Schlafzimmer und setzte sich auf die Terrasse, wo sie unter dem gelbweiß gestreiften Sonnenschirm (dem gleichen wie auf jeder Terrasse in dieser Anlage) in Windeseile ein halbes Kapitel, sprich zehn Manuskriptseiten zu je dreißig Zeilen fabrizierte. Anschließend ging sie ins Wohnzimmer zurück, wo sie das Gerät an die Telefonbuchse anschloß und an Bernhard ein Fax mit folgendem Wortlaut versandte:

Lieber Bernhard, unter der strahlenden Sonne von Ibiza kommen mir die besten Ideen! Ich mache mit meinem Roman hervorragende Fortschritte und kann sicher bald mit dem fertigen Manuskript auf Dich zu-

kommen. Hoffentlich finden meine Kurztexte Deinen Beifall! Bis bald, Deine Annabel.

Danach las sie durch, was sie zuletzt geschrieben hatte.

Marina, das Biest, versuchte unter massivem Körpereinsatz Clarissa den attraktiven Markus auszuspannen. Clarissa entdeckte beide prompt in einer verfänglichen Situation, woraufhin die Ärmste ihren Kummer mit Alkohol betäubte. Ernesto, der Mafia-Fiesling, nutzte das augenblicklich aus und versuchte, Clarissa vor dem Kamin zu verführen – was wiederum Markus in den falschen Hals kriegte, nachdem er es gerade zuvor nur knapp geschafft hatte, Marinas Zudringlichkeiten zu widerstehen.

Annabel summte zufrieden. Genau das hatte ihr in ihrem Entwurf noch gefehlt: eine Szene, die vor Eifersucht nur so barst – und an dramatischen Klischees kaum noch zu überbieten war. Nur Autoren konnten sich solche schicksalsträchtigen Verwicklungen ausdenken, und die begierigen Leserinnen erotischer Liebesromane konnten nicht genug davon kriegen.

Eine Zeitlang hatte sie überlegt, Roberts auf Festplatte dokumentierte Entgleisung romanmäßig aufzuarbeiten, doch mit diesem Titanquatsch würde sie aus ihrer Zielgruppe niemanden vom Hocker reißen, so was sprach eine andere Klientel an, Fans schwarzer Satiren vielleicht.

»Störe ich?« Magnus stand in der offenen Schiebetür und lächelte zögernd. Annabel zog den Stecker aus der Telefonbuchse, klappte den Laptop zu und ging hinaus.

»Hallo.« Sie ärgerte sich, weil ihre Stimme so atemlos klang und weil ihr Herz über Gebühr laut klopfte.

Er war frisch rasiert, und sein dunkelrotes Haar glänzte in der Vormittagssonne wie frisch polierte Kastanien. Sein Polohemd war von einem makellosen Weiß, was die frische Bräune seines Gesichts hervorhob.

»Hallo«, sagte er. »Hast du gut geschlafen?«

»Einigermaßen.«

»Annabel ...«

»Magnus ...«

Sie hatten gleichzeitig angefangen.

»Du zuerst«, meinte er.

»Nein, du.«

»Ladies first«, beharrte er.

»Okay«, sagte Annabel, die leider keine Ahnung hatte, was sie überhaupt hatte äußern wollen. Ihr Lächeln fiel entsprechend nervös aus. Sie gab das Erstbeste von sich, das ihr einfiel. »Ich bin vorhin deiner Tochter begegnet.«

»Oh.«

Annabel beobachtete fasziniert, wie sanfte Röte von seinem kräftigen Hals aufstieg und sich nach oben hin über sein Gesicht ausbreitete. Sie hatte noch nie gesehen, daß ein Mann auf so kleidsame Weise errötete.

Magnus deutete ihren Blick richtig. »Ich bin rot geworden«, sagte er kläglich. »Das ist mir schon lange nicht mehr passiert.«

»Es sieht süß aus.«

»Danke.« Er grinste, und seine Gesichtsfarbe normalisierte sich augenblicklich wieder. »Wegen gestern nacht ... War es sehr schlimm für dich?«

152

Das reizte Annabels Sinn für Humor. »Vorher oder hinterher?«

Eigenartigerweise wirkte er alles andere als belustigt. Im Gegenteil, irgend etwas schien ihn unbehaglich zu stimmen.

»Das ist schon okay«, beeilte Annabel sich, ihm zu versichern. »Im ersten Moment war es etwas peinlich, aber wir sind doch erwachsene Menschen.« Sie hielt inne. »Das heißt ...« – sie räusperte sich – »Charlie. Wie hat sie darauf reagiert? Hat sie noch irgendwas dazu gesagt?«

»Nichts von Bedeutung«, erklärte Magnus rasch. Dann fragte er leichthin: »Was unternehmen wir heute?«

Annabel konnte nicht anders. »Vorher oder hinterher?«

Diesmal hatte sie den richtigen Nerv getroffen. Magnus warf den Kopf in den Nacken und lachte. »Du hast eine schmutzige Phantasie.«

»Das hoffe ich doch. Ich lebe davon.«

»Läßt du mich mal eines deiner Bücher lesen?«

»Warum? Möchtest du was lernen?«

»Die Idee hat was für sich«, stimmte er augenzwinkernd zu. Dann kam er näher, trat dicht vor sie und legte seine Hand auf ihre Hüfte. »Du siehst gut aus. Und du fühlst dich auch gut an.« Seine Hand glitt höher, über ihre Rippen, bis dicht unter ihre rechte Brust. »Sehr gut sogar.«

Er war ihr so nah, daß sie den Puls neben seiner Kehle klopfen sehen konnte. Sie folgte seiner unausgesprochenen Aufforderung und hob ihm die Lippen entgegen. Der Kuß war süß und heiß und voller Ver-

153

sprechungen. Vielleicht wäre noch mehr daraus geworden, wenn nicht just in diesem Augenblick Britta auf der Szene erschienen wäre. Sie kam aus dem Bad, ein Handtuch um den tropfnassen Kopf gewickelt und ansonsten nichts am feuchten Leib als ein Paar quietschende Badelatschen.

»Einen wunderschönen guten Morgen«, sagte sie, während sie mit wippenden Brüsten und undeutbarer Miene näherrückte.

Magnus wich unwillkürlich einen Schritt zurück. Wieder wurde er rot – diesmal alles andere als dezent, sondern eher krebsrot – und wußte nicht, wohin er seine Augen wenden sollte. »Guten Morgen«, krächzte er, mühsam bestrebt, an Brittas splitternacktem Körper vorbeizuschauen.

»Hör mal, Britta«, begann Annabel verärgert.

»Wir sind auf Ibiza«, sagte Britta grinsend. »Da gehört Nudismus sozusagen zum Programm.«

Annabel gab es auf. »Das ist übrigens meine Freundin Britta. Britta, Magnus.«

Magnus war noch weiter zurückgewichen und befand sich bereits in sicherer Entfernung. »Angenehm. Ich geh jetzt frühstücken und hole dich in einer Stunde ab, ja?«

»Gerne. Was hast du vor?«

»Ein bißchen die Insel erkunden. Das heißt, wenn du nichts dagegen hast.«

»Ich freu mich«, sagte Annabel.

Magnus verschwand mit einem Winken in Richtung Restaurantgebäude.

»Ich freu mich«, äffte Britta Annabels euphorischen Ton nach. »Sag mal, hast du zuviel Sonne abgekriegt?«

»Wieso?« verteidigte sich Annabel. »Ich finde ihn wahnsinnig nett.«

»Nach dem Reinfall mit Harald solltest du mit neuen Männern ein bißchen vorsichtiger sein.«

»Man kann die Verbitterung nach einer enttäuschenden Beziehung nicht ewig mit sich rumtragen«, widersprach Annabel.

»Warst du schon mit ihm im Bett?«

»Ja, wenn du es schon wissen willst«, entgegnete Annabel patzig. »Und er hat es echt drauf, das steht fest.«

»Wie schön für dich.« Britta wandte sich brüsk ab und marschierte zurück ins Innere des Bungalows. Annabel hörte sie in der Küche rumoren und mit Flaschen klirren.

»Du willst doch nicht etwa jetzt schon mit dem Trinken anfangen?« rief sie alarmiert.

Britta bedachte sie über die Schulter mit einem sardonischen Grinsen, während sie ihr Glas hob. »Doch, das will ich.«

»Tu das nicht«, bat Annabel. »Wenn du so weitermachst, bringst du dich noch damit um!«

Doch dann sah sie, womit Britta ihr zuprostete: Mit einem großen Glas Alka Seltzer.

Charlie saß am Swimmingpool und gab sich ihrer Lieblingsbeschäftigung hin: Sie stellte sich Friedhelm tot vor.

Er lümmelte am Beckenrand, ein Bein im Wasser baumelnd, das andere provozierend hochgezogen. Er stützte sich locker auf einer Hand ab, die andere vollführte beredte Gesten, mit denen er um die Aufmerksamkeit einer blonden Badenixe buhlte, die zu seinen Füßen Wasser trat. Den gelegentlichen Gesprächsfetzen nach zu urteilen, die zu Charlie herüberdrangen, mußte es sich bei der Blondine um eine Engländerin handeln, was wohl auch Friedhelm nicht entgangen war.

»My English ist not so good. You not speak Deutsch?«

Das tat die Blonde nicht. Bedauernd schüttelte sie den Kopf.

Friedhelm nahm einen neuen Anlauf. »Uh ... Ähm ... Yes ...«

Charlie beugte sich vor und sperrte die Ohren auf, damit sie nichts verpaßte.

»My name ist Friedhelm. Ibiza is a very super Insel, mit very viel good Wetter and tolle Discos, you know? You want with me?«

»Want *what*?« fragte die auf und ab paddelnde Blondine.

»Fuck off?« fragte Friedhelm hoffnungsvoll. Das war verkehrt, wie er als nächstes erkennen mußte, denn Blondie überschüttete ihn mit derben Schmähungen und suchte dann kraulend das Weite.

»Shit«, sagte Friedhelm, vom sprachlichen Kontext her diesmal völlig korrekt.

Charlie stöhnte lautlos. Gott, war der Typ hohl! Sie konnte nur hoffen, daß sich diese beklagenswerte Abwesenheit jeglicher Intelligenz nicht auf ihr Baby vererben würde. Doch daran durfte sie gar nicht erst denken. Sie mußte einfach darauf vertrauen, daß Friedhelms Gene, zumindest was diesen Aspekt betraf, rezessiv waren und daß sich bei der Vererbung der Intellekt ihrer Eltern und ihr eigener, nicht gerade unterbelichteter Verstand durchsetzen würden.

Ein Schatten fiel über ihre Beine. Sie blickte auf. Vor ihr stand der angehende Androloge Hermann Scheuermann, mit schüchternem Froschgrinsen auf sie herabschauend. »Hallo, Charlie«, sagte er.

»Hallo, Hermann.«

Gestern am Strand waren sie sich im Gespräch ein wenig nähergekommen. Sie hatten sich eine ganze Weile unterhalten, wobei Hermann sich als überraschend angenehmer Gesprächspartner erwiesen hatte. Mochte er auch wegen seiner nicht gerade berückenden äußeren Erscheinung voller Komplexe stecken, so ließ doch seine Allgemeinbildung nichts zu wünschen übrig. Außerdem war er höflich und auf angenehme Art beflissen. Und medizinisch hatte er sowieso eine Menge auf dem Kasten. Charlie wußte zum Beispiel jetzt nicht nur, daß die männlichen Keimdrüsen anatomisch *Testikel* hießen, sondern sie hatte auch erfahren, daß Hermann selbige bereits fachgerecht amputiert hatte, mit einem echten Skalpell am echten Mann. Letzterer hatte zwar bereits vierzehn Tage in Formaldehyd gelegen, war aber ansonsten sehr gut erhalten gewesen.

Charlie hatte wissen wollen, wie die heraustranchierten Hoden aussahen, woraufhin Hermann ihr den richtigen Fachausdruck genannt hatte: Sezieren beziehungsweise Präparieren.

Herauspräparierte Hoden, so hatte Hermann erklärt, waren nicht weiß und rund wie Golfbälle, sondern eher oval und bräunlich; darüber hinaus baumelten sie als Fortsätze an länglichen Gebilden, den Samenleitern.

Seine Augen hatten geleuchtet, als er Charlie die Feinheiten einer gelungenen Sektion erläutert hatte, und Charlie hatte – nicht minder begeistert – sich dabei vorgestellt, mit dem Skalpell an Friedhelm zu üben, vorzugsweise am lebenden Subjekt.

Hermann ließ sich auf der freien Liege neben Charlie nieder und rückte ihr dann nach einem prüfenden Blick zum Himmel den Sonnenschirm zurecht.

»Du mußt auf die Sonne achtgeben«, teilte er ihr fürsorglich mit.

»Danke.«

»Keine Ursache.« Hermann zog sein T-Shirt aus und klappte sein Lehrbuch auf. »Wenn du willst, erkläre ich dir gern noch mehr von der männlichen Anatomie«, meinte er eifrig.

»Später vielleicht«, antwortete Charlie zerstreut. Stirnrunzelnd nahm sie zur Kenntnis, daß Friedhelm seinen Logenplatz am Beckenrand verlassen hatte und nun auf sie und Hermann zugesteuert kam.

»Da fall ich doch gleich tot um«, rief er ihnen launig entgegen.

»Unbedingt«, murmelte Charlie. Der immer noch in ihrer Fußsohle steckende Plastiksplitter erzeugte plötzlich ein heftiges Pochen. Charlie spürte das unwiderstehliche Bedürfnis, irgend etwas sehr Hartes auf Friedhelms Schädel zu zerschlagen.

Friedhelm ging vor ihnen in die Hocke und präsentierte, auf den Fersen federnd, seine enormen Oberschenkelmuskeln. »Dachte ich mir doch, daß ich euch von irgendwoher kenne! Da fahr ich nach Ibiza, und wen treff ich da in der Fremde? Carla und Herbert aus dem Fitneßcenter!«

158

»Hermann«, verbesserte dieser.

Charlie sparte sich die Mühe. Hier war jedes Wort sinnlos.

»Was macht ihr zwei denn so hier?« wollte Friedhelm wissen.

»Urlaub«, sagte Hermann.

»Cool«, meinte Friedhelm. Er kniff Charlie ein Auge zu und drückte gleichzeitig die Zunge gegen seine Wangenschleimhaut, und Charlie hätte würgen mögen angesichts der obszön-intimen Bedeutung dieser kleinen Geste.

»Wir seh'n uns.« Mühelos stemmte er sich hoch und stolzierte von dannen, nach rechts und links äugend wie der Terminator, immer auf der Suche nach dem nächsten willigen, weiblichen Freiwild.

Charlie starrte ihm fassungslos hinterher. »Himmel noch mal.«

Hermann hüstelte. »Er sieht wirklich *sehr* gut aus, oder?«

»Er ist so ziemlich das Mieseste, was mir je begegnet ist«, antwortete Charlie aus tiefster Seele. Selbst verblüfft über diese spontane und leider sehr unbedachte Auskunft, schüttelte sie den Kopf. Das fehlte noch, daß sie mit dem späteren Ableben dieses Widerlings in Verbindung gebracht werden konnte! Abschwächend meinte sie: »Damit wollte ich nur sagen, daß ich ihn nicht ausstehen kann.«

Hermanns gutmütiges Gesicht legte sich in besorgte Falten. »Wieso nicht?«

»Er hat mal eine Freundin von mir übel reingelegt.«

»Tja, er ist halt der Typ Mann, auf den die Frauen gern reinfallen«, kommentierte Hermann mit bekümmertem Blick auf seinen eigenen schwächlichen Brustkorb.

»Zum Glück nur einmal. Glaub mir, Hermann. Einmal und nie wieder. Beim nächsten Mann schaut man genauer hin. Muskeln sind wirklich nicht alles. *Absolut* nicht alles. Genau genommen sind sie überhaupt nichts wert.« Charlie tippte gegen ihre Stirn. »Hier oben steckt das, worauf es bei einem Mann ankommt.« Sie lächelte ihn mit echter Herzlichkeit an, was eine ganz erstaunliche Wirkung auf ihn auszuüben schien. Seine umwölkte Miene hellte sich unversehens auf, und ein breites Grinsen trat auf seine Lippen. »Soll ich uns was zu trinken von der Bar holen?«

»Warum nicht? Aber für mich bitte etwas ohne Alkohol.«

»Kein Problem. Kommt sofort.« Hermann sprang von der Liege. Das Lehrbuch glitt von seinem Schoß und plumpste auf den Rasen, doch er achtete nicht darauf. Mit Riesenschritten eilte er hinüber zur Poolbar, eine schlaksige, weißhäutige Gestalt in schlabberigen grünen Badeshorts.

8. Kapitel

Britta schaffte es bis zum Nachmittag, nüchtern zu bleiben. Die nagende Unruhe, die sie heute vormittag beim Anblick von Roberts Fahrrad ergriffen hatte, war einer handfesten Beklemmung gewichen. Bruchstückhaft waren ihr Erinnerungen an letzte Nacht gekommen; so war ihr beispielsweise wieder eingefallen, daß sie Roberts kaputten Laptop im Müllcontainer versenkt hatte. Die Sache mit dem Blut – besser: wie sie es weggewischt hatte – stand ihr inzwischen ebenfalls wieder vor Augen, ziemlich lebhaft sogar, wenn man bedachte, daß ihr Gedächtnis noch beim Aufwachen eine einzige, gähnend leere Wüste gewesen war.

Die Versuchung, sich einen oder zwei schöne, große, eisgekühlte Drinks zu gönnen und bis zum Abend hin erneut seligem Vergessen entgegenzudämmern, war ziemlich groß, doch Britta widerstand dieser Anwandlung heldenmütig. Sie würde sich erst wieder einen Schluck genehmigen, nachdem sie mit Charlie gesprochen hatte. Wenn jemand Licht in das verbleibende Dunkel um die Ereignisse der vergangenen Nacht bringen konnte, dann Charlie. Sie allein wußte, was sich im Badezimmer zugetragen hatte. Außer

161

vielleicht noch Robert, der dürfte es auch wissen, doch Britta ahnte dumpf, daß er dazu vielleicht nicht mehr in der Lage war. Er war nicht mehr da, nicht wahr? Das sagte im Prinzip schon alles.

Sie hatte schon ein paar Mal versucht, mit Charlie Kontakt aufzunehmen, doch die hatte stundenlang mit diesem Hänfling von Kerl am Pool herumgegangen und gequatscht, als hätte sie nichts Besseres zu tun. Britta war sogar mehrmals an ihrer Liege vorbeimarschiert und hatte sie mit auffordernden Seitenblicken bedacht, denen Charlie jedoch stets ausgewichen war. Es war wie verhext. Anscheinend wollte das kleine Biest nicht mit ihr reden.

Dann war Britta allerdings auf die Idee gekommen, daß Charlie vermutlich bloß vermeiden wollte, mit ihrer Komplizin gesehen zu werden. Das wiederum machte Sinn. Der Clou beim Überkreuzmord war ja schließlich nicht nur, daß es scheinbar keine Täter-Opfer-Beziehung gab, sondern daß auch die Täter nach außen hin nichts miteinander zu tun hatten.

Indessen erfüllte es Britta mit wachsendem Ärger, daß Charlie trotz eindeutiger Signale von seiten Brittas keinerlei Anstalten machte, sie in der Abgeschiedenheit des Bungalows zu treffen. Hier liefen sie keine Gefahr, zusammen gesehen zu werden. Annabel und Magnus waren passenderweise seit Stunden unterwegs. Annabel hatte keinen Zweifel daran gelassen, daß es spät werden würde. Und zwar sehr spät.

»Es kann gut sein, daß wir für eine Nacht in einem Hotel einchecken«, hatte sie Britta mit funkelnden Augen anvertraut. Warum, hatte sie nicht verraten, doch Britta war ja nicht blöde. Nun ja, jedem Tierchen sein Plaisirchen.

In Anbetracht der amourös bedingten Abwesenheit der beiden einzigen Personen, die ihnen als unliebsame Zeugen die Tour hätten vermasseln können, fand Britta es geradezu sträflich von Charlie, daß sie tatenlos herumhing. Erwartete sie etwa, daß Britta sich allein um die Ausführung des zweiten Akts kümmerte? Und das, ohne Näheres über den ersten zu wissen? Nein, so lief es nicht. Das funktionierte auf keinen Fall. Solche Dinge bedurften minutiöser Planung und detaillierter Vorbereitung.

Nicht etwa, daß Britta nicht geneigt gewesen wäre, ihren Part zu erfüllen, ganz im Gegenteil. Sie war mehr als gewillt, die Sache in Angriff zu nehmen. Was die letzte Nacht betraf, so glich ihr Erinnerungsvermögen zwar einem löchrigen Eimer, doch eine Einzelheit stand ihr noch in beschämender Klarheit vor Augen, und das war Friedhelm, der schneller fertig gewesen war, als man *Bärbel* sagen konnte.

Wenn es einer verdient hatte, vorzeitig seinem Schöpfer überantwortet zu werden – außer Robert natürlich –, dann war es Friedhelm.

Unruhig stromerte Britta durch die Poollandschaft. Sie stieg ins Becken und schwamm ein paar Bahnen. Endlich sah sie, wie Charlie aufstand und dem Typ mit der dicken Brille zum Abschied kurz zuwinkte.

Britta entstieg eilends dem Wasser und folgte Charlie hinüber zu den Bungalows. Sie wartete genau fünf Sekunden, dann marschierte sie entschlossen über die Terrasse ins Innere des Hauses. »Meine Güte, das wurde aber auch Zeit! Hast du nicht mitgekriegt, daß ich mit dir sprechen will?«

Charlie stand in der Küche vor dem offenem Kühlschrank und inspizierte ein paar Lebensmittel. Sie entschied sich für einen Erdbeerjoghurt. Den Deckel aufreißend, fragte sie: »Möchtest du auch einen?«

»Nein, danke«, sagte Britta ärgerlich. »Ich möchte Informationen. Speziell darüber, was letzte Nacht drüben in unserem Badezimmer gelaufen ist.«

»Oh, das.« Britta holte einen Löffel aus der Schublade und tauchte ihn in den Joghurt. Emsig umrührend, meinte sie vorsichtig: »Das war wohl nicht besonders professionell von mir, oder?«

»Wenn du auf die Spurenbeseitigung hinauswillst – nein, es war alles andere als professionell. Aber mach dir deswegen keine Gedanken. Ich hab' den ganzen Müll selber weggeschafft.«

Charlies Hand, die gerade einen Löffel voll Joghurt zum Mund führte, blieb auf halber Strecke in der Luft hängen. »Echt?« fragte sie verblüfft. »Alles?«

»Natürlich, was denkst du denn.«

Charlie schluckte und ließ den Joghurtbecher sinken. »Das war bestimmt eine wahnsinnige Plackerei.«

»Das kannst du laut sagen. Es war ekelhaft. Der Gestank! Von dem Dreck will ich gar nicht reden. Ich habe eine Stunde lang auf den Knien gelegen und geschrubbt.«

»Und wohin hast du ...« Charlie stockte und sah Britta mit großen Augen an. »Ich meine, was hast du mit ...«

»Ich hab ihn weggeschafft, was sonst?«

»Du hast ...« Charlies Stimme erstarb. »Mein Gott, wie gräßlich, ich finde gar keine Worte!«

Britta musterte sie erstaunt. »Wieso? Das war weiter kein Problem. Ich hab ihn in einen Müllsack gewickkelt. Hinterm Hauptgebäude ist ein großer Container für den Restmüll, da hab' ich ihn reingeschmissen. Bis morgen haben die den Sack durch den Schornstein gejagt.«

»Mein Gott, bist du abgebrüht«, flüsterte Charlie.

Britta reckte sich stolz. »Sag ich doch. Wenn schon, denn schon. Was du kannst, kann ich auch.«

»Ich hätte die Spuren selbst beseitigen sollen«, sagte Charlie kleinlaut, »aber ich hab' die Nerven verloren. Das Blut ... Und er hat so gestöhnt ... Dann war er auf einmal ganz still ...«

»Davon wollen wir jetzt nicht reden«, unterbrach Britta sie eilig.

»Ich mußte mich übergeben, direkt auf ihn drauf, und ab da war Schluß. Ich weiß, das war blöd und kindisch von mir, ich hätte selber dafür sorgen müssen, daß der Tatort clean ist, aber ich wollte nur noch abhauen.«

»Das versteh ich doch«, versetzte Britta großmütig. »Außerdem hast du das Wichtigste doch erledigt, wen kümmert es da schon, wenn hinterher noch ein bißchen Müll rauszubringen ist.«

»Das finde ich toll von dir«, sagte Charlie emphatisch. Dann wurde sie nachdenklich. »Wie fühlst du dich eigentlich? Ich meine, jetzt, wo es erledigt ist? Ist es für dich nicht ganz fürchterlich, daß er tot ist?«

Britta zog die Brauen hoch. »Eigentlich nicht.« Das war, für den Moment betrachtet, die reine Wahrheit.

165

Mit dem winzigen Stechen, das Charlies Frage ganz tief in ihrem Inneren ausgelöst hatte, wollte sie sich jetzt nicht näher beschäftigen.

»Hast du denn keine Angst, daß man dich verdächtigt?« wollte Charlie wissen.

»Dazu muß man ihn erst finden.«

»Und was wäre, wenn?«

»Dann hab' ich ein Alibi.«

»Hat in der Disco alles wie besprochen geklappt?«

»Kann man so sagen«, meinte Britta wortkarg.

»Wie kann man sagen?«

»Na, ich war in der Disco, soweit waren wir uns doch einig.«

Charlie musterte sie mit leisem Argwohn. »Wir waren uns einig, daß du in die Disco gehen solltest. Dort solltest du einmal – ich betone: *einmal* – mit Friedhelm tanzen, um dir ein Bild von ihm zu machen.«

»Das hab' ich. Ich meine, ein Bild von ihm.«

Diese karge Auskunft schien Charlie nicht zufriedenzustellen. »Nach diesem einen Tanz solltest du dich die ganze Nacht bis zum frühen Morgen ziemlich auffällig verhalten, damit sich möglichst viele Leute an dich erinnern. Du solltest dir darüber hinaus einen beliebigen Typen krallen und dir seinen Namen und seine Anschrift merken, damit du ein todsicheres Alibi für die ganze Nacht hast.«

»Das hab' ich getan«, beteuerte Britta schnell.

»Du hast also einen Typen aufgerissen.«

Britta nickte stumm.

»Wen?«

Darauf erhielt Charlie keine Antwort. Doch das war auch nicht nötig. Charlie war schließlich nicht von gestern. Ihr entging nicht, daß fliegende Röte sich über Brittas Wangen und ihr Dekolleté ausbreitete.

Charlie starrte sie an. »Das glaub' ich nicht«, stieß sie hervor.

Britta wand sich. »Es war keine Absicht! Er war so ...«

Charlie stampfte erbittert mit dem Fuß auf. »Er war was? Dominant? Männlich? Attraktiv?«

»Alles«, gab Britta demütig zu. »Jedenfalls auf den ersten Blick.« Sie blickte verständnisheischend auf. »Ich war total blau, anders kann ich das nicht entschuldigen.«

Charlie schnaubte bloß verächtlich.

Britta wollte das nicht auf sich sitzenlassen. »Du bist immerhin auch auf ihn reingefallen. Und du warst vollkommen nüchtern.«

»Ich war eine zurückgebliebene, unerfahrene, total bescheuerte *Jungfrau*!« schrie Charlie erzürnt. »Und ich habe dir gesagt, was für ein Arsch er ist, ich habe dir haarklein alles erzählt, und du gehst hin und läßt dich trotzdem von ihm nageln! Ich kann das nicht glauben, ich *kann* es einfach nicht!!!« Bei jeder Betonung hieb sie sich mit der geballten Faust klatschend in die offene Handfläche.

Britta zuckte zusammen. »Reg dich jetzt bitte nicht auf. Wir haben ein Kondom benutzt.«

Doch dieser Versuch, mit einem kleinen Scherz die Atmosphäre aufzulockern, kam nicht gut an. Charlie ließ einen Wutschrei hören und schaute sich nach etwas um, mit dem sie Britta bewerfen konnte.

»Beruhige dich! Denk an das Baby! Wenn du dich so aufregst, ist das ganz schlecht für die Schwangerschaft!« Britta hob beschwichtigend die Hände. »Okay, ich war mit ihm im Bett. Es ist passiert und läßt sich nicht ändern. Immerhin weiß ich jetzt hundertprozentig, wie recht du damit hast.«

»Womit?«

»Daß du ihn umlegen willst.«

»Daß *du* ihn umlegen willst«, verbesserte Charlie hitzig.

Darauf reagierte Britta frostig. »Ich weiß nicht, ob ich das noch will. Jedenfalls nicht, wenn du hier so ein Drama abziehst. Entweder wickeln wir das mit der nötigen Sachlichkeit ab, oder wir lassen es.«

Damit hatte sie die Kleine, soviel stand fest. Charlie ließ den Kopf hängen. »Tut mir leid. Du hast recht. Es bringt nichts, wenn ich jetzt überreagiere. Laß uns vernünftig über die ganze Sache reden. Ich möchte unbedingt, daß der Rest auch noch erledigt wird.«

Britta war sofort besänftigt. »An mir soll's nicht liegen, Schätzchen.« Ihr war nach einem riesigen Glas mit möglichst viel Rum drin. Die übrigen Zutaten waren ihr nicht so wichtig. Scheiß auf den Ananassaft, dachte sie. Vielleicht noch ein, zwei Würfel Eis, das wäre eine schöne, runde Sache. Dann würde sie sich gleich viel besser fühlen, cool und stark.

Letzte Nacht hatte sie doch auch alles bestens hingekriegt, oder nicht? Das Bad war hinterher einwandfrei sauber gewesen, trotz – oder wegen? – reichlich Promille. Ein kleiner Schluck vor dem Dinner heute abend konnte also sicher nicht schaden. Im Gegenteil. Ihre Kehle fühlte sich an wie Sandpapier und brauchte dringend Flüssigkeit.

»Ich habe ein bißchen Durst«, murmelte sie.

Charlie deutete auf den Kühlschrank. »Bedien dich.«
Sie löffelte den Joghurt leer und warf den Becher in
den Abfall, dann ging sie zum Sofa und warf sich der
Länge nach darauf. »Weißt du überhaupt, wieso ich
mich so darüber aufrege, daß du mit Friedhelm ge-
pennt hast?« Müßig hob sie den Fuß bis dicht vor ihr
Gesicht und betrachtete die entzündete Stelle um den
Splitter herum.

Britta inspizierte die Getränkebestände im Kühlschrank. »Nein, keine Ahnung. Eifersucht?«

Empört ließ Charlie ihren Fuß los. »Das ist ein Witz,
oder?«

»Was sonst.« Britta stellte betrübt fest, daß nichts Ge-
haltvolleres als eine Flasche Billigsekt vorhanden war,
und auch die war schon halb leer. Egal, zur Not reichte das Zeug gerade, um sich die Kehle damit anzu-
feuchten. Sie goß sich ein Glas bis zum Rand voll und
nahm einen großen Schluck. Der Sekt war widerlich
schal, aber besser als nichts.

»Ach, übrigens«, meinte sie leutselig, »willst du mal
was wirklich Witziges hören? Du bist nicht die einzige,
die letzte Nacht gekotzt hat. Ich hab's auch gemacht.
Und zwar eine volle Ladung, direkt auf Friedhelm.
Und er hat's nicht mal gemerkt, weil er total hinüber
war. Wie findest du das? Ist das nicht irre komisch?«

Doch Charlie konnte an dieser bemerkenswerten
Duplizität der Ereignisse nichts Ergötzliches entdek-
ken. »Ist dir denn noch nicht in den Sinn gekommen,
daß wir jetzt Probleme mit deinem Alibi haben?« fragte
sie verärgert.

Britta starrte sie an. Sie spürte förmlich, wie in ihrem Gehirn die Relais klickten und die Erkenntnis her-

169

aufdämmerte: Friedhelm war als Alibi völlig untauglich. Schließlich war er demnächst selber tot.

Annabel und Magnus hatten einen atemberaubenden Rundblick vom Hauptgipfel des Talaia de Sant Josep, der höchsten Erhebung der Insel. Durch Brachgelände und Kieferngehölze waren sie hier heraufgefahren, um die Aussicht zu genießen.

»Du hast nicht zuviel versprochen«, sagte Annabel. »Es ist zauberhaft hier oben!«

»Na ja, der Rundblick von hier oben stand mit zwei Sternen im Baedeker, und auf den kann man sich eigentlich immer verlassen.«

Magnus hatte kein Interesse an der grandiosen Aussicht, nicht, solange Annabel so dicht neben ihm stand. Ihr Haar war zurückgebunden und im Nacken zu einem Zopf geflochten, doch in der Hitze hatten sich zahlreiche flaumige Härchen gelöst, die wie eine Art Heiligenschein ihre Stirn umrahmten. Auf ihrer Nase prangten ein paar Sommersprossen mehr als gestern, und auf ihrer Oberlippe perlten kleine Schweißtröpfchen, gerade soviel, daß es Magnus ungeheuer anmachte. Er überlegte schon die ganze Zeit, wie er das Thema zur Sprache bringen sollte, das ihm auf der Seele brannte, doch ihm wollte kein passender Ansatz einfallen. Wahrscheinlich sollte er doch lieber warten, bis es dunkel war. Er hätte sie zwar gerne geküßt, doch waren für seinen Geschmack zu viele Touristen hier oben; schließlich waren sie beide keine Teenager mehr, die einander in aller Öffentlichkeit ungehemmt abknutschen konnten.

Statt dessen begaben sie sich zur nächsten Station

auf ihrer Insel-Entdeckungstour. Sie besuchten die Cova Santa, eine kleine, südöstlich von Sant Josep gelegene Tropfsteinhöhle, und danach besichtigten sie die oberhalb einer Steilküste befindlichen Fundamente einer Phönikersiedlung aus dem siebten Jahrhundert vor Christus.

Nachdem sie anschließend im Ferienort Cala Vedella Kaffee getrunken hatten, fuhren sie weiter zur Südwestspitze der Insel. Das letzte Stück des Weges legten sie zu Fuß zurück, bis sie das Kap erreichten, von wo aus sie die vielgerühmte Aussicht auf die beiden der Steilküste vorgelagerten unbewohnten Inseln Vedranell und Es Vedrá genossen. Auf letzterer, so wußte Magnus zu berichten, sollte einer alten Überlieferung zufolge der Feldherr Hannibal zur Welt gekommen sein.

»Nach offizieller Lesart ist er allerdings in Karthago geboren«, erklärte Magnus.

»Das würde näherliegen«, pflichtete Annabel ihm beim Anblick des absolut kahlen Eilands bei.

Danach entschieden sie, wieder in Richtung Eivissa aufzubrechen, wo sie später auch gemeinsam zu Abend essen wollten. Unterwegs lief ihnen ein Hund vor den Wagen. Magnus bremste scharf und stieg aus. Annabel folgte ihm. Der Hund saß hechelnd unter einer ausladenden Zypresse am Straßenrand, seine großen, steil aufgerichteten Ohren bewegten sich heftig auf und ab.

»Ist ihm was passiert?« fragte Annabel besorgt.

Magnus schüttelte den Kopf. »Ich hab' rechtzeitig angehalten.«

Der Hund sprang auf und kam neugierig näher. Schnüffelnd umkreiste er Annabels Beine.

»Paß auf«, sagte Magnus. »Laß ihn nicht zu nah an dich rankommen.«

»Wieso nicht?« Annabel streckte die Hand aus und tätschelte den Kopf des Hundes, ein rotweiß geflecktes Tier mit spitzer Schnauze und kräftigem Hals. »Ist doch ein ganz lieber Kerl.«

»Und hat wahrscheinlich Flöhe.«

»Oh.« Annabel zog die Hand weg.

»Er hat kein Halsband, ist also ein Streuner. Und die sollen gerade hier auf Ibiza ungeheuer anhänglich sein.«

»Er sieht hungrig aus.« Annabel nestelte in ihrer Handtasche herum und förderte einen Keks zutage, den sie im Flugzeug eingesteckt hatte. Sie riß die Plastikumhüllung ab und warf dem Hund den Keks zu.

Magnus schaute zu, wie das Tier den Leckerbissen aus der Luft schnappte und auf einen Satz verschlang. »Ein Bekannter von mir, der hier voriges Jahr Urlaub gemacht hat, gab einem dieser herumstromernden Hunde mal was von seinem Hamburger ab. Danach hatte er einen Freund fürs Leben. Er wurde den Hund für den Rest des Urlaubs nicht mehr los, er konnte nur noch in tierischer Begleitung zum Strand oder in den Ort gehen. Die Töle bestand sogar darauf, bei ihm im Hotelzimmer zu schlafen.«

Annabel lachte. »Zum Glück haben wir den Wagen dabei. Da kann er unserer Fährte nicht folgen.«

Sie stiegen wieder ein und fuhren weiter. Annabel schaute über die Schulter zurück. Der Hund saß reglos am Straßenrand und blickte ihnen unverwandt nach.

»Er sieht komisch aus. Ein bißchen wie ein Schakal.«

»Vermutlich hat der Bursche was von einem dieser

ibizenkischen Windhunde mitbekommen. Die sollen der mythologischen Überlieferung zufolge vom Totengott Anubis abstammen, und der wiederum war ja einem Schakal nachempfunden. Es gibt außerdem eine Legende, nach der sich Königin Kleopatra einmal hier auf Ibiza aufgehalten hat. Es heißt, daß sie diese Hunde hier heimisch gemacht hat.«

Annabel lächelte. »Reiseführer?«

Magnus nickte mit breitem Grinsen. »Reiseführer.«

»Du hast ein sehr gutes Gedächtnis.«

»Das bringt mein Beruf so mit sich.«

»Ich habe mich sowieso schon immer gefragt, wie Juristen das schaffen.«

»Was schaffen?«

»Sich all die vielen Paragraphen zu merken. Es muß doch Tausende davon geben.«

»Zehntausende.«

»Noch schlimmer. Wie macht ihr das?«

»Gar nicht.« Magnus lachte. »Merken muß man sich nur die wichtigen Vorschriften. Was den Rest betrifft – nun, der Trick dabei ist, daß man weiß, wo man suchen muß. Es ist eine Frage der Methode, nicht des Auswendiglernens. Abgesehen davon gibt es heute praktisch für jedes Rechtsgebiet Spezialisten. Steuerrecht, Familienrecht, Verwaltungsrecht, Arbeitsrecht – um nur ein paar Disziplinen zu nennen.

»Und du bist Strafrechtler.«

»Richtig. Aber ich kenne mich auch ganz gut im Arbeitsrecht aus. Eine Zeitlang habe ich sogar überlegt, Fachanwalt dafür zu werden, aber dann bin ich doch auf der anderen Schiene gelandet.«

»Und du bist zufrieden mit deinem Beruf?«

»Sehr.«

»Ist es nicht ziemlich belastend, immer mit Verbrechern zu tun zu haben?«

Magnus schüttelte belustigt den Kopf. »Das stellst du dir falsch vor. Unter hundert Mandanten ist vielleicht einer, der wirklich ganz übel ist. Es sind schon ein paar harte Burschen dabei, aber richtige Schwerverbrecher sind eher selten. Die meisten sind ganz harmlose Typen. In den wenigsten Fällen geht es um längere Freiheitsstrafen. Abgesehen davon übernehme ich nicht jedes Mandat.«

»Welche denn zum Beispiel nicht?« Annabel blickte ihn neugierig von der Seite an.

Sein Gesicht wurde hart. »Fälle von Pädophilie. Hier pflege ich in aller Regel die Opfer als Nebenkläger zu vertreten.«

»Ich verstehe. Da spricht der Vater aus dir.«

Er zuckte die Achseln. »Es gibt da gewisse Instinkte. Wenn du mal Kinder hast, wirst du das verstehen.«

Annabel unterdrückte mit Mühe einen wehmütigen Seufzer. Wenn alles nach Plan gelaufen wäre, könnte sie jetzt schon Mutter sein. Harald war derjenige gewesen, den sie als potentiellen Erzeuger ihrer künftigen Nachkommen auserkoren hatte, doch leider war dieser zukunftsweisende Vorsatz zusammen mit seinen Armanianzügen aus dem Fenster gesegelt.

Jetzt war sie dreiunddreißig. Vor hundert Jahren waren Frauen mit dreiunddreißig schon uralt gewesen. Wer in diesem Alter das erste Kind kriegte, galt damals schon beinahe als medizinischer Grenzfall.

Heute war es nicht mehr ganz so schlimm, doch erfahrungsgemäß verging die Zeit im Fluge, und in ein paar Jahren würde sie als Spätgebärende gelten – falls es je zu einer Schwangerschaft käme.

Magnus warf ihr einen forschenden Blick von der Seite zu. »Woran denkst du? Ans Kinderkriegen?«

Konnte er Gedanken lesen?

»Ähm ... ich weiß nicht ...«, stotterte sie, bevor ihr eine glatte Ausrede einfallen konnte.

»Willst du denn mal welche?« fragte er.

War da ein wachsamer Unterton aus seiner Stimme herauszuhören? Spiegelte sich in seinem Blick jener typische, männlich-besorgte *Bloß-die-Finger-weg-von-dieser-biologischen-Zeitbombe-Ausdruck?*

»Keine Ahnung«, behauptete Annabel forsch. »Über diese Frage habe ich mir noch nicht großartig den Kopf zerbrochen.«

Er nickte mit leise zweifelndem Gesichtsausdruck.

Nach Eivissa zurückgekehrt, schlenderten sie durch Sa Penya, ältester Ortsteil außerhalb der Oberstadt und ehemals ein Fischereiviertel, das sich in verwinkelten Gassen und Treppen bis zur Festungsmauer hinaufzieht. Um diese Tageszeit hatten die Geschäfte noch geöffnet, und Annabel und Magnus nutzten die Zeit, die ihnen noch bis zum Abendessen blieb, für einen Schaufensterbummel. Es gab sündhaft teure Boutiquen, in denen unter anderem die international bekannte, auf Ibiza kreierte *Adlib*-Mode angeboten wurde, unkonventionelle, ausgefallene Kleidung, die ebenso frech wie kostspielig war. Annabel hatte nicht übel Lust, das eine oder andere Teil näher in Augenschein zu nehmen, doch ein Blick auf den jeweiligen Preis ließ sie erblassen. Noch war ihr neuer Roman nicht fertig. Außerdem streckte das Finanzamt schon seine gierigen Krallen nach ihren künftigen Honoraren aus. Seit dem letzten Jahr waren die Verkaufszahlen ihrer Bücher und damit ihre Tantiemen erfreulich angestiegen. Leider hatte sich nicht nur Annabel, sondern auch der Fiskus sehr darüber gefreut, denn seitdem entblödete man sich dort nicht, saftige Einkommensteuervorauszahlungen von ihr zu verlangen, und das nicht nur einmal, sondern andauernd.

Abgesehen davon waren die meisten Klamotten, die es hier zu kaufen gab, nicht gerade geeignet, das Jahr über im Alltag aufgetragen zu werden, ganz abgesehen davon, daß all die flippige Strand-, Disco- und Szenemode nicht unbedingt das war, womit eine uralte Frau von dreiunddreißig Jahren Eindruck schinden sollte.

Annabel und Magnus schlenderten bis zum Ende des Carrer de la Vista Alegre und genossen von dort den Ausblick über die Stadt. Die Strahlen der tiefstehenden Abendsonne breiteten sich fächerförmig über den mit weißen Häusern bedeckten Hang aus und vergoldeten die Mauern und Dächer.

Magnus nahm Annabels Hand und hob sie an seine Lippen. »Gefällt es dir?«

Sie nickte, gerührt von dieser zärtlichen und zugleich altmodischen Geste.

»Hast du schon Appetit?« fragte er, sanft an ihren Fingerknöcheln knabbernd. Seine Zungenspitze glitt kaum merklich in die Kuhle zwischen Ring- und Mittelfinger.

Annabel sog leise seufzend die Luft ein. Ein Schauer durchrann sie. Appetit? Nein, das traf es nicht. Sie hatte Hunger, aber der hatte nichts mit ihrem Magen zu tun. In ihr wuchs die Gewißheit, daß sie nach dieser Nacht den ganzen Roman in einem Guß zu Papier bringen könnte, wenn sie es darauf anlegte.

Vorausgesetzt, sie fand nach dem Aufstehen noch die Kraft, ihren Laptop einzuschalten. Wenn sie Magnus so betrachtete, hegte sie keinerlei Zweifel, daß sie morgen früh sehr, sehr ausgepowert sein würde. Dieses verheißungsvolle kleine Funkeln in seinem Blick, dieser über alle Maßen leidenschaftliche Zug um seinen Mund, die Hitze, die sich ihren Händen über die Haut seiner Fingerspitzen mitteilte ... Und nicht zu vergessen, die überaus bemerkenswerte Ausbuchtung vorn in seiner Hose.

Trotzdem konnte es nicht schaden, vorher einen Happen zu sich zu nehmen, wie sie gleich darauf ganz pragmatisch entschied.

»Von mir aus können wir was essen«, antwortete sie. »Und danach ...«

»Ich hatte mir überlegt ...«

»Ich dachte mir, wir könnten ...«

»Du zuerst«, sagte Magnus.

»Nein, du.«

»Ladies first.«

»Schon wieder, hm?« Annabel holte Luft. Sie war nicht prüde, trotzdem fiel es ihr schwer, dieses Ansinnen vorzubringen. »Okay, also dann: Gestern nacht ... Es war sehr schön.«

»Wirklich?«

Hatte das irgendwie zweifelnd geklungen? Annabel krauste die Stirn. »Wirklich. Was hattest du denn gedacht?«

»Nichts. Tut mir leid, daß ich dich unterbrochen habe. Was wolltest du eben sagen?«

»Na ja ... Es war sehr schön, bis wir gestört wurden. Tja, ich habe mir gedacht, beim nächsten Mal sollten wir ausschließen, daß uns so ein Mißgeschick noch mal passieren kann.«

»Das ist ganz meine Meinung«, erklärte Magnus erleichtert. »Deshalb auch meine Idee, daß wir nach dem Essen in einem Hotel einchecken.«

Sie starrte ihn an. »Genau dasselbe wollte ich auch gerade vorschlagen.«

»Wir scheinen auf einer Wellenlänge zu denken«, meinte Magnus vergnügt.

Annabel lächelte leicht befangen. »Hast du ...?«

Wieder las er ihre Gedanken. Er klopfte auf seine Gesäßtasche. »Hab' ich.«

Annabel lachte befreit auf. Da sollte doch einer mal sagen, daß dieser Urlaub nicht das Beste war, was ihr seit Jahren widerfuhr!

Sie fanden ein rustikales, kleines Lokal, in dem viele Einheimische verkehrten. Annabel schnupperte begeistert. Der rauchige Duft von gegrilltem Fisch hing in der Luft und mischte sich mit dem kräftigen Geruch frischer Kräuter sowie mit dem milden, süßen Aroma von *Horchata*, einem balearischen Erfrischungsgetränk aus Mandeln, Limonade und Wasser, das gerade an einem der Fenstertische serviert wurde. Die Gäste unterhielten sich lautstark über die vollbesetzten Tische hinweg, und das Bedienungspersonal beteiligte sich mit derselben fröhlichen Zwanglosigkeit an den Gesprächen, mit der es auch die bestellten Gerichte und Getränke auftrug und die leeren Teller abräumte.

Annabel und Magnus ergatterten einen kleinen Ecktisch, von dem gerade zwei Leute aufstanden.

Die Bedienung kam, und Magnus bestellte Paella für zwei Personen. Sie tranken Rotwein zum Essen und hinterher, sozusagen zur Abrundung und zum Auftakt für die kommenden Stunden, eine zünftige Sangría. Sie hatten beschlossen, den Wagen dort, wo sie ihn geparkt hatten, über Nacht stehenzulassen und sich zu Fuß nach einem Hotel umzutun. Wie es der Zufall wollte, hatte Annabel alles, was sie für eine Übernachtung brauchte, in ihrer Handtasche. Die wirklich wichtigen Dinge benötigten nicht viel Platz. Ein zusammengerollter Slip, Kamm, Make-up, Zahnbürste, Deo. Auch Magnus hatte alles dabei. Im Kofferraum des Mietwagens ruhte ein sorgfältig gepacktes Bordcase, in dem sich Zahnbürste, Unterhose und ein sauberes Hemd befanden. Der Bedarfsgegenstand, der für die kommende Nacht absolut unverzichtbar war, steckte in seiner Hosentasche, und zwar in sechsfacher Ausfertigung. Dennoch begann Magnus allmählich zu zweifeln, ob das reichen würde. Er betrachtete Annabel mit glühenden Blicken. Jedesmal, wenn er genauer hinschaute, schien sie hinreißender auszusehen. Immer mehr feuchte kleine Löckchen waren ihrer Frisur entwichen und umschmeichelten ihr vom Wein erhitztes Gesicht. Ihre Lippen waren ebenfalls feucht, weil sie beständig mit der Zunge darüberfuhr. Er malte sich intensiv aus, langsam und mit Bedacht andere feuchte Stellen ihres Körpers zu erkunden, die er von hier aus nicht sehen, aber ohne weiteres erahnen konnte. Dann bezwang er diese lebhaften Phantasien umgehend wieder, weil der Zuschnitt seiner Jeans für solche Männerträume nicht konzipiert war.

»*Salud.*« Magnus hob sein Glas und prostete ihr zu.

»*Salud*«, erwiderte Annabel den spanischen Trinkspruch.

Magnus stellte das Glas ab und blätterte in der Speisekarte. »Hast du Lust auf einen Nachtisch?«

»Ja«, erwiderte Annabel fest. »Und zwar so schnell wie möglich.« Sie griff quer über den Tisch und nahm ihm die Karte aus der Hand, um sie unbeachtet zur Seite zu legen.

9. Kapitel

Ich bin achtundzwanzig«, sagte Hermann Scheuermann auf Charlies Frage nach seinem Alter. Das kam Charlie, die erst achtzehn war, ziemlich alt vor, obwohl Hermann nicht unbedingt den Eindruck erweckte, den besten Teil seines Lebens bereits hinter sich zu haben. Für einen angehenden Facharzt war er überdies, wie Charlie im Laufe der bisherigen Unterhaltung erfahren hatte, ausgesprochen jung. Das Grundstudium hatte er in Rekordzeit absolviert, und auf dem Gymnasium hatte er eine Klasse übersprungen.

Die beiden saßen in einer Bar unweit der Ferienanlage und lernten sich bei Flamencomusik, Orangensaft und Erdnüssen näher kennen. Charlie verfolgte mit diesem Stelldichein, das sie bis weit in die Nacht und möglichst sogar bis zum frühen Morgen hin auszudehnen trachtete, einen ganz besonderen Zweck, von dem sie Hermann indessen nichts verraten konnte. Hermann war nämlich ihr Alibi. Während er ihr Gesellschaft leistete, sollte Britta im Schutze der Dunkelheit ihre Aufgabe erledigen, sprich Friedhelm endgültig den Garaus machen. Bis morgen früh sollte alles erledigt sein. Dann hätte jede von ihnen beiden ihren Part erfüllt.

181

Über die Frage des versauten Alibis für den Mord an Robert hatten sie nicht mehr geredet. Sie gingen einfach beide davon aus, daß sich dieses Problem nicht mehr stellen würde. Robert war tot, und jetzt war Friedhelm an der Reihe, so einfach war das. Änderungen in der künftigen Dramaturgie wurden sowohl von Britta als auch von Charlie als wenig opportun verworfen – abgesehen davon wären ihnen auch keine eingefallen, schon gar nicht auf die Schnelle. Wenn überhaupt, mußte es hier im Urlaub passieren, und der dauerte nun mal nicht mehr allzu lange. Sie wollten es hinter sich bringen, alle beide, und das ohne jeglichen Aufschub.

Britta hatte sich für das Tranchiermesser entschieden, das ihr unter der Auswahl der in Frage kommenden Instrumente am vielversprechendsten erschienen war. Ebenfalls zur Debatte gestanden hatten eine Geflügelschere, ein Dosenöffner, ein Kartoffelmesser und eine Vielzweckschere. Fleischmesser waren in der Küchenschublade nicht auffindbar gewesen, in keinem der beiden Bungalows. Ob sie grundsätzlich im Sortiment der Besteckausstattung fehlten, oder ob in beiden Fällen raffgierige Touristen zugeschlagen hatten, war nicht zu ergründen.

Nachdem Britta sich mangels anderer geeigneter Möglichkeiten für das Tranchiermesser als Waffe entschieden und die Sektflasche bis zur Neige geleert hatte, mußte sie Charlie schwören, bis zur Ausführung der Tat keinen Tropfen Alkohol mehr zu sich zu nehmen. Das hatte sie getan, mit feierlich zum Eid erhobener Hand.

So weit, so gut. Jetzt war es an Charlie, mit Hermann irgendwie den Rest der Nacht totzuschlagen. Er wurde ihr zwar zunehmend sympathischer – ein Umstand, den Charlie sich in Anbetracht seines Äußeren nur schwer erklären konnte –, doch Charlie hätte es vorgezogen, den Abend, respektive die Nacht, in der Gesellschaft ihres Vaters zu verbringen. Leider stand der nicht zur Verfügung. Bevor er am späten Nachmittag losgezogen war, die üppige Brünette im Schlepptau, hatte er Charlie zugezwinkert und dabei durchblicken lassen, daß sie diese Nacht nicht auf ihn warten sollte, für den Fall, daß sie vor ihm nach Hause käme.

Für Charlie war dieser dezente Hinweis gleichbedeutend mit der Gewißheit, daß er die Nacht wieder mit Annabel verbringen würde, und zwar diesmal ungestört. Sie konnte es ihrem Vater nicht verdenken. Aus der Sicht eines Mannes, der mit Riesenschritten auf die Fünfzig zuging, war Annabel vermutlich exakt das, was ältere Menschen für gewöhnlich als *Heißer Feger* bezeichneten.

Außerdem schien sie auch einiges auf dem Kasten zu haben, was in Kombination mit ihren beachtlichen Brüsten in Magnus' Augen sicherlich eine unwiderstehliche, hochexplosive Mischung darstellte. Ihr Vater stand auf clevere Frauen, und wenn die zufällig auch noch passabel aussahen, war er so gut wie nicht mehr zu bremsen.

Wie Charlie von Britta erfahren hatte, schrieb Annabel Romane. Das nötigte Charlie einen gewissen Respekt ab, ungeachtet der Tatsache, daß es sich bei diesen Büchern um seichte Liebesromane handelte. Charlie hatte eine ungefähre Vorstellung davon, wie schwierig es war, eine Geschichte zu konstruieren, die mehrere hundert Seiten umfaßte, mit genau plazierten Wende- und Höhepunkten. Vor dem Hintergrund ihrer Erfahrung mit etlichen mißlungenen Besinnungsaufsätzen wußte sie zumindest, daß Schreiben alles andere als leicht war.

»Meine Promotion habe ich mit sechsundzwanzig geschrieben«, erzählte Hermann.

»Worüber denn?« wollte Charlie wissen.

»Über untypische anatomische Erscheinungsformen am menschlichen Penis.«

»Was darf ich mir denn darunter vorstellen?« fragte Charlie interessiert, woraufhin Hermann ihr von diversen Fehlbildungen im Eichelbereich und Problemvenen im Schwellkörpergewebe berichtete.

Charlie lauschte gebannt. Dieser Mensch war eine wandelnde Fundgrube, er konnte mit den ausgefallensten Informationen über das Ureigenste vom Mann aufwarten.

Sie fragte sich, was er in praktisch angewendeter Anatomie so draufhatte. Bislang hatte sie ja nur Friedhelm als Vergleich. Außerdem fragte sie sich, wie Hermann wohl ohne diese dicke Brille aussah.

»Würdest du mal die Brille abnehmen?«

»Warum?«

»Einfach nur so.«

Er tat es und blinzelte sie kurzsichtig an.

»Hm«, machte Charlie. Mit Brille sah er aus wie Kermit, der Frosch. Ohne Brille sah er aus wie ein hilfloser kleiner Junge, der irgend etwas suchte.

»Ich hab' sechseinhalb Dioptrien«, erklärte Hermann verlegen.

»Hast du's schon mal mit Kontaktlinsen versucht?«

»Das funktioniert bei mir nicht. Ich leide an einer besonderen Form von Astigmatismus, da sind Linsen inkompatibel.« Er setzte die Brille wieder auf und sah sie ernst durch die dicken Gläser an. »Findest du, daß sie mich sehr entstellt?«

»Nein«, sagte Charlie. Das entsprach der Wahrheit, denn jetzt wußte sie ja, wie er ohne Brille aussah. Dieses Bild hatte etwas in ihr angerührt, eine verborgene Saite, die sachte nachschwang.

»Bestellst du uns noch einen Saft?« fragte sie.

Hermann nickte und winkte der Bedienung. »Du trinkst überhaupt keinen Alkohol, oder?«

»Im Moment nicht, nein.« Sie überlegte kurz, dann gab sie dem überwältigenden Bedürfnis nach, das sie urplötzlich durchdrang. »Ich bin schwanger.«

Hermann gab einen leisen Überraschungslaut von sich und glubschte Charlie einigermaßen erschrocken durch die dicken Brillengläser an.

»Du bist der erste, der das erfährt.«

Das stimmte zwar nicht ganz, doch Britta zählte in diesem Fall quasi nicht mit.

»Stößt dich das ab?« fragte sie. Obwohl sie sich bemühte, ihrer Stimme einen betont kühlen Klang zu verleihen, konnte sie nicht verhindern, daß sich ein winziges, banges Zittern in ihre Frage einschlich.

»Nein«, sagte Hermann sehr ernst. »Kein bißchen.«

Er streckte seine Hand aus und umfaßte ihre Rechte, die verkrampft neben ihrem Saftglas auf dem Tisch lag. »Charlie, du bist ein wunderbares Mädchen. Du bist mir sofort aufgefallen, schon als ich dich das erste Mal sah, vor ein paar Monaten im Fitneßcenter. Ich

185

konnte dich kaum aus den Augen lassen. Hast du das nicht bemerkt?«

Charlie schüttelte stumm und überwältigt den Kopf.

»Mir ist außerdem nicht entgangen, daß dich etwas schwer bedrückt. Das habe ich gleich bei unserer ersten Bemerkung am Strand gesehen.«

»Woran hast du das bemerkt?«

»Da war die ganze Zeit so eine unterschwellige Traurigkeit in dir, so ein unterdrückter Zorn, wie ein stummer Aufschrei ... Für mich war es nicht zu übersehen, daß du etwas mit dir herumschleppst.«

Charlie war gerührt und beeindruckt. Wie gewählt er sich ausdrücken konnte! *Stummer Aufschrei ...* Das klang ja fast schon poetisch!

Aufmunternd drückte er ihre Hand. »Du kannst mit mir darüber reden, wenn du möchtest. Wenn nicht, ist es auch okay. Dann wechseln wir einfach das Thema.«

Charlie senkte den Kopf. Wenn er wüßte, daß er gerade mit einer waschechten Mörderin Händchen hielt, die nur darauf aus war, sich für die kommenden Stunden ein Alibi zu verschaffen!

Sie schluckte hart, weil die ungewohnte Fürsorge, die ihr von Hermann zuteil wurde, irgend etwas in ihr zum Schmelzen brachte. Außerdem war er so lieb, so sanft, so klug! Und er sah ohne Brille aus wie ein süßer kleiner Junge!

Plötzlich hatte sie wieder mal das Gefühl, gleich weinen zu müssen. Der Splitter in ihrer Fußsohle fing an zu klopfen.

Sie blickte auf und meinte kläglich seufzend: »Vielleicht wechseln wir lieber erst mal das Thema.«

Britta hockte in Friedhelms Apartment hinter der Küchentheke. Sie saß gegen den Kühlschrank gelehnt, die Arme um die angezogenen Beine verschränkt, den Kopf auf ihren rechten Ellbogen gebettet. Das Messer lag in Griffweite auf dem Fliesenboden, keine zwanzig Zentimeter von ihrem Fuß entfernt. Es war erst kurz nach Mitternacht, voraussichtlich würde es also noch Stunden dauern, bis Mister Universum wieder hier einlief. Doch das hatte Britta einkalkuliert. Sie war von vornherein darauf eingestellt, sich für lange Zeit in Geduld üben zu müssen. Und dennoch – man konnte ja nie wissen. Vielleicht würde er sich gerade diese Nacht aussuchen, um früher heimzukommen. Genau das war auch der Grund, warum sie bereits lange vor seinem erwarteten Eintreffen hier Stellung bezogen hatte.

Britta hatte kein Problem damit gehabt, in das Apartment zu gelangen, nachdem sie einem der Zimmermädchen in einem unbeobachteten Moment den Generalschlüssel vom Reinigungswagen geklaut hatte. Hier in der Anlage liefen Hinz und Kunz mit Passepartouts herum. Der Putzservice, der Gepäckservice, der Zimmerservice, die Hausdamen.

Britta betrachtete das Messer zu ihren Füßen. Obwohl es draußen längst dunkel war und im Apartment kein Licht brannte, spielte ein matter, metallischer Reflex auf der breiten Schneide. In der halben Stunde, die sie nun schon hier herumhockte, hatte Britta sich bereits mindestens ein halbes Dutzend Mal gefragt, wie es sich anfühlen mochte, wenn sie das Messer in Friedhelms perfektem Körper versenkte. Nicht für ihn, sondern für sie. Würde sie angeekelt das Heft fahren lassen und in Panik hinausstürzen? Oder würde sie in

einen Blutrausch geraten und wieder und wieder zu-
stechen? Wie fühlte sich überhaupt ein Mörder während der Tat? Wild und frei und stark? Oder eher doch
wie ein erbärmliches Schwein?

Britta für ihren Teil fühlte sich im Augenblick ziemlich flau. Sie konnte nur hoffen, daß sich ihre Einstel-
lung im Laufe der nächsten Stunden, spätestens aber
bis zu Friedhelms Eintreffen, erheblich besserte, denn
anderenfalls wäre es keineswegs gewährleistet, daß
sie ihren – oder genauer: Charlies – Vorsatz in die Tat
umsetzen konnte.

Annabel, die nie um treffende Worte verlegen war,
hätte Brittas derzeitigen Zustand vermutlich mit *Frack-
sausen* beschrieben. Annabel mochte hübsche, ver-
schrobene, altmodische Redewendungen. Sie sagte
beispielsweise gern Dinge wie *Was hat dir denn die
Petersilie verhagelt?*, oder auch *Das wird eine ganz
schöne Zitterpartie!*

Dem konnte Britta momentan nur beipflichten.

Immerhin hatte sie schon den Besenschrank leerge-
räumt und alles, was nicht niet- und nagelfest war, im
hintersten Winkel des Kleiderschranks verstaut.

Sobald sie Friedhelms Schlüssel im Türschloß hörte,
würde sie schnell wie ein Luftzug in das kleine Putz-
gelaß hineinschlüpfen und dort der Dinge harren.
Friedhelm würde vermutlich ins Bad gehen, denn er
würde aufs Klo müssen, nachdem er sich den ganzen
Abend mit Bier abgefüllt hatte. Danach würde er vielleicht auch hinter die Küchentheke treten, um sich
eine frische Dose aus dem Kühlschrank zu nehmen,
bevor er die Frau, die er für diese Nacht abgeschleppt
hatte, auf dem Bettsofa flachlegte.

Das einzige passable und dabei noch einigermaßen geräumige Versteck war also der Besenschrank. Friedhelm würde garantiert nicht auf die absurde Idee verfallen, rasch noch einmal den Boden zu kehren oder das Bad sauberzumachen, und seine weibliche Begleitung sicher genauso wenig.

Womit sie in ihren Gedanken auch schon wieder beim Knackpunkt ihrer Mordpläne war. Die Frau war sozusagen der unbekannte Faktor in der Gleichung. Britta hatte sich bereits heftig den Kopf darüber zerbrochen. Würde seine neue Eroberung sofort abhauen, sobald Friedhelm mit ihr fertig war? Oder würde sie sich für eine Runde aufs Ohr legen wollen? Falls letzteres zutraf, stellte sich folgerichtig die Frage, ob sie einen leichten Schlaf hatte. Falls dem nicht so war, fragte es sich, ob sie im Dunkeln gut sehen konnte. Für den Fall wiederum, daß dieses zutreffen sollte, war es von höchstem Interesse, wie laut sie schreien konnte.

Soweit es Friedhelm betraf, so wußte Britta ja aus eigener Erfahrung, daß er sofort nach dem Sechzig-Sekunden-Akt in einen totenähnlichen Tiefschlaf sinken würde, womit er auch praktischerweise für den Moment seines Ablebens gleichsam als ausreichend narkotisiert gelten konnte. Er würde sicher nichts spüren. Oder jedenfalls nicht viel. Charlie hatte ihr anhand eines Anatomiebuchs – der Himmel wußte, wo sie das in der kurzen Zeit hatte auftreiben können – eingehend erklärt, wohin sie zu zielen hatte, um Friedhelm in Nullkommanichts das Lebenslicht auszublasen, angeblich sogar, ohne daß er davon was mitkriegte.

Falls sie natürlich abrutschte und aus Versehen eine Rippe traf ... Doch Britta weigerte sich, über diese Möglichkeit nachzudenken.

Abgesehen davon hatte sie einen geradezu unglaublichen Durst.

Kaum hatte Britta diesen Gedanken zu Ende gedacht, als sie auch schon entschied, daß sie dringend einen Schluck brauchte. Nicht viel, nur ein paar Tropfen, gerade genug, um sich die Kehle zu befeuchten. Es würde sie nicht betrunken machen, sondern ihre Sinne schärfen. Und die Nerven beruhigen. Und ihr Mut machen. Und das Zittern in ihren Fingern zum Verschwinden bringen.

Kurz und gut – es gab mindestens tausend vernünftige Gründe, sich ein Schlückchen zu gönnen. Britta rückte ein Stück vom Kühlschrank ab und kniete sich hin. Sie zog die Tür auf und seufzte erleichtert auf, als sie die Flaschen entdeckte. Eine große Colaflasche (nein danke), eine Batterie Bierflaschen (lieber nicht, das trieb zu sehr und machte fett) und schließlich eine hübsche, kalte, volle Flasche Bacardi.

»Das nenn ich Service«, murmelte Britta anerkennend. Sie nahm die Flasche aus dem Fach und schraubte sie auf. »Nur einen winzigen Schluck«, befahl sie sich. Dann setzte sie die Flasche an den Hals.

Als sie wieder zu sich kam, wußte sie für eine ganze Weile nicht, wo sie sich befand. Eine Reihe nicht einzuordnender Sinneseindrücke bahnten sich den Weg in ihr Bewußtsein. Da war zunächst das Gefühl von Kälte an ihrem Körper. War sie im falschen Bett gelandet? Wieso, zum Teufel, war die blöde Matratze

190

dermaßen steinhart? Dann merkte Britta, daß die Matratze nicht nur hart wie Stein war, sondern sich auch anfühlte wie Stein. Genaugenommen war sie aus Stein.

Leider war damit immer noch nicht geklärt, warum sie in einem Bett lag, bei dem die Matratze aus Stein war.

Dann ging ihr auf, daß sie sich nicht im Bett befand, sondern auf einem Kachelboden. War sie im Bad hingefallen? Britta konnte sich nicht erinnern, gestürzt zu sein. Als nächstes bemerkte sie die neben ihr auf dem Boden liegende Hand, die sie durch einen verklebten Spalt ihrer Lider wahrnahm. Es schien ihre eigene zu sein, denn als Britta sie versuchsweise bewegte, rührten sich die Finger, die sich erstaunlicherweise um eine leere Rumflasche krampften. Die Finger fingen an zu zittern. Die Flasche zitterte mit und klirrte kaum hörbar auf den Fliesen. Ein Wort bildete sich irgendwo im Nebel ihrer Wahrnehmungsfähigkeit heraus, zuckte vorbei und war dann wieder weg.

Delirium tremens. So fühlte sich das also an.

Dann hörte sie die Stimmen. Das hatte ihr gerade noch gefehlt.

Das dunkle Lachen einer Frau. »Meine Güte, du bist aber ein ganz Schlimmer!«

Dann eine Männerstimme, die ihr irgendwie bekannt vorkam. »Du bist aber auch nicht ohne, Bärbel.«

»Béatrice, Schatz. Béatrice.«

»Sag ich doch. Du bist echt süß.«

Britta versuchte, die Augen etwas weiter zu öffnen, doch ihre Lider schienen zu schwer für diesen anstrengenden Vorgang zu sein.

»Wollen wir das Licht lieber wieder ausmachen, Süßer?«

»Warum nicht?«

Es wurde dunkel um Britta. Zum Glück verschwanden damit auch die zitternden Finger und die immer noch leise klirrende Flasche. Mit den Resten ihres vor sich hintrudelnden Verstandes verfolgte sie den Dialog, der sich in nicht allzu weiter Entfernung auf dem Bettsofa entspann.

»Mist, der Reißverschluß klemmt.«

»Laß mich mal.«

»Ja, jetzt klappt es.«

Ein spitzer Aufschrei. »Whow! Ist das alles für mich?«

»Sicher doch, Bärbel.«

»Küß mich, du wildes Tier.«

»Aber gerne.«

Dann ein brünstiges Schmatzen, das kein Ende nehmen wollte.

»Zieh mich aus, du geiler Kerl!«

»Wo sind die Knöpfe von deinem Kleid, Bärbel?«

»Warte, ich helfe dir.«

»Moment mal. Was ist das denn?«

Verschämtes Auflachen. »Das kannst du dir doch denken, oder?«

»Scheiße, das ist doch ...«

»Was ist los mit dir? Ich dachte, du bist scharf auf mich!«

»Ja, aber ... Das ist doch ... Du hast doch ... Bist du ...?«

»Meine Güte, ein Schwanz ist ein Schwanz«, kam es gereizt zurück. »Bist du so dämlich oder tust du nur so?«

»Du bist eine Transe!« brüllte die Männerstimme, die Britta immer bekannter vorkam. »Und ich habe dich *geküßt*!«

»Aber das war doch voll okay! Du küßt super, Friedhelm! Komm, mach es mir!«

»Ärgs! Laß mich sofort los!«

»Ja, tu es! Fester! Tiefer!«

»Hilfe! Ich will nicht! O Gott!«

»O Gott«, murmelte Britta volltrunken vor sich hin. Das träumte sie alles bloß. Das da waren lauter Auswüchse ihrer alkoholkranken Phantasie. Genauso wie die wüsten Beschimpfungen, die auf einmal hin- und herflogen.

Es dauerte eine Weile, bis das Gebrüll aufhörte. Dann wechselten dumpfe Schläge mit erstickten Geräuschen.

»*Hasta la vista*, du Blödarsch«, sagte Bärbels alias Béatrices Stimme verärgert und mit überraschend tiefem Timbre. Dann klappte irgendwo eine Tür zu, und danach war kein Laut mehr zu hören, bis auf das Klirren der Flasche neben Brittas Ohr. Sie zwang ihre Finger, sich zu entkrampfen und loszulassen. Die plötzliche Stille war wohltuend. Britta entspannte sich und verwandelte sich im nächsten Augenblick wieder in etwas, das ihre beste Freundin Annabel vermutlich als Schnapsleiche bezeichnet hätte. Tiefschwarzes, gnädiges Vergessen umfing sie und löschte alles um sie herum aus.

Annabel und Magnus saßen derweil aufs angenehmste entspannt in der Bar des kleinen Hotels, das sie sich für die bevorstehende Liebesnacht ausgesucht hatten.

Bei Martini on the rocks unterhielten sie sich über Gott und die Welt und über das Besondere dieser Situation.

Mit erhitzten Wangen erklärte Annabel, daß sie sich vorkäme wie die Geliebte eines verheirateten Mannes.

»Wieso?« wollte er verdutzt wissen.

Sie machte eine ausgreifende Geste mit der Hand. »Na, dieses ganze Drum und Dran. Kleines verschwiegenes Hotel. Intime Bar. Lauter fremde Menschen um einen herum. Ein richtiges Versteck.«

»Hattest du schon mal einen Freund, der verheiratet war?«

Annabel zögerte, dann nickte sie verlegen.

»Hat er es dir vorher gesagt?«

Sie wurde rot. »Das hat er getan.«

»Und du hattest kein Problem damit?«

Doch, das hatte sie schon gehabt, aber die Versuchung war stärker gewesen. Vielleicht war es jener besondere, solide Touch, den gerade verheiratete Männer an sich haben, erst recht solche, die zugleich auch Familienväter sind, kurz: Männer, die bereits im praktischen Leben unter Beweis gestellt haben, was sie wert sind.

»Im nachhinein denke ich mir, daß gerade solche Männer die Urinstinkte einer Frau im gebärfähigen Alter ansprechen«, sinnierte sie. »Sie erkennt in dem Ehemann und Familienvater eine Art Zielperson für ihre geheimen, unterbewußten, ureigensten Bedürfnisse: Einen potentiellen Beschützer und Versorger, der ihr das verschafft, worauf jede Frau in einer gewissen Lebensphase aus ist.«

»Und das wäre?«

194

»Ein Heim. Kinder. Sicherheit. Geborgenheit.«

»Ist das immer noch so?«

»Das war so, ist so und wird auch garantiert so bleiben. Frauen sind so gestrickt. Sie können nicht aus ihrer Haut. Das ist einfach biologisch.«

»Aha.« Magnus nippte nachdenklich an seinem Martini. »Bei dir auch?«

Sie lachte etwas unbehaglich. »Grundsätzlich ja. Nur hat es damals natürlich nicht hingehauen.«

»Warum nicht?«

»Männer, die schon eine Familie haben, wollen in aller Regel keine zweite. Wozu auch? Denen reicht es doch, diesen ganzen Baby-, Windel-, Brüll-, Spuck- und Krankheitsstreß einmal zu erleben. Warum das alles noch ein zweites Mal durchmachen, und das womöglich in einem Alter, in dem sie zusätzliche Risikofaktoren am Hals haben, zum Beispiel verengte Herzkranzgefäße oder eine kaputte Magenschleimhaut? Wenn sie jenseits der Vierzig außerhalb ihrer Ehe nach Frauen Ausschau halten, dann ganz bestimmt nicht, um mit denen eine neue Familie zu gründen. Sie wollen bloß ein bißchen Abwechslung. Vor allem im Bett. Und außerdem natürlich Ruhe, Frieden, Bewunderung – all das, was sie zu Hause nicht mehr kriegen, jedenfalls nicht in dem Maße, in dem sie meinen, es verdient zu haben.« Annabel kaute gedankenverloren auf einem schmelzenden Eiswürfel herum. »Natürlich geht das dann meistens gründlich in die Hose.«

»Inwiefern?«

»Na, ganz einfach. Die neue Frau will den Mann für sich allein haben und stellt verdeckte oder offene Forderungen. Irgendwann fliegt alles auf. Es kommt zum Beziehungsdrama mit der Exfrau, die sich in ihrer Existenz als Ehefrau und Mutter gefährdet sieht. Der Eklat ist fürchterlich. Der Mann entscheidet sich natürlich in aller Regel für die jüngere und frischere Frau.«

»Wieso eigentlich?«

»Weil sie ihn mehr bewundert. Sie betet ihn an. Sie findet ihn toll. Sie liegt ihm zu Füßen. Sie praktiziert Fellatio mit ihm, bis ihm die Sinne schwinden. Jedenfalls solange, bis sie das von ihm hat, was sie will.«

»Heim, Kinder und so weiter?«

»Exakt. Und schon fängt der ganze Kreislauf von vorne an.«

»Hört sich nicht gut an. Zumindest nicht für den Mann.«

»Damit hast du vollkommen recht. Die Frauen können dabei nur gewinnen. Wobei natürlich zu unterscheiden ist zwischen erster Frau und zweiter Frau. Und auch dritter, sogar das soll ja ab und zu vorkommen.«

»Die erste Frau ist am besten dran«, tippte Magnus.

»So sehe ich das auch. Sie kriegt von allem die Sahne. Jugend. Energie. Engagement. Leidenschaft. Kraft.« Annabel stieß dezent hinter vorgehaltener Hand auf. »Und Unterhalt natürlich.«

»Natürlich«, sagte Magnus trocken. »In Anwaltskreisen kursiert da ein sehr treffender Spruch: Es gibt nur eins, was kostspieliger ist als eine Frau. Die erste Frau.«

Annabel lachte ein wenig unbehaglich.

»Woran ist es bei dir und deinem Familienvater gescheitert?«

196

»Seine Frau ist dahintergekommen und hat mit Scheidung gedroht. Da hat er ganz schnell die Reißleine gezogen. Es hätte ihn finanziell ruiniert. Soviel war ich ihm nicht wert. Außerdem war ich nur zwei Jahre jünger als seine Frau, und wahrscheinlich hab' ich ihn auch nicht genug angebetet. Abgesehen davon waren da noch die Kinder. Das war bei ihm ein ganz neuralgischer Punkt. Er hatte Angst, daß seine Frau sie als Druckmittel einsetzt und sie ihm womöglich vorenthält.«

Magnus nickte ernst. »Das kann ich verstehen.«

»Richtig. Du bist ja auch geschieden. Woran lag es eigentlich bei euch?«

Er grinste. »Sie hatte einen anderen Mann kennengelernt.«

»Ach ja«, sagte Annabel trocken. »Das soll es ja auch noch geben.«

Er seufzte. »Es hat mir fast das Herz gebrochen. Nicht wegen der Scheidung. Nein, wegen Charlie. Sie war noch so klein, und ich hab' wahnsinnig an ihr gehangen. Damals wie heute. Zum Glück hat meine Frau – meine Exfrau – das Umgangsrecht immer sehr großzügig mitgetragen. In dem Punkt waren wir uns völlig einig.«

»Das ist viel wert.«

»Ja, und ich rechne es ihr auch heute immer noch sehr hoch an.«

Annabel zögerte, dann faßte sie sich ein Herz. »Wie alt bist du?«

»Vierundvierzig.«

»Ich bin dreiunddreißig.«

Er hob die Brauen. »Na und? Hast du damit irgendein Problem? Findest du, daß ich zu alt für dich bin?«

»Du liebe Zeit, nein. Was sind schon elf Jahre. Ich meine, wenn der Mann älter als die Frau ist. Dann ist das völlig okay.«

Magnus trank von seinem Martini. »Ich gebe zu, das klingt in meinen Ohren beruhigend. Aber auch irgendwie chauvinistisch.«

»Mach dir darüber keine Gedanken. Das ist nun mal so. Wenn der Mann vierundvierzig ist und die Frau dreiunddreißig, kann kein Mensch das beanstanden.«

»Wenn du das sagst, will ich nicht widersprechen.«

»Wäre ich allerdings vierundvierzig und du dreiunddreißig, wäre das pervers.«

»Worauf möchtest du eigentlich hinaus?«

Sie überlegte krampfhaft, wie sie das Thema anschneiden konnte, ohne allzu plump daherzukommen. Sollte sie ihn etwa fragen: *Findest du dich zu alt, um noch mal Vater zu werden?* Oder: *Hast du eigentlich mit dem Thema Familie für dich schon endgültig abgeschlossen?* Oder: *Könntest du dir vorstellen, in deinem Alter noch Kinder in die Welt zu setzen?*

Nein, lieber nicht, das würde ihn garantiert ungeheuer abtörnen, vor allem, nachdem sie ihm gerade haarklein auseinandergesetzt hatte, warum ein Mann in seinem Alter eigentlich von solchen Geschichten lieber die Finger lassen sollte.

Womöglich würde er sofort den Ober rufen, die Rechnung begleichen und dann fluchtartig das Weite suchen. Dieses Risiko wollte Annabel nicht eingehen. Schließlich sollte dies sozusagen eine rauschende Ballnacht werden, und zwar die allererste, das konnte sie unmöglich mit derart persönlichen Fragen zur Familienplanung einleiten!

»Ich hätte da mal eine sehr persönliche Frage an dich«, sagte Magnus.

Annabel hielt die Luft an. »Ja?«

»Du mußt nicht darauf antworten, wenn du nicht willst.«

»Ich würde sagen, das kommt ganz auf die Frage an«, meinte sie diplomatisch.

»Tja ... Ich weiß nicht, wo ich anfangen soll.« Magnus zögerte. »Kennst du den Film *Harry und Sally?*«

»Wer kennt den nicht.«

»Erinnerst du dich auch an die eine Szene, in der Meg Ryan ...« Er stockte und suchte nach Worten, mit denen er das Ungeheuerliche möglichst elegant in Worte kleiden konnte.

Annabel grinste hinterhältig. Sie schaute sich bezeichnend um. »Wir sind zwar in einer Bar, nicht in einem Restaurant, aber wenn du Wert darauf legst ... Soll ich?«

Magnus zuckte zusammen. »Lieber Himmel, nein!«

Sie betrachtete ihn forschend. »Wieso hast du überhaupt von dem Film angefangen?«

Magnus wurde tiefrot. »Das hatte keinen besonderen Grund. Vergiß es einfach.«

»Nein, warte.« Sie setzte eine betont sachliche Miene auf. »Gehen wir der Sache auf den Grund.«

»Das ist nicht nötig«, protestierte er.

»Doch, ist es wohl. Du bist also der Meinung, daß meine Wollust nur gespielt war.«

Magnus hätte sich am liebsten auf der Stelle entmaterialisiert.

»Oder war es deine Tochter, die dir das eingeredet hat?«

Sein Gesichtsausdruck sagte ihr, daß sie richtig lag.

»Schau mal an.« Annabel kicherte. »Diese freche, kleine Göre!«

»Du meinst, daß sie ...?«

»Logisch. Die wollte dir doch bloß eins auswischen. Wahrscheinlich ist es ihr ganz schön gegen den Strich gegangen, ihren Daddy bei einer ungeheuer heißen Nummer zu erwischen.«

Magnus konnte nicht verhindern, daß ihm die Brust schwoll. »Eine ungeheuer heiße Nummer ... War es das wirklich für dich?«

Sie nickte liebevoll. »Ich bin ein großes Mädchen. Wenn mir was nicht gefällt oder keinen Spaß macht, würde ich das sagen. Vergiß nicht, ich habe schon eine Menge Bücher zu dem Thema geschrieben. Ich kenne meine Rechte im Bett.«

»Rechte im Bett?« gab Magnus sich erstaunt. »Gibt es so was auch?«

»Soll ich dir eine Vorlesung darüber halten?«

»Würdest du das für mich tun?«

Annabel schenkte ihm ein verführerisches Lächeln. »Selbstverständlich.«

»Wann?«

»Wie wäre es mit sofort?«

Er erhob sich und streckte ihr in einer galanten Gebärde die Hand hin. »Ich bitte darum.«

10. Kapitel

Britta kam von einem extrem unangenehmen Geräusch zu sich. Es dauerte eine halbe Ewigkeit, bis sie soweit das Bewußtsein wiedererlangt hatte, daß sie erkannte, um welches Geräusch es sich handelte. Es war ihr eigenes Stöhnen. Wieder und wieder zerriß es die Stille und bohrte sich grausam in ihre überempfindlichen Gehörgänge.

Mit schier übermenschlicher Kraftanstrengung rollte sie sich zur Seite und setzte sich auf. Mit beiden Händen hielt sie ihren Kopf fest, damit er ihr nicht von den Schultern fiel und über den Fliesenboden davonrollte.

»Lieber Gott im Himmel«, wimmerte sie. Ihr Schädel war ungefähr einen Kilometer dick, und da drinnen dröhnte und hämmerte es wie in einem gigantischen Walzwerk. Blendendes Sonnenlicht erfüllte den Raum und stach wie mit spitzen Nadeln in ihre hypersensiblen Augäpfel. Dort, wo sich normalerweise ihre Zunge befand, blockierte ein bemoostes, sperriges Etwas ihren Gaumen. Ihr war, als hätte sie einen Klumpen ausgeleierter Dachpappe im Mund.

Sie kämpfte sich mit purer Willenskraft auf die Füße, und dann schaffte sie gerade noch bis zur Toi-

201

lette. Das Würgen wollte nicht enden. Auch nachdem ihr Magen längst leer war, revoltierten ihre Eingeweide pausenlos weiter, also blieb Britta vor der Schüssel hocken, bis der Raum aufhörte, sich um sie zu drehen.

»Nie wieder«, murmelte sie, mit dem Handrücken bittere Galle von ihren Lippen wischend. »Nie, nie, nie.«

Doch das hatte sie sich beim letzten Mal auch schon gesagt. Außerdem hatte sie Charlie hoch und heilig geschworen, daß sie in dieser Nacht nichts trinken würde.

Statt sich daran zu halten, hatte sie eine ganze Flasche gekillt. Anscheinend waren ihre guten Vorsätze nicht mehr wert als das Papier, aus dem die Banderole für die leere Rumflasche bestand, über die sie vorhin beinahe gestolpert wäre. Sie hatte nur einen winzigen Schluck davon kosten wollen, daran erinnerte sie sich noch. Danach – nichts. Rein gar nichts, außer pechschwarzer, undurchdringlicher, absoluter Dunkelheit. Nicht mal die klitzekleinste Kleinigkeit, mit deren Hilfe sie hätte nachvollziehen können, was seit ihrem Filmriß passiert war.

Britta stemmte sich hoch und wankte zum Waschbecken.

»Das glaub' ich nicht«, murmelte sie an ihrer aufgequollenen Zunge vorbei, als sie das Monster im Spiegel sah. Strähnige, wüst abstehende Haare, rote, verschwollene Augen mit nachtschwarzen Ringen darunter, geisterbleiche Haut.

Und was war das? Britta beugte sich vor und brachte ihr Gesicht näher an den Spiegel. Zeigte sich da etwa auf ihren Nasenflügeln eine Ansammlung geplatzter Äderchen, untrügliches Anzeichen fortwährenden, massiven Alkoholmißbrauchs? Doch dann sah sie zu ihrer Erleichterung, daß es bloß ein Pickel war, ein häßliches, riesengroßes, gefährlich rot aussehendes Ding mit einem überreifen Eiterherd in der Mitte. Britta drückte das üble Gewächs kurzerhand aus, und der scharfe Schmerz vertrieb ein wenig von den Schleiern, die immer noch ihr Bewußtsein trübten. Sie ließ kaltes Wasser über ihre Arme laufen und wusch sich ausgiebig das Gesicht. Dann benutzte sie den Kamm, der sich vor ihr auf der Ablage befand, direkt neben einer Flasche Hugo Boss. Britta legte den Kamm zurück und blinzelte verblüfft. Wie kam denn diese Flasche hierher? Und überhaupt – irgendwie sah das ganze Bad komisch aus. War der Duschvorhang nicht gestern noch weiß gewesen? Dieser hier sah anders aus, irgendwie ... gelblich.

Britta riß die Augen auf und fuhr herum. Das war gar nicht ihr Bungalow! Jetzt fiel ihr schlagartig alles wieder ein, jedenfalls bis zu dem Zeitpunkt, als sie die Rumflasche an den Hals gesetzt hatte. Sie befand sich noch immer in Friedhelms Apartment! Sie hatte sich hierher begeben, um einen Mord zu begehen. Doch dazu war es nicht gekommen. Statt dessen hatte sie sich sinnlos vollaufen lassen. Sie hatte es wieder mal gründlich vermasselt.

Aber was war mit Friedhelm? War er letzte Nacht gar nicht nach Hause gekommen? Und wieso hatte er sie nicht bemerkt? Oder hatte er sie schlicht ignoriert, weil sie derart weggetreten war? Denkbar war natürlich auch, daß er sie auf ihrem Lauerposten hinter der Küchentheke gar nicht erst wahrgenommen hatte, vielleicht deshalb nicht, weil er es zu eilig gehabt hatte, mit seiner Flamme ins Bett zu steigen.

Britta schaute auf ihre Armbanduhr. Halb eins. Theoretisch war es also durchaus möglich, daß er noch schlief.

Auf Zehenspitzen schlich sie zurück in den Wohnraum, der als einziges Zimmer des Apartments zugleich auch zum Schlafen diente. Und richtig, auf dem Bettsofa lag inmitten zerwühlter Laken, splitternackt und lang ausgestreckt, Friedhelms makellos gewachsener Traumkörper.

Von einer Frau war weit und breit nichts zu sehen. Falls er also eine mitgebracht hatte, war sie längst wieder gegangen.

Britta runzelte die Stirn. In ihrem Kopf überschlugen sich die Gedanken.

»Was haben wir denn hier«, murmelte sie kaum hörbar vor sich hin. Im Geiste zählte sie an den Fingern ab. Mittel, Motiv, Gelegenheit – die drei wichtigsten Zutaten für einen sauberen Mord. Fehlte nur noch die Waffe.

Da war doch was ... Richtig. Das Tranchiermesser. Britta huschte hinter die Küchentheke und hob es auf. Sie fühlte sich selbst wie die irre Mutter aus *Psycho*, als sie zum Bettsofa zurückschlich und sich mit hocherhobenem Messer über ihrem Opfer aufbaute. Friedhelm lag auf dem Bauch, den nackten Rücken schutzlos dargeboten. Britta peilte die Stelle unterhalb des Rippenbogens an, die Charlie ihr in dem Lehrbuch gezeigt hatte. Das Messer genau da rein, hatte sie gesagt, bis zum Heft, an der Rippe vorbei schräg nach oben, und er wenn er dann das nächste Mal aufwacht, ist er tot.

Britta fing an zu schwitzen. Ihre Hand, die das Messer hielt, zitterte unkontrolliert. Dann ließ sie den Arm sinken. Es war völlig sinnlos. Sie konnte es nicht tun. Egal, wie sehr sie es wollte, egal, wie sehr er den Tod verdient hatte – sie brachte es nicht fertig, ihn heimtückisch abzumurksen.

Britta seufzte abgrundtief. Charlie würde ihr den Kopf abreißen! Und sie selbst würde sich wahrscheinlich für den Rest ihres Lebens in den Hintern treten, weil sie diese goldene Gelegenheit einfach ungenutzt hatte verstreichen lassen.

Und dabei wäre es so leicht gewesen! Friedhelm schlief wie ein Toter. Er rührte sich nicht. Still und regungslos lag er da. Nicht mal sein Brustkorb bewegte sich beim Atmen. Britta hätte ihr Ziel gar nicht verfehlen können.

Britta stutzte. Wieso bewegte sich sein Brustkorb nicht? Befremdet beugte sie sich näher, um auf das Geräusch seines Atems zu lauschen. Nichts. Nicht der leiseste Hauch. Er lag vollkommen starr.

Und dann prallte Britta mit einem unterdrückten Schreckenslaut zurück, denn Friedhelm glubschte sie mit weit offenen Augen an. Er war wach! Aber warum sagte er dann nichts?

»Friedhelm?« fragte Britta. Sie beugte sich noch näher. Friedhelm verzog keine Miene.

Er starrte einfach in die Luft.

»Ist dir nicht gut, Friedhelm?«

Britta schluckte. Natürlich war ihm nicht gut. Er war tot. Wie sollte er sich da noch gut fühlen?

Jetzt bemerkte sie auch die geisterhafte Blässe seiner Haut – und die häßliche Platzwunde an seiner rechten Schläfe! Der Knochen an dieser Stelle schien merkwürdig eingedellt. Ob er sich den Kopf gestoßen hatte und daran gestorben war?

Britta schüttelte sofort den Kopf über ihre dämliche Schlußfolgerung. Woran sollte er sich im Bett den Kopf gestoßen haben? Am Kissen vielleicht? Nein, jemand hatte ihm einen sehr harten Gegenstand über den Schädel gezogen.

Zum Beispiel ... eine Flasche!

Ein Gedankenbild blitzte plötzlich in ihr auf. Eine zitternde Hand, die eine Flasche umklammert hielt. *Ihre* Hand!

Britta taumelte zurück und stützte sich haltsuchend an der Küchentheke ab. Ihr Blick fiel auf die Bacardiflasche, die immer noch dort unten auf dem Fußboden lag.

Britta drückte sich verstört die Fingerknöchel gegen die Zähne. Vorsichtig legte sie das Messer auf die Theke und versuchte, das Schlottern ihrer Knie unter Kontrolle zu bringen.

Sie hatte es doch getan! Und dennoch konnte sie sich an rein gar nichts erinnern, bis auf dieses flüchtige Bild: Ihre Hand mit der Flasche!

Irgendwie mußte sie es im Vollrausch geschafft haben, den Plan auszuführen, abgesehen davon, daß sie bezüglich der Mordwaffe offensichtlich in allerletzter Sekunde umdisponiert hatte. In einer Mischung aus Verblüffung und Grauen hob sie ihre rechte Hand und betrachtete sie eindringlich, gerade so, als könnte ihr dieser Körperteil verraten, was sich letzte Nacht zugetragen hatte. Doch über das bereits bekannte Bild hinaus wollten sich keine weiteren Eindrücke mehr einstellen, so sehr sie sich auch deswegen den Kopf zermarterte.

Unvermittelt schrak sie zusammen. Sie hatte Friedhelm umgebracht! Sie war eine Mörderin! Und, was fast genauso schlimm war – sie stand hier in aller Seelenruhe am Tatort herum, die Mordwaffe praktisch zu ihren Füßen!

Augenblicklich wurde Britta aktiv. Der gigantische Kater, der sie vorhin noch so geplagt hatte, war für den Moment vergessen. Ein ungeheurer Adrenalinschub brauste durch ihre Adern und brachte sie auf Trab.

Im Beseitigen von Mordspuren hatte sie ja inzwischen Erfahrung. Da war zunächst die Flasche. Mit fliegenden Fingern hob Britta sie auf und rieb sie hektisch unter fließendem Wasser mit einem Spültuch ab, wobei sie sorgsam darauf achtete, keine glatten Flächen anzufassen. Als nächstes holte sie die Putzutensilien aus dem Kleiderschrank, wo sie das Zeug in der Nacht versteckt hatte. Sie gab Wasser in den Eimer, dann rubbelte sie mit dem nassen Lappen über die Türen und Griffe der Schränke. Sie polierte alle Klinken, die Kloschüssel, das Waschbecken samt Armaturen. Sie dachte sogar daran, den winzigen Eiterfleck, der von ihrem Pickel stammte, vom Spiegel zu putzen. Heutzutage reichten ja schon die winzigsten Mengen Körperflüssigkeit aus, um eine DNA-Analyse zu erstellen!

Dann machte sie sich mit Scheuermittel und Wasser über den Fliesenboden in der Küche her. Schließlich hatte sie hier die Nacht verbracht. Vermutlich war der Boden nur so übersät von ihrer DNA, in Form von Haaren, Schuppen, Speichel und was sie sonst noch alles über viele Stunden hinweg abgesondert haben mochte.

Nachdem sie mit Putzen fertig war, wienerte sie noch gründlich den Eimer blank, wusch sorgfältig den Lappen aus und sah sich anschließend aufmerksam um.

Nach menschlichem Ermessen hatte sie alle Spuren beseitigt. Ihr fiel nichts mehr ein, was sie noch hätte tun können.

Natürlich, richtig perfekt wäre es gewesen, wenn sie es irgendwie hinkriegen könnte, Friedhelms Leiche verschwinden zu lassen, so, wie Charlie es mit Robert gemacht hatte. Aber das konnte sie vergessen. Nicht nur, weil sie wegen des Restalkoholgehalts in ihrem Blut vermutlich kaum imstande war, sich selbst hier wegzuschleppen, sondern auch, weil Friedhelm annähernd das Doppelte von dem wiegen dürfte, was Robert auf die Waage gebracht hatte. Britta fragte sich immer noch, wie Charlie es überhaupt fertiggebracht hatte, Roberts sterbliche Überreste zu entsorgen. Charlie war nicht gerade ein Ausbund an körperlicher Kraft. Im Grunde war sie eher eine halbe Portion. Doch steckten in denen bekanntlich oft überraschende Reserven.

Mit einem letzten schaudernden Blick auf den toten Friedhelm wandte Britta sich zur Eingangstür. Jetzt galt es, allerhöchste Vorsicht walten zu lassen. Irgendein unliebsamer Zeuge, der sie beim Verlassen des Apartments beobachtete, und die ganze Aktion würde auffliegen – und sie selbst den Rest ihrer Tage in einem ungemütlichen ibizenkischen Knast versauern.

Britta sicherte nach allen Seiten, bevor sie es wagte, den Heimweg anzutreten. Um diese Tageszeit war nicht allzu viel auf dem Gelände der Ferienanlage los. Die meisten Leute hielten wegen der extremen Mittagshitze Siesta, und die wenigen Urlauber, die sich um den Pool herum aufhielten, dösten träge unter ihren Schirmen oder lasen. Niemand schaute zu ihr herüber, als sie betont lässig und mit unbeteiligter Miene zu den Bungalows schlenderte.

Erleichtert trat sie durch die offene Schiebetür ins Innere des Hauses. Hinter der Schwelle blieb sie kurz stehen und gestattete sich ein tiefes Aufatmen. Darüber, daß mit einem Mal ihre rechte Hand so zitterte, würde sie sich später Gedanken machen. Im Moment brauchte sie nichts dringender als eine lange, kochendheiße Dusche und danach mindestens sechs Tassen Kaffee.

Mit schmerzenden Gliedern setzte sie sich wieder in Bewegung. Auf halbem Wege zum Badezimmer streifte ihr Blick wie zufällig das Sofa. Und den Mann, der darauf saß und in einer Illustrierten blätterte.

Britta blieb wie vom Blitz getroffen stehen und starrte ihn an.

»Das ist nicht die Realität«, sagte sie laut. »Das bilde ich mir nur ein. Das kommt vom Rum. Ich habe einen Flashback.«

»So was gibt's nur bei LSD, Liebes«, sagte Robert lächelnd.

Britta starrte ihn an wie eine Erscheinung. Sie ahnte vage, daß sie hier etwas erlebte, wonach Annabel sich für ihre Romane förmlich die Finger lecken würde. Bücher schrien geradezu nach schicksalhaften Verstrickungen dieser Art. Annabel hatte ihr mal erklärt, daß man solche einschneidenden Handlungselemente Wendepunkte nannte. Je mehr davon es ab und je dramatischer sie ausfielen, um so spannender die Story.

»Du kannst nicht hier sein«, flüsterte Britta schwach. »Du bist tot!«

»Nun, nicht ganz, mein Schatz. Du hast zwar ziemlich kräftig zugeschlagen, aber wie du siehst, lebe ich noch.«

Britta schluckte hart, um das Gefühl von Enge in ihrer Kehle loszuwerden.

»Du kannst dir vorstellen, daß ich ziemlich fertig war, nach dieser hinterhältigen Attacke. Da stehe ich nichtsahnend vor dem Klo und pinkle, und auf einmal fällt mir ein Laster auf den Kopf.« Er rieb sich den Hinterkopf. »So hat es sich jedenfalls angefühlt. Es mußte mit zehn Stichen genäht werden.« Er verzog abfällig den Mund. »Von deinem Mageninhalt, der überall an mir klebte, will ich gar nicht reden. Gott, war das widerlich!«

Britta wurde plötzlich einiges klar. Charlie hatte es versiebt. Sie hatte ihm zwar den Laptop auf den Kopf gedonnert, aber nur mit halber Kraft. Danach war sie in Panik weggerannt, und Robert, der Britta für die Angreiferin gehalten hatte, war zu sich gekommen und einfach weggegangen. Und sie selbst hatte hinterher schön treu und brav den ganzen Dreck weggeschrubbt. Sie hatte sogar mit edlem, köstlichem Rum

210

die Fliesen desinfiziert. Für nichts und wieder nichts, wie sich jetzt herausstellte.

»Warst du im Krankenhaus?«

»Zwei Tage.«

»Haben sie dich nicht gefragt, woher du die Wunde hattest?«

»Ich hab' denen erzählt, daß ich gefallen bin.«

»Warum?«

»Sollte ich etwa erzählen, daß meine Frau mir eins übergebraten hat?« Er bedachte sie mit einem maliziösen Lächeln. »Du bist mir was schuldig, mein Schatz. *Quid pro quo*, verstehst du? Ich vergebe dir, und du mir. Geht das in Ordnung?«

Das ging nicht in Ordnung. Britta fühlte, wie das Zittern ihrer rechten Hand in ein unkontrollierbares Schlottern überging. Ihr war schon wieder übel.

»Mir ist nicht gut«, sagte sie wahrheitsgemäß.

»Das sieht man. Aus welchem Loch kommst du eigentlich gekrochen, um diese Tageszeit?«

Auf diese impertinente Frage blieb Britta ihm die Antwort schuldig. »Ich muß dringend unter die Dusche«, erklärte sie mit blecherner Stimme.

Als sie drei Minuten später nackt in der Duschwanne stand und das Wasser aufdrehte, hörte sie gerade noch, wie Annabel nach Hause kam.

»Robert! Da bist du ja! Alles in Ordnung? Wo warst du denn die ganze Zeit?«

»Das ist eine lange Geschichte«, antwortete Robert.

Britta drehte den Duschregler auf volle Stärke und hob den Kopf, bis sie nichts mehr hörte außer dem leisen, beständigen Rauschen des Wassers.

Annabel schüttelte bestürzt den Kopf, nachdem Robert ihr seine abenteuerliche Geschichte aufgetischt hatte, der zufolge Britta angeblich versucht hatte, ihm mit Hilfe seines Laptops das Lebenslicht auszublasen. Sie wollte es zuerst gar nicht glauben – bis er ihr die Naht an seinem Hinterkopf zeigte. Inmitten einer säuberlich ausrasierten, kreisrunden Stelle befand sich eine übel aussehende Schwellung mit einem schwarzen Fadengeflecht entlang der immer noch blutig verfärbten Wunde.

»Du lieber Himmel!« rief sie aus. »Soviel Gewalttätigkeit hätte ich Britta niemals zugetraut!«

»Ich auch nicht. Aber stille Wasser sind bekanntlich tief.«

Annabel nahm diese Äußerung mit mulmigen Gefühlen zur Kenntnis. Ihr war soeben wieder eingefallen, wie betrunken Britta gewesen war, als sie selbst so überaus gut aufgelegt mit Magnus losgezogen war, und auf einmal erinnerte Annabel sich auch wieder sehr genau daran, welches Gefasel Britta von sich gegeben hatte. Hitchcock und *Der Fremde im Zug* ...

Entschlossen drängte Annabel den Gedanken von sich. Statt dessen wandte sie sich praktischeren Problemen zu. »Was willst du jetzt tun?«

Robert lächelte ironisch. »Mir einen neuen Laptop kaufen. Ich nehme nicht an, daß du mir deinen leihen willst.«

»Ganz sicher nicht.« Nach der letzten Nacht hatte sie Stoff für mindestens drei Kapitel im Kopf, und die Niederschrift duldete keinen Aufschub. Ihr brannten schon die Fingerspitzen von all den kochendheißen Szenen, die ihr druckreif und in allen Einzelheiten vor

212

Augen schwebten. »Ich meinte eigentlich nicht deinen Computer, sondern Britta. Immerhin hat sie doch versucht ...« Annabel verstummte, weil sie das Ungeheuerliche nicht herausbrachte.

»Mich umzubringen?« ergänzte Robert süffisant.

»Sie war sternhagelvoll«, verteidigte Annabel ihre beste Freundin. »Wenn überhaupt, war es eine Rauschtat!«

»Das konnte niemandem entgehen. Sie hat mich von Kopf bis Fuß vollgereihert. Das war so was von ekelhaft!«

Annabel brach eine weitere Lanze für Britta. »Sie war nicht mehr sie selbst! Das darfst du ihr nicht übelnehmen! Sie befand sich in einem absoluten Ausnahmezustand!«

»Wie auch immer«, erklärte Robert freundlich. »Ich verzeihe ihr.«

»Das finde ich hochanständig von dir.« Noch während sie das äußerte, fragte Annabel sich, ob Roberts Bemerkung irgendwie berechnend geklungen hatte, oder ob sie sich das nur eingebildet hatte. Dann entschied sie, daß Robert mit seinem Dispens tatsächlich ohne weiteres egoistische Zwecke verfolgen könnte. Schließlich hatte er ja seinerseits ebenfalls einiges auf dem Kerbholz. Vielleicht meinte er, daß das Konto jetzt ausgeglichen sei. Auf der einen Seite die Titanstab-Geschichte, auf der anderen ein kaputter Laptop und ein kleiner Mordversuch.

»Okay«, murmelte sie, »ich geh dann mal was arbeiten.«

Sie ging in ihr Zimmer und warf ihren Laptop an. Es war höchste Zeit, daß Clarissa mit Markus zur Sache kam. Mit diesem Kapitel würde ihr der absolute Clou gelingen, das spürte sie mit allen Nervenfasern. Sogar Bernhard, dieser spröde, intellektuell aufgeblasene Jammerlappen, würde hastig seinen Hemdkragen lockern, weil ihn bei der Lektüre ihres neuen Werks Hitzewellen durchfluten würden. Vielleicht würde er ja sogar dabei, o Wunder, einen Ständer kriegen!

Clarissa wich errötend zurück, als Markus näher kam. »Was willst du von mir?« hauchte sie.

»Was wohl?« Er baute sich dicht vor ihr auf, die Hände in die Hüften gestemmt und sie mit intensivem Blick musternd.

»Du ... du willst doch nicht etwa ...«

»Ich will alles«, erklärte er schlicht, und die Kompromißlosigkeit dieser Bemerkung erschreckte sie.

»Ich glaube nicht, daß dies der richtige Ort und die richtige Zeit für solche Spielchen ist«, protestierte sie nervös.

»Ich kann nicht warten. Nicht mehr.«

»Markus, ich bitte dich ...«

»Das mußt du nicht«, versetzte er mit seidenweicher Stimme. »Ich tue es auch so.«

Er griff nach ihren schlaff herabhängenden Händen und drückte sie gegen seine Brust.

»Faß mich an, Schätzchen. Komm, tu es. Ich weiß, daß du es willst. Ich sehe es dir an.«

Clarissa schluckte, als sie die kräftigen Muskeln unter ihren Fingerspitzen fühlte. Der rauhe Baumwollstoff seines Jeanshemds konnte die Hitze, die ihr von der darunterliegenden Haut entgegenstieg, kaum mildern. Das stetige, rasche Pochen seines Herzens war deutlich unter ihrer Handfläche fühlbar, und es kam

214

ihr vor, als würde sich ihr eigener Puls automatisch beschleunigen, um den Rhythmus aufzunehmen.

Sie benetzte mit der Zunge ihre Lippen. »Markus ...« Sein Name kam wie ein Hauch. Er hob die Hand und fuhr mit dem Daumen über ihre volle, feuchte Unterlippe.

»Es ist soweit, mein Liebes. Hier und jetzt. Versuch nicht, es zu leugnen.«

Er erstickte jeden weiteren Protest mit seinem Mund. Clarissa entwich ein unbewußtes Keuchen, hervorgerufen durch die sengende Glut dieses Kusses. Ihrer beider Zungen umschlangen einander in wildem Tanz, und Clarissa fühlte, wie die feuchte, flüssige Hitze zwischen ihren Schenkeln zunahm, eine Empfindung, die sie an den Rand ihrer bewußten Wahrnehmungen schleuderte ...

Annabel hatte nicht das geringste Problem, diese Szene auf zehn Seiten auszudehnen. Achtzig Prozent ihrer Leserinnen würden nach der Lektüre dieser Seiten das Buch zur Seite legen und den Vibrator aus der Schublade holen. Die anderen zwanzig Prozent waren wahrscheinlich frigide.

Sie selbst brannte immer noch lichterloh, nach allem, was sie mit Magnus erlebt hatte. Ob es an seiner Horrorvision à la *Harry und Sally* lag oder an seiner natürlichen Begabung als Liebhaber – Annabel war in jeder Beziehung auf ihre Kosten gekommen. Sie konnte sich nicht erinnern, je so intensiv auf einen Mann reagiert zu haben. Es war fast so, als hätte er jedes ihrer Bedürfnisse im voraus geahnt. Und dann hatte er alle nur denkbaren Maßnahmen ergriffen, um diese Bedürfnisse zu erfüllen, und zwar vollständig.

Annabel seufzte zufrieden, als sie sich gewisse Details der vergangenen Nacht noch einmal vor Augen rief. Das schrie geradezu nach einer Wiederholung! Aus diesem Grund hatten sie und Magnus sich bereits die nächste Nacht für ähnliche Aktivitäten vorgemerkt. Derselbe Ort, dieselbe Zeit, hatte Magnus vorhin scherzhaft zum Abschied gemeint.

Annabel beendete das heißeste Kapitel von *Im Fegefeuer der Leidenschaft*, speicherte ihren Eintrag ab und klappte den Laptop zu. Es war halb fünf, Zeit für eine Tasse Kaffee. Und Zeit, sich für ihre bevorstehende Verabredung mit Magnus zurechtzumachen. Sie hatten verabredet, um sechs Uhr zu einer weiteren kleinen Spazierfahrt in die Umgebung aufzubrechen. Für den Abend beziehungsweise die Nacht war dann dasselbe Programm vorgesehen wie beim letzten Mal. Annabel wurde heiß, als sie daran dachte.

Robert war nicht mehr da, als sie in den Wohnraum kam. Sein Rad war auch weg, wie sie bei einem flüchtigen Blick hinaus auf die Terrasse feststellte. Anscheinend hatte er sich vorgenommen, den Trainingsrückstand infolge seines Krankenhausaufenthalts schnellstmöglich wieder aufzuholen. Oder er war unterwegs, um sich noch hier auf Ibiza einen neuen Computer zu besorgen, weil er es ohne seine Online-Börsendienste nicht mehr aushielt.

Annabel wollte sich gerade wieder von der Terrasse in den Wohnraum zurückbegeben, um sich in der Küche einen Instantkaffee anzurühren, als Stimmen, die vom Nachbarbungalow herüberklangen, sie innehalten ließen.

Wenn sie sich auf ihre Ohren verlassen konnte –

und die hatten schon immer ausgezeichnet funktioniert – waren das Charlie und Britta, die sich da drüben unterhielten. Sie befanden sich nicht auf der Terrasse, sondern drüben im Wohnraum, aber da die Tür nicht ganz zugeschoben war, hatte Annabel kein Problem, die beiden zu verstehen, zumal sie nicht gerade in gedämpfter Lautstärke redeten.

»Ich kann doch nichts dafür, daß er nicht tot war«, rief Charlie erbost.

»Schrei nicht so. Oder willst du, daß dein Vater dich hört?«

»Der ist nicht da«, erwiderte Charlie verdrossen. »Er ist für mindestens zwanzig Minuten weg. Er ist losgerannt, um in der Drogerie Nachschub zu besorgen.«

»Was für Nachschub?«

»Kondome wahrscheinlich.« Das klang noch eine Idee mißmutiger als die vorangegangene Bemerkung.

Annabel prallte verlegen zurück. Magnus und sie hatten vergangene Nacht tatsächlich bis auf den letzten Gummizipfel allen Vorrat aufgebraucht. Sie waren derart unersättlich gewesen, daß sie locker noch ein paar mehr von diesen Dingern benutzt hätten, wenn sie denn verfügbar gewesen wären. Für die nächste Nacht wollte Magnus vorsorgen, wie er ihr zwischen zwei leidenschaftlichen Küssen versichert hatte.

»Mir ist egal, was du darüber denkst. Ich hab' jedenfalls so fest zugeschlagen, wie ich konnte. Ich *wollte* ihn killen, soviel ist sicher. Und ich lasse mir nicht von dir das Gegenteil unterstellen!«

Annabel fuhr entsetzt zusammen. *Charlie* hatte das gesagt! Die niedliche kleine Charlie – eine Killerin?

Ohne groß nachzudenken, huschte sie aufs Nachbargrundstück und postierte sich dicht neben dem Türspalt, sorgsam darauf bedacht, daß man sie von drinnen nicht sehen konnte.

»Du hast ihm bloß eine Beule verpaßt«, erklärte Britta verbittert. »Es war einfach nicht fest genug!«

»Mir kam es aber so vor. Außerdem hat er so ... so *tot* ausgesehen! Er hat sich überhaupt nicht bewegt! Und er hat keinen Mucks von sich gegeben! Nicht mal, als ich ihn über und über bespuckt habe!«

»Scheiße, und ich mußte den ganzen Mist auch noch wegputzen! Und was hast du gemacht? Du bist einfach abgehauen! Und er? Er ist aufgestanden und weggegangen! Nennst du das etwa einen sauberen Mord?«

»Ich kann verstehen, daß du dich aufregst«, sagte Charlie kleinlaut.

»Und ich hab' mich noch gefragt, wie du es hingekriegt hast, seine Leiche zu entsorgen!« wütete Britta.

»Und ich hab' gedacht, du hättest sie in den Container geschmissen.«

»Da hab' ich den Laptop reingeschmissen, du dumme Gans.«

»Ich habe keine Lust, mich von dir beschimpfen zu lassen!«

»Und ich habe keine Lust, für dich die Drecksarbeit zu machen, wenn du alles vermasselst!«

»Und du bist ganz sicher, daß Friedhelm wirklich tot ist?« wollte Charlie zweifelnd wissen.

»Mausetot«, versetzte Britta überlegen. »Wart's nur ab. Spätestens morgen wimmelt es hier auf dem Gelände nur so von Bullen.«

»Hast du alle Spuren beseitigt?«

»Alle, bis auf die Leiche.«

»Hat dich jemand kommen oder gehen sehen?«

»Kein Mensch.«

»Ich bewundere dich«, sagte Charlie bewegt. »Und ich danke dir!«

»Gern geschehen.«

»Wie hast du es gemacht?«

»Ich ... äh ... mit einer Rumflasche.«

»Wieso hast du ihn nicht mit dem Tranchiermesser erledigt?«

»Ich hab' halt kurzfristig umdisponiert. Das hat sich einfach so ergeben.«

»Hat er sich gewehrt?«

»Ähm ... Nein, er war sofort hinüber.«

»Toll.« Pause. »Nein, das heißt, eigentlich hätte er noch ein bißchen leiden können. Aber so ist es auch okay. Ich will nicht meckern.«

»Ich aber«, ließ Britta sich vernehmen. »Du weißt, was ich meine?«

»Robert. Du willst ihn immer noch tot sehen.« Es klang resigniert.

»So schnell wie möglich.« Das hörte sich kämpferisch an. »Vergiß nicht, wir haben eine Abmachung.«

»Keine Sorge. Ich denk dran.«

»Dann tu es bald.«

»Himmel noch mal, ich wünschte, ich wäre so eiskalt und skrupellos wie du, Britta!«

»Das kommt mit der Zeit. Du mußt nur daran arbeiten.«

Annabel hatte das Gefühl, ohnmächtig umsinken zu müssen. Sie stützte sich rücklings mit beiden Handflächen an der Zierputzwand des Bungalows ab. Der Schock über diese Unterhaltung hatte sie zutiefst aufgewühlt. Das, was sie da hörte, durfte doch alles nicht wahr sein! Das war bestimmt nur eine üble Scharade, von den beiden ersonnen, um ihr einen tüchtigen Schreck einzujagen! Gleich würde Britta die Tür vollends zur Seite schieben, hervortreten und ihr lachend zurufen: *Ätsch, reingelegt, April, April!*

Annabel fing Britta zehn Minuten später auf der Terrasse ab.

»Komm mit. Ich muß mit dir reden.«

»Was ist los? Hast du schon Ärger mit deinem neuen Lover?«

Annabel faßte Britta am Arm. »Laß uns ein Stück laufen, ich will mich mit dir unterhalten.«

»Nanu. So ernst? War die Nacht nicht nach deinen Vorstellungen?«

»Spar dir deinen Sarkasmus.« Annabel zerrte die widerstrebende Britta hinter sich her in Richtung Strand. Sie wichen einer Schar lachender junger Leute aus und überquerten die Promenade. Am Strand war um diese Tageszeit viel Betrieb, doch sie hielten sich abseits der Sonnenanbeter, um ungestört reden zu können.

»Ich habe deine Unterhaltung mit Charlie belauscht.«

Britta stemmte die Füße in den Sand und blieb stehen. »Scheiße.«

»Das kannst du laut sagen. Ich kam mir vor wie im falschen Film.«

Britta verzog trotzig den Mund. »Was hast du jetzt vor? Willst du zur Polizei rennen und mich verpfeifen?«

Annabel preßte sich die Fingerspitzen gegen die Schläfen. »Großer Gott, nein! Aber ...« – sie wandte den Kopf und vergewisserte sich, daß sich keine Lauscher in unmittelbarer Nähe befanden – »... du hast einen Menschen getötet! Britta, das darf doch nicht wahr sein!«

»Ist es aber. Ich kann's nicht ändern.«

»Meine Güte, wie konntest du nur so was tun!«

»Da hab' ich wirklich keinen Schimmer«, sagte Britta wahrheitsgemäß. »Ich hatte den schlimmsten Filmriß aller Zeiten.«

»Gott sei Dank. Dann warst du nicht zurechnungsfähig.«

»Das kann man so sagen«, bestätigte Britta. »Als ich wach wurde, schlich ich mich zu seinem Bett, um ihn zu erstechen, aber da war er schon tot. Also muß ich es wohl getan haben, als ich total weggetreten war.«

»Das gibt auf keinen Fall lebenslänglich«, meinte Annabel tröstend.

»Das gibt überhaupt nichts, wenn du die Klappe hältst.«

Wellen platschten zu ihren Füßen gegen den Strand und benetzten ihre Zehen. Ein Hund kam ihnen entgegengesprungen. Er schüttelte sich und bespritzte Annabel und Britta mit Wasser. Dann näherte er sich Annabel und schnüffelte hingebungsvoll an ihren Knien.

»He, dich kenn ich doch«, sagte sie überrascht. Sie tätschelte den Kopf des rotweiß-gefleckten Hundes, der daraufhin mit freudigem Hecheln seine Schnauze gegen ihren Oberschenkel drückte. »Wie kommst du denn hierher? Bist du etwa so weit gelaufen?«

Der Hund gab keine Antwort. Statt dessen legte er sich zu ihren Füßen in den Sand und blickte aufmerksam zu ihr hoch.

221

»Woher kennst du die Töle?«

»Magnus und ich haben ihn gestern getroffen, als wir unterwegs waren.«

»Hast du ihn gefüttert?«

Annabel nickte. Sie nahm Britta beim Arm und tat ein paar Schritte den Strand entlang. Sofort sprang der Hund auf und heftete sich an ihre Fersen. Als sie stehenblieb, verharrte auch er. Treuherzig hob er den Kopf und äugte zu ihr hinauf.

»Oh-oh«, machte Britta mitfühlend. »Den wirst du jetzt nicht mehr los. Wie willst du ihn nennen?«

»Mach keinen Quatsch«, wehrte Annabel verärgert ab.

»Wie wäre es mit Anubis? Ich finde, er hat was von diesem ägyptischen Schakalgott.«

»Lenk jetzt nicht vom Thema ab.«

»Entschuldige. Wo waren wir?«

»Bei Mord«, erklärte Annabel gereizt.

»Richtig. Willst du mich jetzt verpfeifen oder nicht?«

»Du weißt genau, daß ich das nie tun würde.«

»Zumal das Schwein es hundertprozentig verdient hat«, bekräftigte Britta.

Annabel wurde blaß. »Britta, das war ein Mensch. Ein junger Mann. Und er hatte nur ein Leben. Ein einziges. Und das ist jetzt ausgelöscht.«

Britta ließ den Kopf sinken. Plötzlich füllten sich ihre Augen mit Tränen, und nur einen Moment später waren ihre Wangen naß. »Denkst du denn, ich weiß das nicht selber? Scheiße, ich wollte es doch gar nicht!« Sie korrigierte sich. »Das heißt, erst wollte ich es schon. Aber dann ... dann konnte ich es nicht. Nur war er da leider schon tot.«

»Und du kannst dich wirklich an nichts erinnern?«

»Heiliges Ehrenwort. Ich weiß überhaupt nichts mehr.«

»Du liebe Zeit, woran hat das denn gelegen?«

»An einem Dreiviertelliter Bacardi«, erklärte Britta unter Tränen. »Ich kam an sein Bett, das Messer in der Hand, und da sah ich diese Beule an seinem Kopf ... Ich schätze, ich habe ihm die Flasche übergezogen. Jedenfalls vermute ich das.«

»Könnte er nicht einfach hingefallen und sich selbst verletzt haben?« fragte Annabel hoffnungsvoll.

»Im Bett?« Britta schüttelte den Kopf. »Wohl kaum.«

»Du hast bestimmt Fingerabdrücke hinterlassen.«

»So blöd bin ich nicht. Ich hab' wie eine Wilde alles abgewienert.«

Annabel schwieg. Stumm wanderten beide den sonnenheißen Strand entlang. Der Hund folgte ihnen wie ein Schatten.

»Lassen wir diesen Friedhelm mal beiseite«, meinte Annabel schließlich sehr ernst.

»Ganz meine Meinung«, pflichtete Britta ihr bei.

»Kommen wir zu einem Punkt, der mir im Moment noch viel mehr Kopfschmerzen bereitet«, fuhr Annabel fort. »Robert.«

Brittas Augen wurden schmal. »Über diesen Oberarsch diskutiere ich nicht. Mit niemandem.«

»Nein, das tust du nicht.« Ätzender Sarkasmus triefte aus Annabels Stimme. »Statt dessen läßt du ihn lieber kaltmachen. Von einem Mädchen, das noch die Schulbank drückt.«

»Sie ist volljährig«, versetzte Britta. Trotz ihres beleidigten Tonfalls war eine Spur Unsicherheit aus ihrer

Stimme herauszuhören. Leidenschaftlich setzte sie hinzu: »Wenn ein Mensch den Tod verdient hat, dann Robert!«

»Das meinst du nicht wirklich. Britta, er ist dein Mann! Wenn du es mit ihm nicht mehr aushalten kannst, dann töte ihn nicht, sondern laß dich um Himmels willen scheiden!«

»Wenn ich das tue, will er doch bloß mein Geld!« jammerte Britta. »Ich habe fast hunderttausend Mark gespart!«

Annabel ließ sich in den Sand fallen und kreuzte die Beine. Der Hund legte sich vor ihre Füße und harrte hingebungsvoll bei ihr aus. Zwischendurch hob er die Pfote und kratzte sich heftig hinterm Ohr. Annabel rückte vorsorglich ein Stück von ihm ab. Das ließ der Hund nicht gelten. Umgehend robbte er ihr nach.

Annabel ließ zu, daß er ihre nackten, in Sandaletten steckenden Zehen beschnupperte. »Ich glaube, Anubis ist ein netter Name für dich.«

Britta setzte sich schwerfällig neben Annabel. Sie massierte ihre Schläfen und stöhnte abgrundtief. »Mein Kopf tut weh! Ich hatte viel zuwenig Schlaf! Ich bin total fertig. Eigentlich gehöre ich ins Bett!«

»Du gehörst in eine geschlossene psychiatrische Abteilung«, wies Annabel sie unbarmherzig zurecht. »Eins sage ich dir: Ich lasse es nicht zu, daß noch ein Menschenleben für eure sinnlosen Rachepläne geopfert wird!«

»Willst du jetzt doch zur Polizei, oder was?«

»Zur Not täte ich es«, drohte Annabel.

Britta seufzte. »Na gut. Ich laß die Finger von Robert. Ich verspreche es dir. Ich hätte es ja doch nicht tun können. Ich bin nicht der Typ dafür.« Sie malte mit der Fingerspitze Kreise in den Sand. »Ich kann natürlich nicht für Charlie sprechen.«

»Du mußt ihr sagen, daß sich der Auftrag erledigt hat.«

»Okay.«

»Versprich es.«

»Versprochen.«

Annabel schüttelte den Kopf. »Komisch. Irgendwie glaube ich dir nicht.«

»Dann sag es ihr doch selber«, gab Britta patzig zurück.

»Verlaß dich drauf, das werde ich tun.«

11. Kapitel

Und das versuchte sie auch, kaum, daß sie in die Ferienanlage zurückgekehrt war. Während Britta sich ausgelaugt und immer noch restlos verkatert wieder in ihr Bett verzog, machte Annabel sich unverzüglich auf die Suche nach Charlie, um ihr mitzuteilen, daß das Attentat auf Robert ab sofort flachfiel. Doch statt der mordlustigen Göre traf sie im Nachbarbungalow nur Magnus an. Er saß entspannt auf dem Sofa und las in einer juristischen Fachzeitschrift. Als er Annabel sah, legte er das Heft sofort zur Seite und sprang auf. »Annabel! Da bist du ja schon!« Er schaute auf seine Armbanduhr. »Früher, als ich dich erwartet habe. Und, bist du zufrieden?«

»Womit?« fragte sie zerstreut, heimlich zu Charlies Zimmer hinüberlugend. Die Tür stand offen, doch das Mädchen war nicht zu sehen.

»Na, mit dem, was du heute geleistet hast.«

»Bis jetzt habe ich noch gar nichts geleistet«, meinte Annabel bedrückt.

»Aber du warst doch voller Ideen!« Magnus kam näher. »Wolltest du nicht mindestens ein Kapitel schaffen?«

»Ach, das. Ja, das ... ähm, ich muß da wohl noch mal ran«, sagte Annabel ausweichend.

»Willst du damit sagen, daß heute nichts mehr aus unserem Ausflug wird?« Er blieb vor ihr stehen, zog sie an sich und vergrub sein Gesicht in ihren Locken. »Dann wäre ich aber sehr enttäuscht.«

Sie spürte seinen festen, warmen Körper und hob ihm instinktiv ihren Mund zum Kuß entgegen. Einige sehr leidenschaftliche Augenblicke später löste Magnus mit einem leise schmatzenden Geräusch seine Lippen von den ihren. »Na so was!«

Leicht betäubt lehnte Annabel sich in seinen Armen zurück. »Was ist?«

»Den kenn' ich doch!« Ohne Annabel loszulassen, deutete er mit dem Kinn auf etwas, das sich hinter ihrem Rücken befand.

Sie drehte den Kopf und sah den Hund auf der Türschwelle hocken.

»Er heißt Anubis«, erklärte sie. »Wo ist deine Tochter?«

Erstaunt hob Magnus den Kopf. »Sie ist unterwegs. Wieso?«

»Du weißt nicht zufällig, wohin sie unterwegs ist, oder?«

»Vorhin hab' ich sie noch am Pool gesehen. Sie hat hier einen jungen Mann kennengelernt, glaube ich. Mit dem war sie schon ein paar Mal weg.«

»Vielleicht sollten wir sie fragen, ob sie nicht Lust hat, mitzukommen.«

Magnus schaute verdutzt drein. »Auf unseren Ausflug?«

»Ja, warum nicht? Sie sollte nicht das Gefühl haben, ausgeschlossen zu sein. Schließlich verbringt sie doch mit dir den Urlaub. Sie könnte auf die Idee kommen, daß du sie abschieben willst, wenn du immer nur mit mir losziehst.«

Magnus furchte grübelnd die Stirn. »Ich weiß nicht ... Bisher hatte ich nicht gerade den Eindruck, daß sie sich um meine Begleitung reißt. Im Gegenteil.«

»Das liegt nur daran, daß du sie nicht gefragt hast.«

»Meinst du?«

»Definitiv.«

»Tja, also ... wenn du wirklich denkst, daß sie mitkommen sollte, können wir sie ja fragen.«

»Das sollten wir unbedingt tun. Und zwar sofort.«

Dann habe ich das kleine Biest unter Kontrolle!

Beiläufig meinte sie: »Kann ich dir mal eine juristische Frage stellen?«

»Aber immer«, versicherte er ihr. »Vorausgesetzt, ich darf das Honorar festlegen.«

Annabel lächelte. »Was müßte ich denn zahlen?«

Magnus zog sie fest an sich. »Viel«, raunte er an ihren Lippen. »Sehr, sehr viel. Und zwar in Naturalien und im voraus.«

Sie küßten sich und gerieten dabei rasch außer Atem. Hände gingen auf Wanderschaft, Reißverschlüsse quietschten, zwei Knöpfe platzten ab und landeten klirrend auf dem Boden.

Magnus war rettungslos entflammt. »Ich bin verrückt nach dir.«

»Ich weiß«, erwiderte Annabel keuchend. »Mir geht's genau so.«

»Komm mit in mein Schlafzimmer.«

Annabel hatte das Gefühl, in seinen Armen zu zerfließen. Sie wünschte sich nichts sehnlicher, als nackt mit ihm auf sein Bett zu sinken. Widerspruchslos ließ

228

sie sich in sein Zimmer ziehen, wo sich beide fieberhaft ihrer Kleidung entledigten.

»Was ist mit dem Ausflug?«

»Den machen wir morgen«, entschied Magnus, während er Annabel mit lüsternen Blicken verschlang.

»Wir sollten aber nachher deine Tochter auf jeden Fall fragen, ob sie mit uns zum Abendessen kommen möchte.«

»Meinetwegen, wenn du solchen Wert darauf legst.« Magnus' Blicke hefteten sich auf Annabels weißen Spitzen-BH, durch den ihre Brustwarzen dunkelrosa hervorschimmerten. Er befeuchtete sich die Lippen. »Vorausgesetzt, wir sind überhaupt bis zum Abendessen fertig.«

»Der Hund«, stieß Annabel hervor.

Anubis hockte schweifwedelnd in der Schlafzimmertür und schaute ihnen interessiert zu.

»Der muß leider draußen warten.« Magnus warf dem Hund die Tür vor der Nase zu und ignorierte dessen enttäuschtes Winseln.

»Er hört gleich auf«, murmelte er, den Kopf bereits zwischen Annabels vollen Brüsten vergraben. Mit zitternden Fingern hakte er den Vorderverschluß ihres Büstenhalters auf.

»Und wenn deine Tochter wieder reinkommt?«

»Das ist mir egal«, brachte Magnus mühsam hervor. Ihm war alles egal. Er fühlte sich wie ein Vulkan unmittelbar vor der Eruption. Jetzt zählte einzig und allein, Annabel in dieses Bett da drüben zu schaffen und sie dort zu der Seinen zu machen, und zwar mehrmals, in allen nur erdenklichen Variationen.

Annabel ergab sich bereitwillig seinen Händen und

Lippen. Vage schoß es ihr durch den Kopf, daß sie Magnus eigentlich eine Frage hatte stellen wollen. Und hatte sie nicht außerdem etwas sehr, sehr Dringendes zu erledigen? Doch was immer es auch gewesen sein mochte – es war ihr entfallen. Im Moment war nur noch wichtig, Magnus auch noch das letzte Kleidungsstück vom Leib zu zerren und überall an ihrem erhitzten Körper seine wunderbare, nackte Haut zu spüren. Und seine erfahrenen Hände, die binnen Sekundenbruchteilen all ihre sensiblen Zonen entdeckten. Und sein Mund ...

Leise Schreie drangen an ihr Ohr, und erst mit ein paar Sekunden Verspätung merkte sie, daß es ihre eigenen waren.

Zweieinhalb Stunden später hatten sie ein bemerkenswertes Loch in Magnus' eigens angelegten Kondomvorrat gerissen und lagen träge und schläfrig da, dicht aneinandergeschmiegt. Magnus fühlte sich aufs angenehmste entspannt und war in einer friedfertigen Stimmung. »Was wolltest du mich eigentlich vorhin fragen?«

Annabel hatte nicht die geringste Ahnung, wovon er redete.

»Mhm?« machte sie verträumt.

»Du hattest doch eine juristische Frage an mich. Nur zu. Nach diesem Vorschuß darfst du mich alles fragen.«

Annabel kuschelte sich dichter an ihren wunderbaren Urlaubslover und seufzte frustriert, weil sie soeben von Wolke sieben gefallen und auf dem harten Boden der Tatsachen gelandet war.

Armer, ahnungsloser Magnus! Wenn er wüßte, wie

faustdick seine Tochter es hinter ihren hübschen Ohren hatte!

Doch die Frage, die sie ihm hatte stellen wollen, bezog sich nicht auf Charlie, sondern auf Britta.

»Ich brauche eine juristische Auskunft für mein Buch«, behauptete sie. Sacht fuhr sie mit dem Zeigefinger über seine Brust. Sie umkreiste eine Brustwarze, bis er wohlig erschauerte.

Magnus stöhnte und hielt ihre Hand fest. »Frag mich lieber sofort. Sonst könnte es sein, daß mir gleich keine Antwort mehr einfällt. Außer einer.«

Er umfaßte mit der freien Hand ihre rechte Brust und glitt mit dem Daumen über die sich aufrichtende Spitze. Jetzt war die Reihe an Annabel, vor lustvollem Behagen aufzustöhnen. »Warte«, sagte sie atemlos. »Okay, in meinem Buch kommt eine Frau vor, die jemanden umbringt. Hinterher kann sie sich aber an gar nichts erinnern, weil sie während der Tat total betrunken war. Wieviel kriegt sie dafür? Ich meine, wieviel Jahre Gefängnis?«

»Für eine Rauschtat? Bis zu fünf Jahren, Paragraph 323 a Strafgesetzbuch. Bei einem Tötungsdelikt kann der Strafrahmen durchaus ausgeschöpft werden.«

Annabel mußte schlucken. »Fünf Jahre ... das ist ganz schön lange.«

»Sagen wir eher drei. Der Rest würde bei guter Führung und günstiger Sozialprognose zur Bewährung ausgesetzt.«

»Drei Jahre sind auch nicht gerade wenig.«

»Jemanden umzubringen ist auch nicht gerade ein Kavaliersdelikt, Vollrausch hin oder her.«

»Da hast du recht«, meinte Annabel resigniert. Sie

hätte Magnus gern noch danach gefragt, wie hoch die Strafe für einen Mordversuch ausfiel – denjenigen von Charlie an Robert –, doch sie traute sich nicht, weil sie es im Grunde lieber nicht wissen wollte. Sie ahnte, daß darauf wesentlich mehr als drei Jahre standen. Außerdem spielte es keine Rolle mehr, weil Robert bis auf eine Naht am Kopf putzmunter war und sowieso niemanden zur Rechenschaft ziehen wollte. Abgesehen davon hatte er den kleinen Denkzettel verdient. Schließlich hatte er Britta übel genug mitgespielt, da war ein kräftiger Schlag auf den Schädel als kleiner Ausgleich nur angemessen.

Annabel setzte sich auf und hangelte nach ihrer Unterwäsche. Magnus streckte die Hand aus und tätschelte besitzergreifend ihre entzückend gerundete Hüfte, doch Annabel entwand sich ihm geschickt und stand auf.

»Was hast du vor?« wollte Magnus wissen.

»Deine Tochter finden und sie zum Abendessen einladen.«

Annabel suchte Charlie allerdings vergebens, weil die sich mit Hermann zu einem Strandspaziergang aufgemacht hatte.

Im mattgoldenen Licht der tiefstehenden Sonne schlenderten sie gemächlich an einem Strandabschnitt vorbei, wo ein ausgelassenes Völkchen Beachvolleyball spielte. Hermann wich dem vorbeisausenden Ball aus und nutzte dabei die Gelegenheit, sich an Charlies Arm festzuhalten, um nicht aus dem Gleichgewicht zu geraten. Charlie wiederum hatte überhaupt nichts dagegen und erhob auch keine Einwände, als er Sekunden später gespielt beiläufig ihre Hand nahm. »Paß auf, hier drüben liegen Scherben.«

Charlie sah zwar weit und breit keine Scherben, ließ aber trotzdem ihre Hand gern in seiner.

Schweigend wanderten sie eine Weile am Wasser entlang und genossen die Wärme des ausklingenden Tages.

»Habe ich dir schon gesagt, daß du wunderhübsch aussiehst?« fragte Hermann zaghaft.

Charlie schüttelte stumm den Kopf.

Hermann starrte sie von der Seite an und schluckte. »Damit wollte ich dir auf keinen Fall zu nahe treten«, versicherte er ihr eilig.

Sie gab keine Erwiderung von sich, sondern blickte nur angestrengt auf den Sand vor ihren Füßen.

Ein Ausdruck von leiser Verzweiflung spiegelte sich auf Hermanns Miene. »Nicht, daß du glaubst, ich wollte einen plumpen Annäherungsversuch starten, indem ich dir abgedroschene Komplimente mache.«

Charlie gab sich einen Ruck. Sie bedachte ihn mit einem sanften Lächeln. »Das glaube ich nicht, keine Sorge.«

»Dann darf ich dir sagen, daß ich dich zauberhaft finde?« fragte Hermann eifrig.

»Von mir aus.« Sie lächelte etwas breiter. »Findest du nicht, daß ich zu viele Sommersprossen habe?«

Hermann war empört. »Die Sommersprossen sind eines deiner liebenswürdigsten Merkmale!«

Charlie unterdrückte ein Kichern. »Wirklich?«

»Hundertprozentig. Ich finde sie ...« Er hielt inne und überlegte.

»Wie denn?«

233

Hermann senkte verlegen den Blick. »Zum Küssen.«

Charlie spürte den Anflug von Schweiß in seiner Handfläche.

»Du möchtest meine Sommersprossen küssen?« erkundigte sie sich schelmisch.

Hermann nickte scheu. »Oh, ja, und wie.«

»Und den Rest von mir?«

»Den erst recht.«

Charlie blieb spontan und mit großer Entschiedenheit stehen, woraufhin Hermann – diesmal war es nicht gespielt – prompt ins Stolpern geriet. Charlie hielt ihn bei den Schultern fest. »Hermann, du bist so nett!«

»Das sagst du nicht nur so?« stammelte er.

»Küß mich«, befahl sie.

Hermann warf aufgeregte Blicke nach links und rechts. »Hier?« Die Frage kam als ersterbendes Quieken heraus.

»Warum nicht?«

Ihm fielen auf Anhieb mehrere Gründe ein. Hunderte, um genau zu sein, und alle waren in Sichtweite. Seit dem Beginn ihres Spaziergangs hatte sich nicht viel geändert. Es war schon nach acht, aber der Strand war immer noch extrem bevölkert von sonnen- und frischlufthungrigen Urlaubern.

Hermann räusperte sich. »Die Leute ...«

»Die Leute stören mich nicht. Außerdem tun andere sich auch keinen Zwang an. Guck mal die da drüben.« Sie deutete auf ein Pärchen in unmittelbarer Nähe, das gerade hemmungslos herumknutschte.

»Abgesehen davon sind wir hier auf Ibiza«, erklärte Charlie aufmunternd.

234

Daran gab es keinen Zweifel. Die Szene vor ihnen war an Eindeutigkeit kaum zu überbieten. Die beiden schienen es sich zum Ehrgeiz gemacht zu haben, mit der Zunge den Mageninhalt des jeweils anderen sondieren zu wollen. Dabei befummelten sie einander handgreiflich. Die Frau hatte bis auf einen winzigen Stoffetzen im Dreiecksformat nichts an. Der Mann war ähnlich dürftig bekleidet, so daß niemandem entgehen konnte, was das Geknutsche mit ihm anstellte, vor allem mit einem ganz gewissen Körperteil.

Hermann protestierte nicht länger. Er senkte den Kopf und preßte seinen Mund auf Charlies Lippen, die sich ihm sogleich bereitwillig öffneten.

Der erste Kuß fiel eher unbeholfen als leidenschaftlich aus, doch dann gewannen beide rasch an Routine. Nach einer kleinen Ewigkeit hob Hermann schwer atmend den Kopf. »Charlie!« stieß er mit schwankender Stimme hervor.

Charlie hatte verzückt die Augen geschlossen. »Noch mal.«

Er beeilte sich, ihrem Befehl Folge zu leisten. Diesmal machten sie dem anderen Pärchen beinahe Konkurrenz.

»Hermann!« ließ Charlie sich keuchend vernehmen.

»Charlie?«

»Meine Güte, ich wünsche mir so ...« Sie verstummte verzagt.

»Alles was du willst!« beteuerte er.

»Wirklich?«

»Ich würde alles für dich tun.«

»Es stört dich gar nicht, daß ich von einem anderen Mann schwanger bin, oder?«

235

»Nichts an dir könnte mich je stören«, befand er schlicht.

»Oh, Hermann, ich weiß gar nicht, was ich sagen soll ...«

Anstelle einer Antwort küßte er sie erneut, diesmal zärtlicher als zuvor.

Als der Kuß endete, klammerte Charlie sich an ihm fest und fing an zu weinen.

Hermann war bestürzt. »Hab' ich dir wehgetan?«

Charlie schüttelte leise schluchzend den Kopf.

»Was ist denn los?« fragte Hermann verzweifelt.

»Das kann ich dir nicht sagen.«

»Du kannst mir alles sagen«, widersprach Hermann sofort. Schützend zog er Charlie an seine Brust. Selbige kam Charlie trotz der unterentwickelten Muskulatur in diesem Moment vor wie ein wehrhaftes Bollwerk. Willig ließ sie sich an ihn sinken und genoß seine Umarmung. »Wenn ich es dir sage, haßt du mich.«

»Das täte ich nie!« rief Hermann entrüstet. Er runzelte die Stirn. »Es hat mit dem Vater deines Kindes zu tun. Er hat dich im Stich gelassen, nicht wahr?«

Sie nickte schniefend.

»Das Schwein«, knirschte Hermann. »Man sollte ihn umbringen!«

»Das ist nicht mehr nötig«, erklärte Charlie kleinlaut.

Hermann schaute verdutzt drein. »Nicht mehr nötig?«

»Nun ja. Er ist ... ähm, gewissermaßen ...« Sie holte Luft. »Er ist schon tot.«

In Hermanns Augen flammte Befriedigung auf. »Das hat er verdient.«

Charlie schmiegte sich erleichtert an ihn. »Da bin ich aber echt froh, daß du das auch so siehst.«

Hermann nickte entschieden. Dann dachte er nach. »Eins verstehe ich nicht. Wenn sein ... ähm, Ableben in deinem Sinne ist – wo liegt dann dein Problem? Besteht es darin, daß dein Kind jetzt ohne Vater aufwachsen muß?«

Charlie furchte die Stirn. »Darüber habe ich bis jetzt noch nicht großartig nachgedacht. Aber ... Nein, eigentlich nicht. Nein, damit habe ich im Grunde kein Problem.« Sie faßte Hermann unter, und gemeinsam wanderten sie nahe der sanft schäumenden Wellenlinie weiter den Strand entlang. Charlie schaute von der Seite zu ihm auf. »Viele Kinder wachsen heutzutage ohne Vater auf. Oder mit ganz anderen Vätern als ihren Erzeugern.«

Hermann nickte mit gewichtiger Miene. »Das ist korrekt. Es gibt viele aufrechte Männer, die sich nicht scheuen, ein gerüttelt Maß an Verantwortung zu übernehmen und die ein befriedigendes Lebensziel darin sehen, sich dieser Aufgabe zu stellen.« Er machte eine kurze, aber bedeutungsvolle Pause. »Ich möchte nicht verhehlen, daß ich mich selbst durchaus ebenfalls zu dieser Art von Männern zählen könnte.«

Charlie kicherte, weil sie seine schrullige Ausdrucksweise nett fand. Doch dann wurde sie rasch wieder ernst, denn aus seinen Worten hatte eine tiefe Überzeugung gesprochen. »Ach Hermann, du ahnst ja nicht, wie süß du bist.«

Er wurde rot. »Nicht doch.«

»Das ist mein voller Ernst!« rief Charlie emphatisch.

Hermann legte während des Gehens den Arm um ihre Taille. »Damit sind wir immer noch nicht beim

Thema. Ich meine, beim Grund für deinen Kummer. Willst du ihn mir nicht verraten?«

Charlie ließ den Kopf hängen. »Ich habe Angst, daß du dann schlecht von mir denkst.«

»Versuch es doch einfach mal.«

Und Charlie, die sich durch die vorangegangenen Küsse und die stützende Hand unter ihrem Rippenbogen ungewöhnlich weich und weiblich fühlte, versuchte es.

»Es ist eine lange Geschichte«, warnte sie.

»Ich habe Urlaub und daher jede Menge Zeit.«

»Na gut.« Sie schluckte, dann gab sie zu bedenken: »Aber wenn es was Kriminelles ist?«

»Ich bin Arzt und unterliege als solcher der Schweigepflicht.«

Jetzt war Charlie endgültig bereit, ihm alles zu erzählen.

Anschließend verbrachte sie die Nacht mit Hermann in dessen Apartment, und es wurde eine der schönsten Erfahrungen ihres jungen Lebens. Hermann schaffte es – weniger mit ausgefeilter Raffinesse als mit sehr viel Enthusiasmus und offener, unverstellter Zuneigung –, Charlie einen Eindruck davon zu vermitteln, wieviel Spaß die körperliche Liebe machen kann.

»Danach könnte ich süchtig werden«, murmelte Charlie nach dem ersten Mal.

»Heirate mich.«

»Sag das nicht zu laut, oder ich tu's.«

»Wann?«

Sie wälzte sich auf ihn. »Hinterher.«

Annabel warf sich derweil unruhig auf ihrem Bett hin

238

und her. Sie hatte Magnus' Angebot, abermals die Nacht mit ihm im Hotel zu verbringen, rundheraus abgelehnt, unter dem Vorwand, daß eine schreckliche Migräne bei ihr im Anzug sei. Es war ihr nicht leichtgefallen, auf die in Aussicht gestellten Stunden der Wonne zu verzichten – inzwischen wußte sie ja, was dieser Mann so draufhatte –, doch sie konnte es unmöglich riskieren, daß es eine zweite Leiche gab, und da Charlie, die potentielle Killerin, nicht aufzustöbern war, gab es für Annabel nur die Alternative, das potentielle Opfer im Auge zu behalten, und das hieß nun mal Robert und schlief nebenan.

Oder besser: Es schlief nicht, sondern machte Geräusche. Und zwar sehr eindeutige. Genau wie Britta. Es klang ganz danach, als würden die beiden ...

Nein, das war unmöglich! Das konnten die beiden doch nicht machen! Nicht nach all dem, was Britta versucht hatte, Robert anzutun! Sie konnte unmöglich mit ihm schlafen! Oder doch?!

Immerhin, es tat gut, Roberts brünstiges Keuchen zu hören, bewies es doch, daß er noch unter den Lebenden weilte. Solange er stöhnte, atmete er auch, ein absolut zuverlässiges Indiz, daß Charlie noch nicht zum Zuge gekommen war. Die rothaarige kleine Hexe würde es nicht wagen, im Beisein von Zeugen – speziell von Annabel – einen neuen Anschlag auf Robert zu unternehmen!

Vorsichtshalber hatte Annabel die Terrassentür von innen verschlossen und auch dafür gesorgt, daß sämtliche Fenster fest verriegelt waren. Man konnte ja nicht wissen, wie weit Charlies Entschlossenheit, Robert zu erledigen, im Ernstfall ging. Wenn sie nur halb so erpicht darauf war wie Britta, hatte Robert schlechte Karten.

Annabel merkte, wie sie allmählich in den Schlaf hinüberglitt. Es dauerte nicht lange, bis schwere Träume sie heimsuchten, in denen Robert die Hauptrolle spielte.

Und zwar nicht ein lebendiger Robert, sondern einer, in dem kein Funken Leben mehr wohnte. In Annabels Träumen wankte Robert in den grausigsten Erscheinungsformen einher. Einmal erschien er ihr als bluttriefender Leichnam, dem jemand (vermutlich Charlie) mit einem Rasiermesser den Leib aufgeschlitzt hatte. Eingeweide baumelten aus der Wunde, und Robert faßte mit beiden Händen in das feuchte Gekröse, raffte es zusammen und hielt es mit anklagenden Blicken hoch, Annabel direkt vor die Nase.

»Tu das weg«, kreischte sie voller Entsetzen.

Doch Robert dachte gar nicht daran. »Das ist bloß deine Schuld«, jammerte er, »nur weil du denselben Laptop hattest wie ich!«

»Es heißt nicht denselben, sondern den *gleichen*«, verbesserte Annabel automatisch. »*Derselbe* heißt es nur, wenn es sich um identische Gegenstände handelt.«

Darauf ging der tote Robert nicht ein. »Nur deinetwegen hat Britta die Briefe auf der Festplatte finden können.« Blasiger, blutig gefärbter Schaum trat ihm auf die Lippen und erschwerte ihm das Sprechen. »Und jetzt schau dir an, was sie mit mir gemacht hat!« Und – *Plumps*! – fiel eine widerlich glitschige Darmschlinge aus seinem aufgeschlitzten Bauch runter auf seine Füße.

Das Schreckensbild ging nahtlos in die nächste Traumsequenz über, in der Robert Annabel als Gerippe erschien, an dem hie und da übelriechende Fleischfetzen hingen. Während Annabel noch überlegte, ob Robert in dieser oder doch eher in der vorangegangenen Traumvariante abstoßender wirkte, streckte das Gerippe eine Hand aus und griff nach ihrem Hals. »Nimm das.« Die Knochenhand drückte unbarmherzig zu. »Und dies.« Der Würgegriff wurde unerträglich hart. »Und das hier.«

Annabel wähnte sich dem Ersticken nahe. Um sich schlagend wachte sie auf. Schweißgebadet fuhr sie hoch und starrte ins Halbdunkel des Zimmers. Sie hatte die Vorhänge nicht ganz zugezogen. Die mattsilberne Scheibe des Mondes erfüllte den nächtlichen Garten der Ferienanlage mit diffusem, schattenreichem Licht. Der seltsam rhythmische Klang der Zikaden mischte sich mit dem Geräusch, das die Umwälzpumpen des Pools verursachten.

Im Schlafzimmer nebenan war Stille eingekehrt. Dafür ertönte irgendwo in der Nähe das leise Winseln eines Hundes. Ob das Anubis war? Annabel hatte seine vorwurfsvollen Blicke und sein Protestgebell ignoriert und ihn auf die Terrasse hinausgescheucht, bevor sie die Tür vor seiner Nase verschlossen hatte. Anderenfalls hätte er wahrscheinlich darauf bestanden, bei ihr im Bett zu schlafen, und Annabel konnte sich etwas Netteres vorstellen, als die Nacht mit Hundeflöhen zu verbringen. Sie hatte allerdings beschlossen, ihm zum Ausgleich für die Aussperrung morgen früh im Supermarkt eine Großpackung Minisalamis zu besorgen.

241

Immer noch von den Nachwirkungen des Traums gefangen, kämpfte Annabel sich aus den klammen Laken. An Schlaf war nicht mehr zu denken. Nach diesen Alpträumen würde sie kein Auge mehr zubekommen. Besser, sie blieb wach und hatte ein Ohr nach nebenan. Und warum in der Zwischenzeit nicht das Angenehme mit dem Nützlichen verbinden?

Annabel dachte nach. Wie wäre es, ein häßliches, gemeines kleines Intrigenspiel um die Person des Fieslings Ernesto einzubauen? Er könnte beispielsweise eine dunkle Vergangenheit als Auftragsmörder der neapolitanischen *Camorra* haben. Und überhaupt – Mord machte sich immer gut, das steigerte die Spannung enorm ...

Sie ging zu dem kleinen Schreibtisch, klappte ihren Laptop auf und fing an, zu schreiben.

Zwischen Britta und Robert fand unterdessen im Dunkel ihres Schlafzimmers die längst fällige Aussprache statt.

»Bist du sehr böse auf mich, Mausi?« wollte Robert wissen. Er lag neben Britta auf dem Bauch und hatte den linken Arm um sie geschlungen.

»Ich weiß nicht«, antwortete Britta wahrheitsgemäß. »Ich frage mich im Moment was ganz anderes.«

»Was denn, Mausi?«

»Wieso ich so blöd war, gerade eben mit dir zu schlafen.«

Robert ließ ein indigniertes Seufzen hören. »Schau, sieh es mal so: Es hat uns einfach hingerissen, Mausi.«

Erbost rückte Britta ein Stück von ihm ab. »Nenn mich nicht Mausi. Das ist zum Kotzen.«

242

»Es war doch wunderbar, oder nicht? Genau wie früher.« Robert reckte sich stolz und tastete siegessicher nach ihrer rechten Brust. Sobald er sie unter der Bettdecke gefunden hatte, umspannte er sie besitzergreifend. »Du hattest sogar einen Orgasmus.«

Britta erstarrte abwehrend. »Das ist es ja gerade, was mich nervös macht. Es hätte gar nicht passieren dürfen.«

»Was denn? Der Sex oder dein Orgasmus?«

»Laß den Scheiß«, meinte Britta mürrisch. »Glaubst du, daß du bloß einmal deinen blöden *Titanstab* vor meiner Nase schwenken mußt, und ich tue auf einmal so, als wäre nichts gewesen, oder was?«

»Meine Güte, kannst du denn nicht vergeben und vergessen? Ich kann es doch auch!«

»Das sind zwei völlig unterschiedliche Angelegenheiten«, fuhr Britta ihm über den Mund. »Du hast mich immerhin betrogen!«

»Und du wolltest mich umbringen«, gab Robert zu bedenken.

»Zu Recht!« schnauzte Britta. »Wer von uns beiden hat denn diese dreckige, kleine Affäre mit einer anderen Frau angefangen?«

Gegen diese Art von unbestechlicher, weiblicher Logik fühlte Robert sich machtlos. Er ließ ihre Brust los, setzte sich auf, schwang die Beine aus dem Bett und stand auf. »Ich glaube, ich gehe noch mal ein bißchen online und schau mir an, was so in Tokio an der Börse läuft.«

»Ja, ja, verzieh dich nur!« rief Britta ihm erbittert nach, als er ins Wohnzimmer hinüberging.

»Dauert nicht lange, Mausi«, rief er launig zurück. »Nur die wichtigsten Werte.«

Britta sparte sich die Antwort. Sie schaute auf ihre Uhr. Es war erst halb fünf. Die Nacht war fast vorbei, und bis jetzt hatte sie noch keine Minute geschlafen. Aber wie denn auch, wenn dieser notorische Schleimer und Frauenheld sie stundenlang mit ausgefeilten Liebesspielen auf Trab hielt!? Robert hatte Dinge mit ihr angestellt, von denen Britta gar nicht geahnt hatte, daß er dergleichen draufhatte. Womit sich natürlich zwangsläufig fragte, woher er all diese heißen kleinen Tricks kannte. Oder besser: Wo er sie gelernt hatte. Oder noch genauer: *Mit wem* er sie einstudiert hatte!

Nun, Britta hatte durchaus ihre Vorstellungen zu diesem Thema, und die betrafen samt und sonders eine gewisse Person, die sozusagen über einen speziellen metallischen Nimbus verfügte.

Dieser Gedanke brachte sie automatisch wieder an den Punkt zurück, wo sie sich fragen mußte, ob sie vorhin ihr letztes bißchen Verstand eingebüßt hatte. Wie hatte sie nur so abgrundtief dämlich sein können, Robert derart willig in die Arme zu sinken? Und nicht nur das: Kaum hatte er sie berührt und geküßt, war sie förmlich in Flammen aufgegangen!

Britta sann über ein Wort nach, welches ihr Verhalten am besten umschrieb, doch es wollte ihr kein Ausdruck einfallen, der geeignet gewesen wäre, das ganze Ausmaß dieser Ungeheuerlichkeit auch nur annähernd darzustellen.

Sie hatte sich diesem miesen Widerling hingegeben und sogar einen Höhepunkt dabei gehabt. Ihr Hirn hatte sich in Wackelpeter verwandelt – anscheinend aus hormonellen Gründen, sonst hätte ihr das nicht passieren können, denn sie hatte ausnahmsweise den ganzen Tag nicht einen Tropfen getrunken.

Britta hielt es im Bett nicht länger aus. Alles roch nach Robert. Das Kopfkissen, die Laken, die Decke. Von ihrem eigenen Körper ganz zu schweigen. Sie war förmlich getränkt mit seinem Schweiß, den er vorhin im Eifer des Gefechts über ihrem Körper vergossen hatte (natürlich hatte er wie immer oben gelegen, da war er ganz eigen).

Britta stand auf. Ihr nackter Fuß stieß dabei gegen das gebrauchte Kondom, das Robert vorhin dezent und mit spitzen Fingern in Richtung Fußboden entsorgt hatte. Auch das war typisch für ihn. Liebesabfälle dieser Art verschwinden zu lassen gehörte nicht zu seinem Repertoire als Hausmann.

Urplötzlich merkte Britta, wie ihr Geduldsfaden brüchig wurde, und als sie das Corpus delicti mit Daumen und Zeigefinger aufhob und aus der Nähe betrachtete, platzte ihr endgültig der Kragen.

Im Stechschritt marschierte sie hinüber ins Wohnzimmer, wo Robert auf dem Sofa saß und dort in aller Seelenruhe seinen funkelnagelneuen Laptop zu den aktuellsten weltweiten Börsenentwicklungen befragte.

Britta ließ das Überbleibsel seiner Lust vor seiner Nase hin- und herbaumeln.

»Kannst du mir vielleicht zufällig mal sagen, was das hier ist?« fragte sie zuckersüß.

Erstaunt sah Robert auf. »Ein Kondom, Liebes.«

»Ganz recht. Es ist ein Kondom.« Abwartend starrte Britta ihn an, doch er hatte sich schon wieder in die Kursbewegungen auf seinem Display vertieft.

»Robert!« fauchte sie.

Indigniert blickte er abermals auf. »Ja, was ist denn, Schatz?«

»Dies ist ein Kondom!« rief Britta in höchster Verärgerung. »Und zwar *dein* Kondom!«

Robert runzelte in mildem Tadel die Brauen. »Das würde ich so nicht unterstützen, Liebling. Mit dieser Formulierung kann ich mich nicht ganz einverstanden erklären.«

Wut siedete in Britta hoch. »Wie würdest du es denn dann formulieren?« wollte sie mit trügerischer Sanftheit wissen.

»Nun, ich würde sagen, daß es unser Kondom ist. Okay, ich habe es benutzt, aber gebraucht im Sinne von benötigt haben wir es beide.«

Das verschlug Britta für einen Moment die Sprache, was wiederum Robert dazu bewog, sich in den nächsten Börsenplatz auf der anderen Seite des Erdballs einzuloggen. »Die vorbörslichen Notierungen in Japan sehen gar nicht gut aus«, murmelte er bekümmert.

»Robert!« kreischte Britta.

Ihre schlechtere Hälfte zuckte zusammen. »Mein Gott! Mußt du so schreien! Du weckst noch die ganze Nachbarschaft auf!«

Die Tür zu Annabels Zimmer flog auf, und Annabel kam herausgeschossen, im Bademantel, die Wangen erhitzt vom Schreiben. Erschrocken peilte sie die Lage. Als sie sah, daß Robert weder Stichwunden noch Blutflecken aufwies, atmete sie erleichtert auf. Sie kam näher. »Was ist denn hier los?« fragte sie behutsam.

Britta schwenkte in unverminderter Hysterie das Kondom. »Sieh dir das an! Kannst du mir sagen, was das ist?«

Annabel wurde rot, doch sie zwang ein tapferes Lächeln auf ihre Lippen. »Das ist ein Kondom.«

»Und wie würdest du dieses Kondom beschreiben?«

Annabel zuckte zusammen. »Britta! Ich bitte dich!«

»Du bist doch sonst nicht um Worte verlegen!« fuhr Britta sie an. »Los, äußere dich! Wie sieht es für dich aus?«

Annabel schluckte. »Es ... uh ... es sieht gebraucht aus.«

»Sehr richtig!« stieß Britta triumphierend hervor. Mit einem bedeutungsvollen Blick setzte sie hinzu: »Und wer hat deiner Meinung nach das Ding gebraucht?«

Annabels Gesichtstönung wechselte von rosarot zu zinnoberrot, doch Brittas unheilverkündende Miene ließ es nicht ratsam erscheinen, an dieser Stelle zu Ausflüchten zu greifen.

»Nach dem zu urteilen, was ich vorhin gehört habe, würde ich sagen, daß Robert es gebraucht hat«, murmelte sie.

»Lauter. Damit alle es hören.«

Annabel gewahrte einen gefährlichen Glanz in den Augen ihrer besten Freundin.

»Es sieht aus, als hätte Robert es gebraucht«, sagte sie mit erhobener Stimme.

»Da siehst du es!« schrie Britta Robert an. »Du hast es gebraucht! Du und niemand anderer!«

Der machte aus seinem wachsenden Ärger keinen Hehl. »Na gut. Dann hab *ich* es halt gebraucht. Wozu soll ich mich mit dir wegen so einer Lappalie streiten.«

Britta knirschte mit den Zähnen. »Na schön. Da sind wir doch schon mal ein Stück weiter. Könntest du mir vielleicht jetzt auch noch einen einzigen vernünftigen

247

Grund dafür sagen, warum du es immer mir überläßt, diese Dinger einzusammeln und wegzuwerfen?«

Robert musterte sie erstaunt. »Du tust gerade so, als wäre das ein Wahnsinnsaufwand. Meine Güte, du brauchst sie doch nur zu nehmen und ins Klo zu schmeißen.« Er besann sich und wiegte den Kopf. »Nein, lieber nicht. Das könnte total das Fallrohr blockieren. Ich hab' mal gelesen, daß eine endlose Wassermenge in diese Dinger reinpaßt. Wahrscheinlich können die sich ganz immens aufblähen.« Er machte eine nachdenkliche Pause, dann meinte er: »Ich habe eine gute Idee. Am besten schneidest du sie mit einer Nagelschere klein, bevor du sie in die Toilette wirfst. Oder du tust sie gleich in den Abfall.«

»In welchen denn?« fragte Britta höflich. »In den Biomüll oder den Verbundmüll?«

»Auf keinen Fall in den Biomüll. Der organische Bestandteil ist viel zu gering.«

»Da schau her«, bemerkte Britta.

Robert überhörte den sarkastischen Einwurf. »An sich wäre es Verbundmüll, aber der wird ja nur alle vier Wochen abgeholt. Dann müßtest du es vorher schon auswaschen, wegen der Geruchsentwicklung. Das wäre wohl zuviel verlangt, deshalb würde ich ausnahmsweise sagen, daß gebrauchte Kondome beim Restmüll am besten aufgehoben sind.«

Britta nickte ohne äußere Gefühlsregung. »Okay. Damit bin ich einverstanden. Danke für den guten Tip.« Mit einer ansatzlosen Bewegung aus dem Handgelenk schleuderte sie den Gegenstand der vorangegangenen Debatte auf den verblüfften Robert.

Dieser verlor völlig die Fassung, als der glibberige

Inhalt des Wurfgeschosses sich unversehens über die Tastatur seines wertvollsten Besitztums ergoß.

»Was hast du getan?« brüllte er, außer sich ob dieses Frevels.

Britta lächelte gelassen. »Ich habe deinen Rat befolgt und das gebrauchte Kondom zum Restmüll befördert. Restmüll zu Restmüll, sozusagen.«

Robert tippte hektisch auf den Tasten herum. Dann gab er einen entsetzten Aufschrei von sich. »O Gott! Ich komm nicht mehr rein! Ich hab' einen Kurzen!«

Britta konterte mit einem Kommentar, der nicht lakonischer hätte ausfallen können. »Da stimme ich dir zu. Trotzdem, meine Hochachtung: Es gibt wenige Männer, die das so offen zugeben würden.«

12. Kapitel

Am darauffolgenden Mittag entdeckte ein Zimmermädchen namens Inés in einem der Apartments einen Toten. Sie hielt sich nicht lange genug im Raum auf, um Anzeichen äußerer Gewaltanwendung zu erkennen. Das war auch nicht nötig, denn ein einziger Blick zum Bett überzeugte die junge Ibizenkerin davon, daß sie es hier zweifelsfrei mit einer Leiche zu tun hatte. Die Schwärme von Fliegen, die um den offenen Mund des blonden Mannes herumschwirrten, sprachen eine ganz eigene, überaus deutliche Sprache. Von den blicklosen, seitlich verdrehten Augen, die bereits von einem milchigen Film überzogen waren, gar nicht zu reden.

Inés stand starr, in der einen Hand ein frisches Wischtuch, in der anderen den Generalschlüssel. In ihrem Kopf überschlugen sich die Gedanken, und fieberhaft preßte sie das Wischtuch gegen ihre Lippen, um nicht laut aufschreien zu müssen. Sie gewann den Kampf gegen die aufkeimende Panik, biß heftig in das Wischtuch und trat vorsichtig den Rückzug an.

Kein Aufsehen erregen, lautete die Devise der Geschäftsleitung, auch und gerade nicht in Fällen, in denen es um Tod oder Verbrechen oder ähnlich schlimme Vorkommnisse ging, und Inés hatte nach den ersten Schrecksekunden keine Probleme damit, diese Vorgabe zu beherzigen. Der Fall war klar. Hier lag ein Toter im Bett, und nun galt es, zuallererst Besonnenheit an den Tag zu legen.

Nicht, daß Inés schon häufiger tote junge Männer in den Apartments der Anlage entdeckt hätte, im Gegenteil. Dies hier war sozusagen eine Premiere, und zwar eine von der denkbar unappetitlichsten Sorte. So unappetitlich, daß Inés es nicht wagte, den Lappen aus dem Mund zu nehmen, während sie sich rückwärts aus dem Apartment zurückzog und dann Hals über Kopf zur Rezeption eilte.

Der dort informierte Empfangschef hielt es für unverzichtbar, sich zunächst selbst ein Bild von dem Vorfall zu machen, bevor er die Guardia Civil verständigte. Diese wiederum erschien gegen ein Uhr auf der Bildfläche, und zwar in Gestalt mehrerer uniformierter und ziviler Beamter, die sich aus der Devise der Geschäftsleitung nicht allzu viel zu machen schienen, da sie keinerlei Anstalten zeigten, Aufsehen zu vermeiden. Im Gegenteil, sie sperrten das Areal um Friedhelms Apartment aus Gründen der Spurensicherung ohne zu zögern weiträumig ab und schwärmten alsbald in Begleitung des Hotelmanagers aus, um die Bewohner der umliegenden Zimmer zu befragen, ob ihnen etwas Verdächtiges aufgefallen sei.

Bis dahin hatte sich längst auf dem Gelände herumgesprochen, daß *da eine ganz, ganz schlimme Sache passiert* war – so jedenfalls drückte es die Urlauberin vom Bungalow gegenüber aus. Sie blieb im Vorbeieilen stehen und teilte Annabel, die am Terrassentisch saß und dem Mafioso Ernesto üble Beton-mordkomplotte andichtete, mit wohligem Gruseltimbre in der Stimme mit, daß ein Verbrechen geschehen sei.

»Es muß ganz schrecklich gewesen sein«, vertraute sie Annabel an. »Er soll entsetzlich zugerichtet sein.« Sie nickte Britta zu, die soeben durch die Terrassentüre ins Freie trat.

»Wer ist entsetzlich zugerichtet?« fragte Britta.

»Na, der junge Deutsche, der da drüben ermordet worden ist.« Sie zeigte mit dem Daumen über die Schulter. »Die Polizei steckt überall ihre Nase rein und stellt Fragen. Eines der Zimmermädchen hat ihn heute mittag gefunden. Mausetot. Und total verstümmelt, wenn ich das richtig verstanden habe. Ich hab' gehört, an dem soll nichts mehr heil gewesen sein. Alle Knochen sollen sie ihm gebrochen haben.«

Annabel wurde grün im Gesicht. Sie warf Britta einen Blick zu, in dem sich Verzweiflung und bohrende Anklage mischten.

Britta zuckte nur die Achseln. *Kann mich beim besten Willen nicht erinnern*, signalisierte ihr hilfloser Gesichtsausdruck.

»Sie haben ihn doch auch gekannt«, meinte die Frau.

»Wer – ich?« fragte Britta nervös.

»Nein, Sie«, meinte die Frau zu Annabel. »Ich hab' vor ein paar Tagen gesehen, wie Sie sich mit ihm unterhalten haben. Er hat auf dem Liegestuhl neben Ihnen gesessen.«

Annabel tat so, als müßte sie nachdenken. »Ach, meinen Sie etwa diesen großen blonden Muskelprotz? *Der* ist umgebracht worden?« Sie gab sich gebührend erschüttert. »Du lieber Himmel, so ein ansehnlicher junger Mann! Wie entsetzlich!«

Britta verzog angewidert das Gesicht.

»Haben Sie ihn näher gekannt?« wollte die Nachbarin begierig wissen. »Ich meine, weil Sie sich doch mit ihm am Pool unterhalten haben.«

»Ach wo. Er hat sich bloß für meinen Computer interessiert.«

»Und Sie?« wandte die Frau sich an Britta. »Haben Sie ihn denn nicht auch gekannt?« Ihre Miene hellte sich auf. »Doch, natürlich!«

Britta bemühte sich, nicht allzu verstört dreinzuschauen. »Wieso natürlich?«

»Ich hab' Sie mit ihm in der Disco gesehen!« Die Frau wirkte plötzlich ganz aufgeregt. »Da haben Sie allerdings ganz anders ausgesehen. Total aufgebrezelt und geschminkt. Fast hätte ich Sie gar nicht wiedererkannt.«

»Vielleicht war ich's ja gar nicht«, versuchte Britta, sich herauszuwinden.

»Aber ja doch. Zuerst haben Sie getanzt. Dann haben Sie sich geküßt!«

»Wer?« fragte Britta töricht.

»Na, Sie und er. Sie beide waren doch so miteinander!« Sie preßte zwei Finger gegeneinander, um das Ausmaß der von ihr beobachteten Intimität anzudeuten.

Brittas erschreckter Ausdruck war nicht gespielt. »Ich ... oh!« Sie riß sich zusammen und heuchelte Betroffenheit. »Meine Güte, der war das? Der *Friedhelm* ist tot? O Gott!«

»Gell, das ist bestimmt sehr schlimm für Sie, wenn

Sie sich so nahestanden«, sagte die Frau in einer Mischung aus Mitgefühl und Sensationslust.

Britta starrte sie bloß schweigend an.

»Das kann man wohl sagen«, antwortete Annabel an ihrer Stelle. »Das muß sie erst mal verdauen.«

»Ich geh' dann wieder«, erklärte die Frau eilig. »Ich hab' noch was zu erledigen.«

Ihr Gesichtsausdruck sprach Bände. Annabel und Britta hatten keinen Zweifel, welcher Art die beabsichtigte Erledigung war. Binnen Minuten würde jedes menschliche Lebewesen im näheren Umkreis darüber Bescheid wissen, daß auf dieser Terrasse eine trauernde Geliebte des Mordopfers weilte.

Annabel wartete, bis die Nachbarin sich außer Hörweite befand.

»Du kannst dir schon was überlegen. Es dauert bestimmt keine fünf Minuten, bis die Polizei hier aufkreuzt.«

»Du könntest denen sagen, daß ich die ganze Nacht mit dir zusammen war«, schlug Britta hoffnungsvoll vor.

»Ich war aber die ganze Nacht mit Magnus zusammen.«

»Das weiß doch keiner.«

Annabel machte eine ausholende Geste. »Bloß die halbe Anlage. Wir sind zusammen weggefahren und zusammen zurückgekommen.« Sie schüttelte den Kopf. »Normalerweise hätte ich gerne für dich gelogen, aber in dem Fall wäre das ein Schuß ins Knie, glaub mir.«

Britta nagte an ihrer Unterlippe. »Eigentlich sollte Charlie mir ein Alibi geben. Ich werde den Bullen einfach sagen, daß wir in der Nacht einen zusammen draufgemacht haben.«

»Tu, was du nicht lassen kannst.« Annabel gab sich keine Mühe, ihren Ekel zu verbergen. »Mein Gott, was hast du dem armen Mann nur angetan! Wie konntest du ihn bloß verstümmeln!«

Britta reagierte trotzig. »Das laß ich mir nicht anhängen. Ich meine, okay, er war tot. Aber verstümmelt hat er beim besten Willen nicht ausgesehen.«

»Hast du unter der Bettdecke nachgesehen?«

Britta runzelte nachdenklich die Stirn. »Nein, daran hab' ich gar nicht gedacht.«

»Da siehst du es. Du kannst sonstwas mit ihm angestellt haben.« Sie wehrte Anubis ab, der in hündischer Anbetung ihre herabhängende Hand abschleckte. »Laß das, du Riesenbaby.« Zu Britta sagte sie: »Ich traue dir nicht.«

»Was willst du damit sagen?« wollte Britta gekränkt wissen.

»Damit will ich dir sagen, daß du mit mir rechnen mußt.«

Britta wurde blaß. »Willst du mich jetzt doch bei den Bullen anschwärzen?«

Annabel schüttelte den Kopf. »Keine Sorge, das habe ich nicht vor. Aber ich werde dafür Sorge tragen, daß Robert unversehrt und in einem Stück nach Hause kommt.«

»Ich habe dir doch gesagt, daß ich ihm nichts tun werde«, erklärte Britta erbost. »Himmel noch mal, du hast es doch erlebt! Ich habe sogar wieder mit diesem Mistbock *geschlafen*!«

Annabel musterte sie kühl. »Das ist mir nicht entgangen. Leider muß ich dir sagen, daß das in meinen Augen noch lange kein Beweis dafür ist, daß du ihn am Leben lassen willst.«

Britta machte eine verächtliche Geste. »Selbst wenn ich ihn umlegen wollte – wie soll das funktionieren, wenn er gar nicht da ist?«

»Er ist bloß weggefahren, um den Laptop umzutauschen, das dauert bestimmt nicht ewig.« Annabel schlug mit der Faust auf den Tisch. »Und ich werde hier sitzenbleiben und warten, bis er wieder da ist. Notfalls werde ich ihn Tag und Nacht im Auge behalten.«

Britta seufzte resigniert. »Was müßte ich denn tun, um dich davon zu überzeugen, daß ich ihn in Ruhe lasse?«

»Beispielsweise könntest du Charlie endlich davon in Kenntnis setzen, daß sich dein sogenannter Auftrag erledigt hat«, versetzte Annabel mit schneidender Stimme.

Britta sah sich besorgt um. »Nicht so laut!«

Annabel dämpfte ihren Ton. »Du hättest es ihr schon längst sagen können!«

Britta zuckte leichthin die Achseln. »Kann sein. Dazu hätte ich sie aber erst mal treffen müssen.«

»Sie wohnt direkt nebenan.«

»Na schön«, sagte Britta säuerlich. »Dann geh' ich jetzt halt mal rüber und rede mit ihr.«

»Sie ist gerade nicht da«, räumte Annabel widerwillig ein.

»Dann weiß ich wirklich nicht, was du hast.«

Annabel beugte sich mit blitzenden Augen vor. »Du weißt es nicht? Dann laß dir eins gesagt sein: Falls Robert doch noch was passiert, gehe ich zur Polizei und erzähle denen alles. Auch das von Friedhelm. Ach ja, und noch was. Wenn die Kleine den Plan weiterverfolgt ... Ich meine, wenn sie versucht, Robert was anzutun, werde ich dir das persönlich anlasten.« Sie machte eine bedrohliche Pause. »Dann wanderst du in den Knast, so wahr ich hier sitze.«

Britta wandte sich brüsk ab und verschwand im Inneren des Bungalows.

»Was hast du vor?« rief Annabel ihr irritiert nach.

Anstelle einer Antwort hörte Annabel das Geräusch der sich öffnenden Kühlschranktür und gleich darauf das Klirren von Flaschen.

Eine Stunde später mischte Britta sich gerade ihre dritte Piña Colada zusammen, als die Guardia Civil auf der Bildfläche erschien. Im Gefolge der beiden Beamten in Zivil befand sich der Hotelmanager, der sich verzweifelt bemühte, seiner Doppelrolle als Übersetzer und Krisenstableiter gerecht zu werden. Unglücklicherweise wurde sein Ringen um Diskretion durch den stetig anwachsenden Menschenauflauf sabotiert. Trotz der anhaltenden Mittagshitze schien mittlerweile jeder Quadratzentimeter des Geländes von Touristen bevölkert zu sein. Auf jeder verfügbaren Fläche rotteten sich Leute zusammen, um zu tuscheln.

Der Hotelmanager, ein gestreßt wirkender Typ in den Fünfzigern, betrat unter zahlreichen Entschuldigungen die Terrasse und informierte Annabel, daß in dieser Anlage leider ein Verbrechen geschehen sei. Er stellte die beiden Beamten vor und erklärte, daß die Herren einige Fragen an die Damen des Hauses hätten. Man habe gehört, daß sie mit dem Mordopfer bekannt gewesen seien.

Annabel gab sich gelassen und erklärte den beiden Männern von der Guardia Civil mit Hilfe des eifrig übersetzenden Managers dasselbe, was sie auch schon der Frau von gegenüber mitgeteilt hatte, nämlich, daß es mit besagter Bekanntschaft nicht allzu weit her war.

Einer der beiden Beamten kritzelte in seinem Notizbuch herum und bat Annabel dann in holprigem Deutsch um ihren Paß. Sie ging ihn holen, und der Beamte notierte sich gewissenhaft ihre Personalien.

Britta erschien ebenfalls auf der Bildfläche. Annabel gewahrte pikiert, daß ihre Freundin sich wieder einmal entblättert hatte. Britta war nackt bis auf einen winzigen, bonbonrosa Tangaslip und ein durchsichtiges, nabelkurzes Spitzentop im Häkellook. In der Hand hielt sie ein volles Longdrinkglas mit sacht kreiselnden Eiswürfeln.

Die Beamten musterten sie unverfroren. Beide hatten sie sonnengegerbte Gesichter, drahtiges dunkles Haar, kräftige Schnurrbärte und blitzende Zähne. Sie sahen aus wie Brüder, ein Eindruck, der durch die ähnlichen Anzüge und die gnadenlos bohrenden Blicke, mit denen sie ihre Umgebung taxierten, noch verstärkt wurde. Der einzige Unterschied, den Annabel auf die Schnelle ausmachen konnte, war der Ansatz zum Doppelkinn, den einer der beiden zeigte.

Der Hotelmanager, der in Anbetracht seines Berufs durchaus an den Anblick nackter Haut gewohnt sein dürfte, schien bei Brittas Anblick an Atemnot zu leiden. Er beäugte ihr neckisches Netzhemdchen und bemühte sich vergeblich um einen unaufdringlichen Gesichtsausdruck, während er sein Sprüchlein von vorhin wiederholte und die in stakkatoartigem Eivissenc vorgebrachten Fragen des Beamten mit dem Doppelkinn übersetzte.

»Ob ich ihn näher gekannt habe?« wiederholte Britta in gedehntem Tonfall.

»Sí«, nickte der Doppelkinn-Beamte. Anscheinend war er der Wortführer und Chef des Duos.

Annabel musterte ihn mißtrauisch. Offenbar hatte er Britta auch ohne Übersetzung recht gut verstanden. Allem Anschein nach gab er sich absichtlich unbedarft. Genau wie Inspector Columbo. Der stellte sich auch immer abgrundtief begriffsstutzig an, und am Ende hatte er jedesmal alle damit geleimt, besonders den Mörder.

»Was meinen Sie mit *näher?*« wollte Britta wissen.

Ob sie Zeit gewinnen wollte? Falls ja, stellte sie es nicht allzu geschickt an, befand Annabel.

Der Hotelmanager übersetzte.

Der Beamte ohne Doppelkinn sagte etwas auf *Eivissenc*.

Der Hotelmanager übersetzte. »*Näher* heißt ...« – er wurde rot und senkte die Stimme – »... intim. Im Bett.«

Britta plusterte sich auf. »Sie wollen mir unterstellen, daß ich mit ihm ... bloß weil ich mit ihm in der Disco war, heißt das doch noch lange nicht ...«

Der Hotelmanager beeilte sich, ihr zu versichern, daß man sie mitnichten für leichtfertig hielt, nur wäre der Fall halt der, daß sie gesehen worden sei, wie sie mit dem Mordopfer in besagter Disco herumgeknutscht habe. Darüber hinaus sei sie in engem Clinch

259

mit ihm abgezogen, auch dabei sei sie gesehen worden.

Der Manager sagte nicht *herumknutschen* und *Clinch*, sondern stammelte in vornehmer Umschreibung etwas von *küssen* und *umarmen*, und er erklärte auch nicht, welcher Gast diese Aktion beobachtet haben wollte, doch das war sowieso klar.

Britta schoß einen bösen Blick ab, zum Bungalow gegenüber, wo sich die einzige in Frage kommende Person auf der Terrasse postiert hatte und so tat, als könne sie kein Wässerchen trüben. Genauer gesagt, lag sie wie hingegossen in ihrem Liegestuhl und täuschte einen hundertjährigen Schlaf vor, während sie in Wahrheit ihre Löffel so weit aufsperrte, daß ein einziger unerwarteter Windstoß sie vermutlich davongetragen hätte wie ein voll aufgetakeltes Segelboot.

»So nah, wie Sie sich das vielleicht einbilden, kannte ich diesen Typen garantiert nicht«, erklärte Britta kategorisch.

Dem Hotelmanager hätte das sicherlich genügt. Er nickte beflissen. Ihm war anzusehen, daß er sich am liebsten in stiller Höflichkeit zurückgezogen und den ganzen Fall ad acta gelegt hätte. Leider fiel die Entscheidung dieser Frage nicht in seinen Zuständigkeitsbereich, sondern in den der örtlichen Polizei.

Die wiederum schien sich nicht so schnell zufriedengeben zu wollen.

Besonders der Typ mit dem Kinn stellte Fragen über Fragen. Gelegentlich – wahrscheinlich eher pro forma – warf auch der andere eine Bemerkung ein, doch im Vergleich zu seinem Kollegen wirkte er völlig harmlos. Der mit dem Doppelkinn ließ dagegen nicht

locker. Dabei interessierte ihn gar nicht, was Annabel
zu sagen hatte. Er schien es mehr auf Britta abgesehen
zu haben, denn er war offenbar wild entschlossen, deren Geschichte bis zum letzten Detail auszuloten. Immer wieder ließ er sich von ihr erzählen, wie sie Friedhelm kennengelernt hatte, wie sie mit ihm tanzen
gegangen war, warum sie ihn geküßt hatte – und vor
allem, warum sie mit ihm das Lokal verlassen hatte.

»Meine Güte, wir sind auf Ibiza«, entrüstete sich Britta. »Das ist doch hier total normal!«

»Was ist normal?« übersetzte der Manager mit hochrotem Kopf die nächste Frage.

»In die Disco gehen«, versetzte Britta patzig. »Und
überhaupt. Fragen Sie doch mal rum. Der Typ hat
buchstäblich jeden Abend eine andere abgeschleppt!«

Anscheinend waren die Beamten darüber bereits im
Bilde. Sofort wollte der Typ mit dem Kinn wissen, woher Britta das wußte. Wer ihr das erzählt hatte? Vielleicht eine der anderen Damen, mit denen das Opfer
verkehrt hatte?

Der Hotelmanager übersetzte es mit schamrotem
Gesicht und fügte hinzu: »Ich übersetze das nur. Bitte
verstehen Sie mich.«

»Sie versteht«, schnitt der Chefermittler ihm rüde das
Wort ab.

Annabel warf ihm einen bitterbösen Blick zu. Mehr
denn je war sie überzeugt, es hier mit einer Art me-
diterranem Columbo zu tun zu haben. Er trug zwar
keinen zerknautschten Trenchcoat, aber dieses zer-
knautschte Jackett war fast genauso gut. Gar nicht zu
reden von seiner Art, ständig weiterzubohren, obwohl
er garantiert sowieso schon alles wußte. Es würde gar

nicht lange dauern, bis Britta, diese dämliche Gans, sich irgendwie verplapperte. Von da bis zum Knast wäre es nur ein kleiner Schritt. Ein sehr kleiner.

Der Manager übersetzte nochmals die letzte Frage, nämlich woher Britta gewußt hatte, daß der Ermordete jede Nacht wechselnde Damenbekanntschaften gehabt hatte.

Britta machte eine umfassende Geste, womit sie die ganze Anlage einschloß. »Das wußte wirklich jeder hier! Er hatte doch andauernd eine andere im Schlepptau.«

Anscheinend war das die richtige Antwort.

Dann wollte Señor Columbo dringend wissen, was nach dem Verlassen der Disco passiert war. Der Hotelmanager übersetzte es mit: »Was haben Sie mit dem toten Mann nach dem Tanzen gemacht?«

»Nichts«, sagte Britta. Sie verströmte eine Aura der Treuherzigkeit. Im Grunde, so sagte sie sich, log sie nicht einmal. Sie hatte ja tatsächlich nichts gemacht. Wenn einer was gemacht hatte, dann höchstens Friedhelm. Sofern man es denn überhaupt so ausdrücken wollte. Von *machen* konnte eigentlich gar nicht die Rede sein. Eher von ...? Britta schlürfte gedankenvoll an ihrer Piña Colada. Ihr fiel kein passendes Wort für das ein, was Friedrich mit ihr in seinem Bett veranstaltet hatte. Schließlich war er in weniger als einer Minute damit fertig gewesen.

»Wir sind nach Hause gegangen und dann ins Bett. Getrennt.«

»Allein ins Bett?« übersetzte der Manager mit verlegen gesenkten Lidern die nächste Frage.

»Mutterseelenallein«, behauptete Britta.

Noch eine Frage in *Eivissenc*, doch diesmal gab es offenbar eine Übersetzungsschwierigkeit.

»Wieso Sie mit Ihrer Mutter ins Bett gehen?« übersetzte der Hotelmanager, jetzt scharlachrot.

»Meine Mutter?«

Annabel kicherte. »*Mutter*seelenallein. Ein kleines Mißverständnis, Britta. Du solltest es ganz schnell aufklären.«

»Ach so.« Britta grinste. »Das ist ein Idiom.«

Dieser Punkt war damit geklärt, doch der nächste ließ nicht lange auf sich warten.

»Kann jemand bezeugen, daß Sie nicht mit ihm zusammen ... ähm ...?« übersetzte der Hotelmanager. Schweiß stand auf seiner Stirn. Seine Nerven und sein Deo schienen darum zu wetteifern, was von beiden zuerst versagte. Das Deo lag um eine Nasenlänge vorn. Der makellos geschnittene dunkle Anzug zeigte allmählich feuchte Ränder unter den Armen.

»Ich habe nicht mit ihm zusammen *ähm*«, sagte Britta.

»Wer kann das bezeugen, daß Sie allein ins Bett gegangen sind?« beharrte der Manager, vom Chefermittler mit einem auffordernden Grunzen angefeuert.

Britta versuchte es auf die begriffsstutzige Tour. »Wann genau?«

»In der Nacht, als Sie mit ihm in der Disco waren.«

»Wozu brauch ich für diese Nacht ein Alibi?« begehrte Britta auf. »Ist er etwa in dieser Nacht ermordet worden? Ich kann mich sehr gut erinnern, daß er am nächsten Tag noch quietschmunter durch die Gegend gezogen ist.«

Der Hotelmanager übersetzte, Señor Columbo gab

263

eine ärgerliche Erwiderung von sich und musterte Britta mit strafendem Blick. Sie verschränkte trotzig die Arme vor ihrem offenherzigen Ausschnitt.

»Es geht nicht um das Alibi. Es geht darum, ob Sie mit dem Toten ...« Der Manager hüstelte und suchte nach einem unverfänglichen Wort.

»Ähm«, fuhr Señor Columbo dazwischen. Anscheinend hatte er ein gutes Gedächtnis für neue Worte.

»Da gab es kein *Ähm*«, behauptete Britta. Ihr war anzusehen, daß sie sich alles andere als wohl in ihrer Haut fühlte. »Wir sind nach der Disco zusammen nach Hause gegangen. Das war dann aber auch schon alles. Ich war zu müde und hatte außerdem kein Interesse an dem Typ. Er war mir viel zu eingebildet. Er ist in sein Bett gegangen. Und ich in meins.«

Der Hotelmanager wandte sich auf Anweisung des Oberquälgeistes an Annabel. »Sie wohnen im selben Haus. Sie müßten gehört haben, wie Ihre Freundin vorgestern nach Hause kam.«

Britta warf Annabel einen beschwörenden Blick zu.

Annabel rang mit sich. Sie atmete tief durch.

Sie ist deine beste Freundin, zischte eine innere Stimme ihr zu. Los, tu's! Gib ihr ein Alibi! Keiner wird merken, daß du an dem Abend mit Magnus weg warst!

Sie öffnete den Mund, doch bevor sie etwas sagen konnte, sagte eine fröhliche Mädchenstimme von nebenan: »Was ist denn hier los? Eine Versammlung?«

»Charlie«, sagte Britta. Die Erleichterung in ihrer Stimme war nicht zu überhören. »Stell dir vor, Friedhelm ist ermordet worden!«

»Na so was!« rief Hermann aus. Er stand neben Charlie, den Arm locker um ihre Schultern gelegt. »Etwa der Friedhelm aus dem Fitneßclub?«

Charlie bedachte ihn in einer Mischung aus Zärtlichkeit und Nachsicht. Er gab sich zwar Mühe, bei dieser angeblichen Schreckensnachricht ehrlich entsetzt dreinzuschauen, doch was das anging, mußte er noch viel üben. Immerhin, er hatte von Natur aus derartige Glubschaugen, daß ein unbefangener Beobachter leicht glauben konnte, daß dieser Blick ein Ausdruck echten Schocks war.

»Ja, genau *der* Friedhelm!« erklärte Britta überlaut. Sie neigte den Kopf auf die Seite, als fiele ihr gerade in diesem Augenblick etwas ungeheuer Wichtiges ein, etwas, das ihr dummerweise vorübergehend entfallen war und was ihr just bei Charlies Anblick wieder in den Sinn gekommen war.

»Stimmt ja, das hab' ich ganz vergessen. *Du* hast mich doch gesehen!« Sie bedachte Charlie mit einem beschwörenden Blick. »Als ich aus der Disco kam. Vorgestern nacht.«

»Ist er da umgebracht worden?« fragte Charlie mit unschuldig geweiteten Augen.

Der Hotelmanager trat in wachsender Unruhe von einem Fuß auf den anderen. Die beiden Beamten folgten der Unterhaltung mit mißtrauischen Mienen, zumal ihr Übersetzer momentan eine Pause einlegte.

»Nein, es geht darum, daß diese Typen hier glauben, ich wäre mit Friedhelm zusammen im Bett gewesen.«

»Ah ja. Und wenn sie das erst glauben, denken sie bestimmt auch, daß du einen guten Grund hattest, ihn umzubringen.«

Britta wurde rot – ob aus Wut oder Angst, war schlecht einzuschätzen. »Charlie«, sagte sie. Sehr leise. Sehr bestimmt.

Charlie wurde geschäftsmäßig. Sie wandte sich an den Hotelmanager. »Sie hat natürlich völlig recht. Vorgestern nacht war ich zufällig selbst noch ziemlich lange unterwegs. Ich hab' die beiden heimkommen sehen. Er ist zu seinem Apartment rübergegangen. Nein, das stimmt nicht.« Sie machte eine kunstvolle Pause.

Britta ächzte entsetzt.

Charlie räusperte sich. »*Getaumelt* trifft es wohl besser. Also, er ist zu seinem Apartment rübergetaumelt. Allein. Er war mal wieder total blau. So hab' ich ihn schon öfter erlebt«, wandte sie sich erklärend an Annabel, als hätte sie an dieser Mitteilung ein brennendes Interesse.

Charlie fuhr aufgeräumt fort: »Und Britta ist gleich hierhergekommen und dann reingegangen. Sie hat sogar noch kurz *Hallo* zu mir gesagt.«

»Das kann ich bezeugen«, erklärte Hermann. »Ich war nämlich auch dabei. Bei Charlie, meine ich. Wir standen hier zusammen auf der Terrasse und haben den Sternenhimmel betrachtet.«

Von allen Seiten trafen ihn erstaunte Blicke. Nur Charlie schien nicht überrascht zu sein. Verliebt lehnte sie sich an ihn und drückte seinen Arm.

»Der Nachthimmel ist in diesen Breiten von besonderer Schönheit«, sagte Hermann schüchtern.

»Das stimmt«, versetzte Charlie strahlend. »Vielleicht können wir ja heute nacht an den Strand gehen und uns wieder ein bißchen den Himmel ansehen!«

Hermanns Wangen erglühten. »Gern.«

Columbo und sein Schatten hatten anscheinend kein Faible für Sterne.

Sie empfanden die Wendung, die das Gespräch genommen hatte, ganz offensichtlich als so unersprießlich, daß sie es vorzogen, fürs erste aufzuhören.

Aus ihrer Enttäuschung machten sie keinen Hehl. Sie schauten über die Maßen verdrießlich drein, als sie von dannen zogen. Der Oberermittler machte zum Abschied noch eine Bemerkung, in der eine leise Drohung mitschwang.

»Es kann sein, daß noch eine weitere Vernehmung erforderlich sein wird«, übersetzte der Manager noch rasch im Weggehen. Er hatte es sichtlich eilig, ebenfalls zu verschwinden.

Britta schaute dem abziehenden Trüppchen erleichtert nach. »Gott sei Dank, das hätten wir.« Sie nahm einen kräftigen Schluck von ihrer Piña Colada, dann den nächsten, dann noch einen, und binnen Sekunden war das Glas leer. »Aah. Das tut gut.« Sie ließ sich auf einen der gepolsterten Terrassenstühle fallen und machte eine einladende Handbewegung. »Geht doch rein und nehmt euch was zu trinken, Leute. Ach übrigens ...« – sie schenkte Hermann ein treuherziges Grinsen. »Ich bin Britta.«

Sein Blick war unergründlich, seine Lippen schmal. »Ich weiß.«

»Das ist Hermann«, warf Charlie eilig ein.

Annabel entging nicht der Ausdruck bedingungsloser Zuneigung, der sich auf Hermanns Gesicht spiegelte. Er betrachtete sie wie einen kostbaren Schatz, nach dem er hundert Jahre gesucht hatte, ohne die Hoffnung, ihn je zu finden.

Und Charlie himmelte diesen hageren Menschen an, als wäre er eine Kreuzung aus Leonardo di Caprio und Brad Pitt.

Annabel wußte längst, was zwischen den beiden lief, und das hatte nichts damit zu tun, daß sie einen Liebesroman nach dem anderen schrieb. Man mußte keine Expertin für Romantik sein, um zu sehen, daß die beiden ganz verrückt aufeinander waren.

»Hol dir was zu trinken, Hermann«, befahl Britta. Zu Charlie sagte sie: »Ich möchte kurz mit dir sprechen.«

»Charlie hat jetzt keine Zeit«, erklärte Hermann in einem Ton, der keinen Widerspruch duldete. »Komm, Charlie. Wir gehen.«

Er nahm ihre Hand und zerrte sie mehr oder weniger mit sich fort, in Richtung Pool.

Britta schaute den beiden überrascht nach. »He«, sagte sie. »Was war das denn?«

Annabel furchte grimmig die Stirn. »Das, meine liebe Britta, war eine absolut verständliche Reaktion.«

»Ich weiß nicht, was du meinst.«

»Nicht?« Annabels Ton war von ätzender Schärfe. Anubis, der ausgestreckt zu ihren Füßen lag, gab ein besorgtes Winseln von sich. »Du zwingst das arme Mädchen förmlich dazu, für dich wegen dieser Mordsache zu lügen! Und da wunderst du dich, daß die beiden keine Lust haben, mit dir einen zu trinken?«

»Nein, deswegen wundere ich mich nicht. Eigentlich wundere ich mich wegen was ganz anderem.«

Annabel beäugte sie in einer Mischung aus Verblüffung und Mißtrauen. »Bitte?«

»Was mich wirklich wundert ist dieser komische Hermann. Ich meine, was hat der mit der ganzen Geschichte zu tun?« Britta stand auf, um sich hochprozentigen Nachschub von drinnen zu holen.

»Was soll das jetzt schon wieder heißen?« wollte Annabel wissen.

Britta gestattete sich ein dezentes Rülpsen. In der offenen Schiebetür blieb sie stehen. »Ist dir nicht aufgefallen, daß er Bescheid weiß? Charlie, das kleine Miststück, muß ihn eingeweiht haben. Der Himmel weiß, was sie sich dabei gedacht hat.«

Annabel seufzte. »Du hast recht. Das ist nicht unbedingt gut. Je mehr Mitwisser es gibt, um so wackeliger wird diese ganze Sache. Vielleicht solltest du so schnell wie möglich nach Hause fliegen. Für alle Fälle.«

»Immerhin hab' ich's versucht«, sagte Britta würdevoll.

»Nach Hause zu fliegen?«

»Stell dich nicht so blöde. Ich hab' versucht, es ihr auszureden. Charlie, meine ich. Ich wollte ihr sagen, daß sie Robert in Ruhe lassen soll. Aber sie hatte ja keine Zeit. Du hast es gehört. Ich hab' probiert, mit ihr darüber zu sprechen, aber sie wollte ja nicht hören.«

Annabel war nicht unbedingt der Ansicht, daß Britta mit Nachdruck auf einem Gespräch bestanden hatte. Im Gegenteil, sie konnte sich des Eindrucks nicht erwehren, daß Britta in diesem Punkt eine gewisse Scheinheiligkeit an den Tag legte. Doch was nützte es, darauf herumzureiten? Britta würde einfach alles abstreiten.

Robert umbringen? Wo denkst du hin! Hab' ich dir nicht gesagt, ich würde ihn in Ruhe lassen? Glaubst du mir etwa nicht? Mir, deiner ältesten und besten Freundin? Denkst du etwa, daß ich meinen eigenen Mann umbringe, bloß weil ich einen anderen Kerl im Vollrausch abgemurkst habe? Kennst du mich wirklich so schlecht?

Nein, ich kenne dich durch und durch, beantwortete Annabel im Geiste Brittas – ebenfalls im Geiste gestellte – Fragen, und ich traue dir, soweit es Robert betrifft, alle Schlechtigkeiten unter der Sonne zu, du Aas!

»Ich fände es trotzdem gut, wenn du nach Hause fliegen würdest«, beharrte sie. »Und zwar am besten allein. Ohne Robert.«

»Wenn man vom Teufel spricht«, rief Roberts frohgemute Stimme. Er brachte schwungvoll sein Mountainbike an der Heckeneinfassung des Grundstücks zum Stehen, dann schob er das Rad auf die Terrasse und lehnte es gegen die Hauswand. Sein Rucksack, der ihm schwer von den Schultern hing, bezeugte ebenso wie sein aufgeräumter Gesichtsausdruck, daß sein Ausflug zum Computerfachhändler erfolgreich verlaufen war. Entweder hatte er ein neues Gerät ergattert, oder sie hatten es irgendwie hingekriegt, das andere von Roberts eingetrockneten Körpersäften zu befreien und wieder in Gang zu bringen.

»Was war das gleich?« wollte er gut gelaunt wissen. »Was soll Britta allein machen, ohne mich?«

»Am besten alles«, knirschte Britta. »Und zwar ab sofort.«

»Schatz, sei doch nicht so. Komm, wir gehen rein. Wir bringen das alles wieder in Ordnung. Andere Paare haben auch Krisen und kriegen ihr Leben wieder in den Griff. Warum sollen wir das nicht genau so schaffen? Laß uns reden, ja?« Er ließ den Rucksack von seinen Schultern gleiten und ging ins Haus.

»Ich will nicht mit dir reden«, rief Britta ihm nach. »Ich will dich ...« Sie brach ab und stieß auf, diesmal wesentlich lauter als vorhin.

Annabel schaute besorgt auf. Funkelte da etwa schon wieder Mordlust in den Augen ihrer Freundin? Womöglich dachte sie ja, daß es kaum noch ins Gewicht fiel, wenn sie nach dem ersten kleinen Mord noch einen zweiten beging. Mehr als lebenslänglich konnte man ihr ohnehin nicht dafür aufbrummen. Abgesehen davon gab es, wenn sie jedesmal dabei betrunken war, sowieso Strafminderung. Und Britta war, das konnte niemandem entgehen, wieder mal auf dem besten Wege, blau zu werden. Sie zerrte derart an ihrem Häkelhemdchen herum, daß das Gespinst binnen Augenblicken die Beschaffenheit eines grobmaschigen Fischernetzes annahm.

Annabel gab dem Ding weniger als fünf Minuten. Länger würde Britta nicht brauchen, um es sich vom Leib zu reißen.

»Ich halte es für einen Fehler, daß du in dieser Situation so viel trinkst«, sagte sie scharf. »Du hast doch gesehen, wohin das beim letzten Mal geführt hat. Ich bin der Meinung, daß du dich in diesem Punkt mehr zurückhalten solltest.«

»Du kannst mich«, gab Britta grob zurück, schon auf dem Weg in die Küche.

»Du hast es gehört«, sagte Annabel wütend zu Anubis. Der Hund bezog den Tadel auf sich und schob demütig den Kopf unter ihre Knie.

»Die blöde Kuh weiß ja immer alles besser. Aber wehe, sie kommt hinterher an und jammert mir was vor, weil sie in den Knast muß. Da lach' ich dann bloß drüber, soviel steht fest! Keinen Finger mach' ich krumm!«

13. Kapitel

Hoffentlich bist du nicht ausgerechnet auf mich sauer«, sagte eine scherzhafte Männerstimme.

Annabel fuhr herum. »Magnus! Du hast mich erschreckt!«

»Das wollte ich nicht.« Er hob ein langes Bein und stieg über die niedrige Mauer, die seine Terrasse von ihrer trennte. Obwohl Annabel momentan ganz andere Sorgen hatte, konnte sie nicht umhin, ihn bewundernd anzusehen. Sie konnte immer noch nicht fassen, daß dieser Typ ihr neuer Liebhaber war. Hatte sie ihn beim ersten Zusammentreffen für nett, aber doch nicht gerade berückend gehalten, so war sie mittlerweile völlig anderer Ansicht. Sie fragte sich, wie sie je auf die Idee hatte verfallen können, er sehe durchschnittlich aus. Er war geradezu phänomenal attraktiv! Alles an ihm, aber auch wirklich alles riß Annabel zu Begeisterungsstürmen hin. Sie hatte ganze Displayseiten darauf verwandt, Magnus' alias Markus' nervige Hände, sein markiges Kinn, die stramme Brust, den festen Bauch und die muskulösen Oberschenkel zu beschreiben, ganz zu schweigen vom feurigen Spiel seiner Zunge beim Kuß und dem Tastsinn seiner Fingerspitzen bei anderen, nicht minder anregenden Liebesaktivitäten.

Er trug eines seiner üblichen, schlichten, einfarbigen Polohemden und dazu ausgebleichte Jeans. Annabel fand, daß er der schönste Mann war, den sie je gesehen hatte. Überwältigt schaute sie zu ihm auf, als er vor ihr stehenblieb.

»Hallo«, flüsterte sie mit belegter Stimme.

Er beugte sich zu ihr herunter. »Hallo, Liebes.«

Und dann küßte er sie.

Als Annabel sicher war, daß ihre Körpertemperatur auf mindestens vierzig Grad angestiegen war, hörte er auf. »Du hast mir gefehlt«, erklärte er lächelnd.

»Du mir auch«, stieß sie hervor. »Wo warst du so lange?«

»Ich habe dich schreiben lassen. So, wie du es wolltest. Schon vergessen?«

Annabel erinnerte sich vage.

»Ich hab's nicht mehr ausgehalten«, bekannte er. »Der Urlaub ist so kurz. Ich möchte viel mehr von dir haben!« Er bedachte sie mit einem kleinen, lüsternen Zwinkern. »Und zwar am liebsten jetzt gleich.«

Annabel wurde es, wenn möglich, noch wärmer. »Es geht im Moment nicht«, sagte sie kläglich.

Magnus gab sich keine Mühe, seine Enttäuschung zu verbergen. »Warum denn nicht?«

»Britta und Robert sind da.«

»Was haben die damit zu tun? Wir müssen doch nicht hierbleiben.« Magnus legte die Stirn in Falten. »Hat es dir in dem Hotel denn nicht gefallen?«

»Ähm ... doch.« Annabel konnte Magnus schlecht verraten, daß sie hierbleiben mußte, um auf Robert aufzupassen. Und Robert konnte sie schlecht verraten, daß er um sein Leben bangen mußte.

»Was spricht dann dagegen, daß wir noch mal hinfahren?«

»Eigentlich ... Eine Menge«, improvisierte Annabel. »Zum Beispiel, daß ich dringend mein Buch zu Ende schreiben muß. Abgabefristen. Du weißt schon.«

»Das kenne ich«, nickte Magnus. »Bei Fristen kann ich als Jurist ein Wörtchen mitreden.«

Er schenkte Annabel ein geradezu teuflisches Grinsen. »Vor allem weiß ich, daß es im Bedarfsfalle und auf besonderen Antrag hin praktisch immer eine Verlängerung gibt, die einem ermöglicht, das Fristende hinauszuschieben.«

»Im Bedarfsfalle?«

»Bei entsprechender Zwangslage.«

»Befindest du dich in einer?«

Anstelle einer Antwort schaute er sich vorsichtig um, dann nahm er sanft Annabels Hand und drückte sie gegen seinen Hosenstall.

»Oh«, hauchte sie, gegen ihren Willen tief beeindruckt.

»Ja, genau, oh. Wenn wir dagegen nicht bald was unternehmen, wird das zum Dauerzustand.«

Annabel blieb stumm. Dann schaute sie kläglich zu ihm auf. »Magnus, wie soll es mit uns weitergehen? Zu Hause, meine ich.«

Einen Moment lang wirkte er verdutzt, dann hellte seine Miene sich auf. »Darüber machst du dir Gedanken? Warum hast du das nicht gleich gesagt!« Er zog sich einen Stuhl heran und setzte sich neben sie. »Ich habe es mir schon ausgerechnet. Du wohnst ungefähr zweihundert Kilometer weit weg von mir. Okay, das hört sich viel an. Aber ich habe einen schnellen Wagen.«

»Daimler?«

»BMW. Achthunderter Modell.«

»Das hört sich wirklich ziemlich schnell an«, murmelte sie.

»Läuft auf Kanzlei«, meinte Magnus. »Wird komplett von der Steuer abgesetzt und kostet deshalb praktisch kaum was. Also. Zweihundert Kilometer. Das ist für einen Achthunderter BMW so gut wie nichts. Das mach' ich in einer Stunde.«

»Eher zwei. Ich kenne die Strecke. Da gibt es jede Menge Baustellen.«

Magnus ließ sich nicht aus der Ruhe bringen. Er schob den aufgeklappten Laptop zur Seite und nahm Annabels Hände. »Hör mir zu.« Er schaute ihr ernst in die Augen. »Das hier ist nicht nur irgendeine Urlaubsgeschichte für mich. Es ist mehr, weißt du.«

Annabel hielt den Atem an.

»Ich weiß ja nicht, wie es dir geht«, fuhr Magnus im Konversationston fort. »Aber ich für meinen Teil habe mich mit Haut und Haaren in dich verliebt.«

Annabel stieß mit einem leisen Pfeifton die Luft wieder aus. »Wirklich?«

»So wahr ich hier sitze. Hast du es denn nicht mitgekriegt?«

»Irgendwie schon«, sagte Annabel glücklich. »Mir geht's übrigens genau so.«

»Ich weiß.« Magnus verschlang sie mit seinen Blicken. Wie von einem Magneten angezogen, beugte er sich zu ihr. »Komm, küß mich.«

Das taten sie, eine ganze Weile lang.

Als sie sich voneinander lösten, waren sie beide in Schweiß gebadet.

276

»Gott, ist das heiß hier«, stöhnte Annabel.

»In dem Hotel haben sie Klimaanlage«, sagte Magnus, mit allen Nervenfasern nur auf eines aus: Diese Frau schnellstmöglich in die Horizontale zu bringen und Dinge mit ihr anzustellen, die sie zum Schreien brachten. Vor Lust.

»Mein Gott, wenn ich dich nicht bald haben kann, werde ich verrückt!« stöhnte er. Dann besann er sich. »Nicht, daß du denkst, ich würde nur das eine von dir wollen.«

»Das denke ich gar nicht«, beteuerte sie.

»Wirklich nicht?«

»Garantiert nicht.« Sie blinzelte. »Was willst du denn sonst noch so von mir?«

Er überlegte. »Äh ... mit dir reden zum Beispiel.«

Sie war amüsiert. »Reden ist immer gut. Okay, wir sollten uns mehr unterhalten.«

Ein niederträchtiges kleines Lächeln glitt über seine Züge. »Aber erst hinterher. Vorher will ich eine Menge unanständige Sachen mit dir anstellen.«

Annabel, die ganz ähnliche Gefühle hegte, äugte bedauernd durch die Schiebetür ins Innere des Bungalows, wo eine waschechte Mörderin und ein potentielles Mordopfer sich gerade ein Stelldichein mit ungewissem Ausgang gaben.

Wie konnte sie auch nur entfernt daran denken, sich den Freuden des Fleisches hinzugeben, wenn ihre beste Freundin vielleicht gerade in diesem Moment im Begriff war, ihren Mann zu killen?

»Annabel«, sagte Magnus, und ehe sie sich versah, lag sie erneut in seinen Armen. Als sie nach einer kurzen, aber wilden Rangelei wieder zur Besinnung kam,

277

fühlte Annabel sich wie ein zusammengeschmolzener Klumpen Wachs.

Sie atmete durch, um einen klaren Kopf zu bekommen.

Nein, so ging das nicht, diese verrückte, unglaubliche Lust auf Sex mußte sie sich aus dem Kopf schlagen, wenn sie sich nicht für den Rest ihres Lebens Vorwürfe machen wollte! Lieber einmal verzichtet, als auf ewig bereut! Momentan ging Robert einfach vor, da biß die Maus keinen Faden ab. Schließlich hatten sowohl Britta als auch Charlie ihre tödlichen Qualitäten schon tatkräftig unter Beweis gestellt. Die beiden waren völlig unberechenbar, und Robert erschwerte die ganze Situation zusätzlich, indem er sich als extremes Ekelpaket gebärdete, das förmlich zum Mord im Affekt einlud.

»Morgen ist auch noch ein Tag«, meinte Annabel entsagungsvoll – und gänzlich gegen ihre eigene Überzeugung.

»Bist du sicher?« wollte Magnus zweifelnd wissen.

»Ganz sicher.« Sie verbesserte sich und setzte etwas ehrlicher hinzu: »Sagen wir: *Ziemlich* sicher.«

Plötzlich fiel ihr etwas ein. »Übrigens – meine Bücher kann ich überall schreiben. Zum Beispiel könnte ich umziehen.«

»Wohin?«

»Mehr in deine Gegend. Dann brauchst du nicht so weit zu fahren.«

Magnus war angenehm überrascht. »Denkst du schon so weit?«

Sie konnte nicht verhindern, daß sie rot wurde. »Du denn nicht?«

»Ich hatte es höchstens gehofft«, gab er zu. »Nur die Wochenenden mit dir zu verbringen – das wäre mir auf die Dauer bestimmt viel zu wenig.«

Und wieder mal waren sie sich einig.

»Was hast du heute außer Schreiben noch vor?« wollte Magnus wissen. »Mit anderen Worten: Wie lange willst du mich schmoren lassen?«

»Sagen wir, ich schreibe noch bis zum Abendessen«, schlug Annabel kompromißbereit vor. »Dann kommst du noch mal rüber, und wir sehen weiter.«

Magnus erhob sich seufzend. »Wankelmut, dein Name ist Weib. Ich sehe schon, mit uns beiden wird es heute nachmittag nichts mehr.«

»Vorfreude ist die schönste Freude«, erklärte Annabel.

Diese Ansicht konnte Magnus nicht uneingeschränkt teilen. »Im Augenblick bin ich eher frustriert.«

»Ich werde dich entschädigen.«

»Wann? Heute abend?«

»Auf jeden Fall.« Annabel schwor sich, daß bis dahin eine Lösung ihrer buchstäblich mörderischen Probleme gefunden werden mußte.

Magnus musterte sie begehrlich. »Versprochen?«

»Hoch und heilig.«

Sie besiegelten es mit einem langen Kuß.

Annabel betrachtete müßig den leuchtenden Bildschirm ihres Computers. Abgesehen davon, daß sie jetzt herrlich entspannt neben Magnus liegen könnte (beziehungsweise in voller Aktion auf oder unter ihm, je nachdem), hatte sie es nicht allzu schlecht getroffen. Ihr Roman machte beachtliche Fortschritte. Enrico

279

hatte zwischendurch versucht, Clarissa zu vergewaltigen, doch zum Glück war im letzten Moment Markus aufgetaucht und hatte sie gerettet. Bei dieser Gelegenheit hatte er dann auch gleich das Schwein Enrico krankenhausreif geschlagen, worauf Enrico geschworen hatte, Markus dafür zu erledigen, sobald er wieder laufen konnte. Die Szene endete damit, daß die zutiefst traumatisierte Clarissa und der vom Zweikampf gezeichnete Markus dem wegfahrenden Krankenwagen nachschauten und dabei wieder mal ganz wild aufeinander wurden.

»Du hast Blut an der Lippe, mein Kleines«, sagte Markus sanft, während er vorsichtig mit dem Zeigefinger über ihre zitternden Mundwinkel fuhr.

Clarissa hatte plötzlich Probleme mit dem Atmen. »Du auch«, flüsterte sie.

Markus' Augen verdüsterten sich. »Wenn er dir noch mal wehtut, bringe ich ihn um.«

»Er wird es nicht wagen.«

»Dafür werde ich sorgen.«

Es war, als zöge sie eine unsichtbare Macht zu ihm hin. Sie fragte sich, ob er von demselben atavistischen Drang durchflutet wurde, der sie urplötzlich beim Anblick des Blutstropfens an seiner Unterlippe überkam.

»Markus«, hauchte sie erregt.

Das schwelende Feuer in seinen Augen verriet ihr, daß er dasselbe fühlte wie sie: heiße, wilde Begierde. Markus hatte um sie gekämpft und gewonnen, und mit allen Sinnen ihres Körpers erkannte sie, daß sie die Beute des Siegers war, der nun darauf pochte, den Preis einzufordern ...

Annabel konnte mit ihren Fortschritten zufrieden

sein. Dies war eine Realität, die sie ganz nach ihren eigenen Vorstellungen formen und zurechtbiegen konnte.

Bedauerlicherweise war das mit der echten Wirklichkeit nicht möglich. In dieser Hinsicht bestand ihr einziger Trost momentan darin, daß sie Robert drinnen reden hörte (wer redete, war nicht tot), und daß Charlie drüben mit Hermann am Beckenrand des Pools saß (wer die Füße im Swimmingpool baumeln hatte, konnte nicht gleichzeitig einen Mord begehen).

Auf diese Weise hatte Annabel alle maßgebenden Personen unter Kontrolle, und sie war fest entschlossen, daß es so blieb. Falls die Situation sich also nicht grundlegend änderte, müßte sie Robert weiterhin im Auge behalten.

Annabel überlegte, wie eine solche Änderung aussehen könnte. Zu dieser Frage fiel ihr kaum etwas ein. Nach einigem Kopfzerbrechen kam ihr lediglich in den Sinn, daß Robert urplötzlich beschließen könnte, auf der Stelle nach Hause zu fliegen. Oder daß er heute noch zu einer Radtour aufbrach, in einer Serpentine von seinem Mountainbike flog und sich dabei ein doppelseitiges Schädel-Hirn-Trauma zuzog, mit dem er dann mindestens eine Woche im Koma auf der Intensivstation zubringen mußte – natürlich rund um die Uhr von kompetentem Pflegepersonal bewacht.

Oder daß er zuviel Sonne abkriegte und deshalb zufällig einem Hitzschlag erlag.

Die Wahrscheinlichkeit aller drei Optionen war etwa gleich hoch – nämlich Null.

Während Annabel noch darüber nachdachte, welche Ausrede sie Magnus auftischen würde, wenn er sie heute abend abholen kam, hörte sie von drinnen Roberts resolute Stimme.

»Liebling, ich finde, du solltest jetzt nicht mehr trinken.«

»Und ich finde, daß ich noch lange nicht genug habe.«

Pause, dann Robert: »Hab' ich dir schon gesagt, daß du in diesem Ding zum Anbeißen aussiehst?«

Schweigen, dann Britta: »Wirklich?«

Annabel, die gerade das nächste Kapitel anfangen wollte, nahm die Finger von den Tasten ihres Laptops. Brittas Stimme hatte irgendwie ... schüchtern geklungen. Oder doch eher geschmeichelt? Möglicherweise hatte dieses zaghafte *Wirklich* sogar einen Beiklang von Willigkeit gehabt!

Annabel spitzte verärgert die Ohren, um vom Fortgang der Unterhaltung nichts zu verpassen.

»Dein Busen kommt in diesem dünnen Hemdchen unheimlich gut zur Geltung.«

»Echt?«

Annabel hatte das Gefühl, von einem verfaulten Apfel abgebissen zu haben.

»Du weißt doch, daß ich total auf deine Titten steh.«

Pause, dann Brittas atemlose Stimme: »Was hast du vor?«

»Mmh. Ja! Genau das!«

Brittas langgezogenes Stöhnen. »Aaah!«

Annabel verzog empört und angewidert das Gesicht. Wenn das nicht zum Kotzen war!

»Komm, Mausi, wir gehen rüber ins Schlafzimmer«, lockte Robert.

Erneutes Stöhnen, diesmal zweistimmig.

Dann das Quietschen der Matratze. Das Fenster stand offen, und niemand schien es für nötig zu halten, es zu schließen.

Stöhnen, Grunzen, Seufzen. Matratzenquietschen, sehr rhythmisch und minutenlang.

»Das ist nicht zu fassen«, sagte Annabel halblaut.

Dann von Britta ein Aufschrei höchster Erregung, in den Robert nur Augenblicke später einfiel.

Annabel seufzte neidisch.

Danach eine Pause, in der sie nichts hörte. Schließlich das Tappen von nackten Füßen, dann Brittas dumpfe Stimme. »Wo willst du hin?«

»Aufs Klo, mein Schatz.«

»Hast du nicht was vergessen?«

»Hm? Ach so, natürlich: Ich liebe dich.«

»Das meine ich nicht.«

»So? Was denn dann?«

»Kommst du nicht selber drauf?«

»Nein, leider nicht. Wie wäre es, wenn du mir einen kleinen Tip gibst?«

Britta, in rasiermesserscharfem Ton: »Wie wäre es, wenn du deinen Arsch hier rüber bewegst und dich bückst, damit du aufheben kannst, was du gerade unters Bett gekickt hast!«

Schweigen, dann Robert, sehr entnervt: »Ach, du meine Güte! Das ist doch nicht dein Ernst! Nicht schon wieder!« Abgrundtiefes Seufzen, dann: »Na gut, was soll's.«

Eine Weile danach war das Rauschen der Klospülung zu hören. Kurz darauf kam Robert ins Freie, vollständig angezogen und mit hochrotem Kopf. Seine

Augen schossen funkelnde Blitze des Zorns auf Annabel ab. Sofort ging sie in Abwehrstellung. Sie öffnete den Mund, um eine sarkastische Bemerkung loszuwerden, etwa: *Na, hast du dich diesmal um den Müll gekümmert?*

»Sag jetzt bloß nichts«, warnte Robert.

Annabel klappte den Mund wieder zu und behielt ihre Weisheiten für sich.

Dafür tat Robert sich keinen Zwang an. »Diese Ziege kann mich mal!« giftete er.

Das ließ Annabel nicht gelten. »Du bist selber schuld.«

Er griff sich sein Rad und schob es zwischen zwei blühenden Hibiskusbüschen hindurch auf den gepflasterten Fußweg, der zur Uferpromenade führte. »Wir sehn uns später.«

»Was hast du vor?« wollte Annabel wissen.

»Ein paar Runden über die Insel drehen.«

Annabel gab sich Mühe, ihre nächste Frage nicht allzu berechnend klingen zu lassen. »Bleibst du lange weg?«

Roberts Laune war sichtlich auf dem Tiefpunkt. »Es wird spät. Sehr spät. Auf keinen Fall komm' ich zurück, bevor es dunkel wird. Wenn überhaupt.«

»Paß in den Serpentinen auf«, rief sie dem davonstrampelnden Robert nach. »Und sieh zu, daß du dich im Schatten hältst!«

Kaum war er ihrer Sicht entschwunden, wippte sie frohlockend auf den Fußballen. Schnell schloß sie ihre Romandatei, klappte den Laptop zu und brachte ihn in ihr Schlafzimmer, wo sie ihn im Schranksafe verstaute.

Anubis trottete die ganze Zeit anhänglich hinter ihr her.

»Na, mein Alter, willst du mir beim Duschen zugukken?«

Anubis wollte.

Annabel holte ihm eine Minisalami aus dem Kühlschrank, dann nahm sie Unterwäsche und ein frisches Kleid aus dem Schrank und ging ins Bad.

»Ärgs«, sagte sie angeekelt. In der Toilette schwamm ein Kondom – in zwei Teilen. Jemand – vermutlich Robert – hatte es säuberlich mitten durchgeschnitten. Dennoch weigerte sich die schlappe Gummihülle beharrlich zu verschwinden, obwohl Annabel mehrmals abzog. Außerdem entdeckte Annabel gleich darauf Rückstände zweifelhaften Ursprungs an ihrer Nagelschere, und sie fragte sich, ob es denn wirklich ein so herber Verlust für die Menschheit wäre, wenn Robert nicht mehr auf Erden weilte.

Doch Annabels Ärger verschwand so rasch, wie er gekommen war, fortgespült vom heißen Strahl der Dusche. Anubis hockte vor der Wanne und lauschte mit schräggelegtem Kopf Annabels Version von *Love is in the air*.

Trällernd zog sie sich anschließend an, dann ging sie hinüber in Brittas und Roberts Schlafzimmer, um nach ihrer Freundin zu schauen. Diese war wie erwartet in betrunkenen Tiefschlaf gesunken. Britta lag auf der Seite, das zerzauste Haar wie einen Vorhang vor dem Gesicht. Mit offenem Mund schnarchte sie laut vor sich hin. Ihr rechter Arm hing aus dem Bett, der andere hatte sich in den Decken verheddert. Es sah nicht so aus, als würde sie in den nächsten zwölf Stunden zu sich kommen. Aus dieser Richtung war also vorläufig kein Übergriff à la Hitchcock zu erwarten. Britta gab außer ohrenbetäubenden Schnarchern keinen Mucks von sich, nicht mal, als Anubis ihre Hand ableckte.

Summend rieb Annabel sich die Arme mit Sonnenmilch ein, dann warf sie einen letzten Blick in den Spiegel. Ihr Kleid war aus dünner, cremeweißer Baumwolle, und der Schnitt sorgte dafür, daß Magnus einiges zu schauen hatte. Ihr Busen nahm sich prächtig darin aus. Auch mit ihren Haaren war sie ausnahmsweise zufrieden. Annabel trug eine lockere Hochsteckfrisur, der bereits ein paar winzige Kringel entwichen waren. Es sah auf nette Weise unordentlich aus – genau der Effekt, den sie beabsichtigt hatte. Auch das Make-up war perfekt, nur ein Hauch Puder auf der Nase und etwas Lipgloss. In diesem Fall war weniger mehr, denn nach einer heftigen Umarmung von Magnus würde davon sowieso nichts mehr übrig sein, genauso wenig wie von der Frisur.

Anubis senkte den Kopf und schnüffelte an ihren nackten Beinen, die Annabel soeben ausgiebig mit Bodylotion von Issey Miyake eingerieben hatte. Anscheinend mochte er den Duft, denn er konnte gar nicht aufhören, sie zu beschnuppern.

Annabel entwand sich der feuchten Nase ihres ständigen Begleiters und schlüpfte in ihre Sandalen. Mit einem Summen auf den Lippen tänzelte sie hinaus und nach nebenan, um ihren Liebhaber abzuholen.

Charlie und Hermann hatten ihren Standort vom Pool

unter die schattige Überdachung der Bar verlegt. Sie saßen einander gegenüber und hielten Händchen, während sie redeten. Sonnenkringel malten sich auf dem kleinen marmornen Bistrotisch. Vögel zwitscherten in den Pinien, welche die Anlage säumten. Die Atmosphäre war entspannt, die Luft von tropischem Oleanderduft erfüllt.

Hermann trank Bitter Lemon, Charlie einen exotischen alkoholfreien Drink aus vielen tropischen Früchten, mit Zuckerrand, Eis und Sonnenschirmdekorierung. Sie nahm einen tiefen Zug und leckte sich genießerisch die Lippen. »Ach, geht's mir gut!«

»Das ist schön«, sagte Hermann.

»Und dabei war ich vor ein paar Tagen noch so wahnsinnig unglücklich!«

»Damit ist es Gott sei Dank jetzt vorbei. Er wird dich nie mehr verletzen können.«

»Nein, ich bin nicht darüber glücklich, daß er tot ist.« Charlie hielt inne, schaute sich um und vergewisserte sich, daß niemand in unmittelbarer Nähe zuhörte, dann setzte sie mit gedämpfter Stimme hinzu: »Das heißt, eigentlich bin ich es doch, aber noch mehr freut es mich, daß ich diesen blöden Robert jetzt nicht mehr umlegen muß. Ach, Hermann, du ahnst ja nicht, was mir das bedeutet. Ich weiß, ich schulde Britta großen Dank. Aber ich schaffe es einfach nicht, noch einen Mord zu begehen.« Sie verbesserte sich. »Okay, ich hab' ihn ja gar nicht ermordet. Aber ich hab' die ganze Zeit *gedacht*, ich hätte es getan. Und das war fast genau so schlimm, das kannst du mir glauben.« Sie schüttelte kummervoll den Kopf. »Ich hätte es wahrscheinlich noch mal probieren können, wenn ich mich richtig zusammengerissen hätte. Aber ich hätte es bestimmt wieder vermasselt, wie ich mich kenne.«

Hermann ergriff mitfühlend ihre Hand. »Mach dir darüber keine Gedanken mehr, Schätzchen.«

Charlie seufzte erleichtert. »Mir ist ja so ein Stein vom Herzen gefallen, als du gesagt hast, daß du dich um dieses Problem kümmerst.«

»Für dich würde ich alles tun.«

»Ich wünschte, ich könnte für dich auch irgendwas machen, Hermann.«

Er errötete. »Das hast du doch schon.«

Sie kicherte. »Das meine ich nicht. Ich dachte eher an was Praktisches.«

»An was denn zum Beispiel?«

»Warte ... Wie wäre es, wenn ich dich abhöre? In deinem Fachgebiet, meine ich.«

»Warum nicht?« Er rückte mit seinem Stuhl näher, streckte die Hand aus und legte sie sanft über ihren noch völlig flachen Bauch. »Wie du weißt, bin ich ein Spezialist für Fortpflanzung. Dazu gehört auch die Schwangerschaft. Du kannst mich alles fragen, was du wissen möchtest, auf die Art können wir überprüfen, ob ich noch Defizite habe.«

Doch Charlie interessierte sich im Augenblick eher für etwas anderes. »Wie willst du es machen?«

Hermann nahm verblüfft seine Hand von ihrem Bauch. »Was machen?«

»Dich um mein Problem kümmern.«

Er schüttelte nachsichtig den Kopf. »Damit will ich dich jetzt nicht belasten. Laß das einfach meine Sorge sein.«

»Okay.« Sie schwieg ein paar Sekunden. »Darf ich dich noch was fragen?«

»Sicher.«

»Wann willst du es machen?«

»Ich denke, heute abend noch.«

Charlie starrte ihn mit weit aufgerissenen Augen an. »Wirklich?«

»Nun, ich bin ein Anhänger des guten alten Sprichwortes *Was du heute kannst besorgen, das verschiebe nicht auf morgen.*«

»Meine Güte«, wisperte sie, »du bist ja so was von cool!«

»Ach, das ist doch nichts«, wehrte Hermann bescheiden ab. Er sonnte sich unter ihren bewundernden Blicken.

Charlie brannte noch etwas auf der Seele. »Wenn du das durchziehst – wo soll ich in der Zeit hin?« Sie hob die Hand, als er etwas sagen wollte. »Warte«, sagte sie. »Ich weiß schon, was ich mache. Ich fahr mit Papa und seiner Freundin weg, die wollen zu einem dieser Hippiemärkte und hinterher irgendwo zum Essen gehen.«

»Meinetwegen mußt du nicht extra wegfahren.«

»Ich halte das aber für vernünftiger. Wenn ich mit den beiden unterwegs bin, wäre ich schön weit ab vom Schuß. Was meinst du, bis wann du dich ... ähm, dich um *das Problem gekümmert* hast?«

Hermann zuckte die Achseln und meinte leichthin: »Je nachdem. Erst mal gehe ich zu Britta und sage ihr Bescheid, und danach knöpfe ich mir diesen Robert vor.«

Charlie schluckte. »Er ist vorhin mit dem Rad weggefahren.«

»Bis es dunkel wird, kreuzt er bestimmt wieder auf. Verlaß dich drauf, bis heute abend zehn, elf Uhr habe ich die Sache für dich hingebogen.«

Charlie musterte ihn mit funkelnden Augen. »Weißt du was? Das klingt vielleicht jetzt unheimlich pervers, aber diese toughe Ader an dir macht mich irgendwie an.«

Annabel fühlte sich an diesem Abend alles andere als angemacht. Dieser Ausflug bot nicht ganz das, was sie sich erhofft hatte. Keine intimen Blicke, keine sanften Berührungen, kein Händchenhalten, keine feurigen Wallungen.

Nicht, wenn Charlie dabei war.

Annabel hatte nichts gegen die Kleine, im Gegenteil, das Mädchen war ihr innerhalb kurzer Zeit richtig ans Herz gewachsen mit ihrer fröhlichen, unkomplizierten Art, ihrem spontanen Lachen, ihrem ganzen verschmitzten Wesen. Sie waren längst per Du und redeten über Gott und die Welt miteinander, unter anderem über die Schule daheim, die angesagten Discos auf Ibiza und über die Schwierigkeit, auf einer Insel, wo regelmäßig die Nacht zum Tage wurde, mittags um eins anständig zu frühstücken.

Leider änderte alle Sympathie nichts daran, daß Annabel es als herben Verzicht empfand, mit Magnus keine Zärtlichkeiten austauschen zu können. Es war völlig unmöglich, ihm die Hand auf den Hintern zu legen, wenn Charlie danebenstand und ausrief: *Oh, schaut mal, ist dieser Gürtel nicht total irre?*

Annabel kam sich richtiggehend fehl am Platze vor. Doch was hätte sie tun sollen, als Charlie erklärt hatte, daß sie gern mitfahren wollte? Sie vom Wagen wegscheuchen wie Anubis: *Weg mit dir, du lästiges Biest?*

Annabel tröstete sich mit dem Gedanken, daß sie auf diese Weise das Mädchen wenigstens unter Kontrolle hatte. Wenn Charlie sich hier unter ihren Augen tummelte, konnte sie nicht gleichzeitig Robert ins Jenseits befördern.

Allein die Tatsache, daß Charlie so überraschend Interesse an diesem Ausflug bekundet hatte, durfte wohl als Beleg dafür gelten, daß sie keine Mordpläne in ihrem hübschen rothaarigen Köpfchen herumwälzte. Jedenfalls nicht für diesen Abend.

Annabel hatte längst beschlossen, sich Charlie in einem unbeobachteten Augenblick vorzunehmen und ihr zu eröffnen, daß Britta keinen Wert mehr auf Roberts Tod legte.

Doch leider gab es keine unbeobachteten Augenblicke, denn Magnus machte keine Anstalten, sich außer Hörweite zu begeben. Er hielt sich dicht an Annabels Seite und warf ihr von Zeit zu Zeit bedauernde Blicke zu. Einmal beugte er sich dicht zu ihr und flüsterte ihr ins Ohr: »Später, aber dann richtig!«

Prompt wurde ihr heiß. Ein Silberstreif am Horizont!

Der Hippiemarkt hielt auch nicht das, was sie sich davon versprochen hatte. Der weitaus größte Teil der an den Ständen feilgebotenen Waren war Ramsch, Kitsch und aus Südostasien importierter Billigschrott. Hier und da mochte es den einen oder anderen echten Hippie geben, einen jener legendären Aussteiger aus der Zeit, als die Blumenkinder sich diese Insel zum Mittelpunkt ihres Lebens erkoren hatten, doch falls dem so war, konnte man sie auf Anhieb nicht ausmachen.

Magnus kaufte Charlie den Gürtel, danach beschlossen sie, daß sie von diesem Markt genug gesehen hatten.

»Wir hätten am Mittwoch auf den Markt in Punta Arabi gehen sollen«, meinte Magnus. »Das soll laut Reiseführer der traditionsreichste Hippiemarkt auf Ibiza sein.«

»Im nächsten Urlaub«, sagte Annabel.

Charlie warf einen Blick auf ihre Armbanduhr. »Wir haben doch noch jede Menge Zeit. Wollen wir uns nicht noch ein bißchen was von der Gegend ansehen?«

Dagegen gab es nichts einzuwenden, schon gar nicht etwas in der Art wie: *Du naseweise Göre, viel lieber würde ich jetzt mit deinem Vater ins Bett gehen!* Annabel machte sich klar, daß es nicht einfach war, in einen Mann mit einer erwachsenen Tochter verliebt zu sein. Eine Tochter, die sich nicht nur auf einmal als sehr anhänglich entpuppte, sondern darüber hinaus auch noch dem ausgefallenen Hobby des Überkreuzmordes frönte.

Sie stiegen in den Wagen und folgten einer bergigen Route durch eine bäuerliche Gegend mit vielen alten Gehöften. Sie machten einen Abstecher gen Norden, nach Sant Miquel de Balanzat, und von dort weiter zur idyllisch gelegenen Bucht von Port de Sant Miquel.

Sie zogen die Schuhe aus und wanderten am Ufer entlang. Obwohl der Tag sich allmählich dem Abend zuneigte, herrschte noch der übliche Touristenbetrieb. Fröhliches Gelächter schallte über das Wasser.

Eine Gruppe von Jugendlichen spielte Volleyball. Andere tummelten sich mit ihren Luftmatratzen in den Wellen.

Annabel, Magnus und Charlie besichtigten die *Cova de Can Marça*, eine alte Schmugglerhöhle mit malerischen Sinterbecken, Wasserläufen und bizarren Tropfsteinformationen. Anschließend fanden sie übereinstimmend, daß es allmählich Zeit zum Abendessen wurde. Magnus, wie immer bestens informiert, hatte keine Probleme, mit dem Wagen den Weg zu einem nicht allzu weit entfernten Spitzenrestaurant zu finden. Es war in einer alten Finca untergebracht, und von seiner Terrasse aus bot sich ein herrlicher Ausblick auf eine stilvoll angestrahlte Kirche.

Magnus bestellte Wein für sich und Annabel, Charlie wählte Saft.

»Warum trinkst du nicht ein Glas mit uns?« fragte Magnus. »Du bist doch sonst einem guten Schluck nicht abgeneigt.«

»Ich habe meine Gründe«, sagte Charlie. Dann verbesserte sie sich rasch. »Mir ist heute einfach nicht danach.«

Annabel merkte auf. Gründe, keinen Alkohol zu trinken? Auf Anhieb fiel ihr nur einer ein. Sie betrachtete Charlie forschend. Die wurde sich Annabels eindringlicher Blicke rasch bewußt. Errötend blickte sie zur Seite.

Magnus war nichts Ungewöhnliches aufgefallen. »Hast du was mit dem Magen?« fragte er freundlich. »Soll ich dir ein Alka Seltzer kommen lassen?«

Charlie duckte sich unmerklich. Plötzlich sah sie wie ein hilfloses Kind aus. »Papa ...«

Annabel fand, daß es an der Zeit für eine ungestörte Aussprache zwischen Vater und Tochter war. Sie schob ihren Stuhl zurück und stand auf. »Ich verschwinde mal rasch«, sagte sie zuvorkommend.

Doch zu ihrer Überraschung hatte sie kaum die Tür zur Damentoilette geöffnet, als sie bemerkte, daß Charlie ihr gefolgt war. »Ich kann's ihm nicht sagen!« flüsterte sie mit weißem Gesicht.

Annabel faßte sie am Arm und zog sie in den Vorraum mit den Waschbecken. »Du bist schwanger.« Es war eine Feststellung, keine Frage.

Charlie ließ den Kopf hängen. »Ich kann ihm das doch nicht einfach so ins Gesicht sagen!«

»Warum denn nicht?« wollte Annabel sanft wissen.

Charlie fing an zu weinen. »Ich soll doch nächstes Jahr Abi machen! Er ist immer so stolz auf mich gewesen! Er möchte, daß ich studiere, am besten Jura oder so! Wie soll das funktionieren, wenn ich ein Baby habe?«

»Wenn du dich für das Kind entschieden hast, wird das nicht einfach sein, aber es gibt immer einen Weg. Heutzutage sind solche Sachen doch ohne weiteres zu regeln, wenn genug Geld da ist. Es gibt Tagesmütter, Krippen, Au-pair-Mädchen, und das sind nur die Lösungen, die mir auf Anhieb einfallen. Warum vertraust du deinem Vater nicht einfach? Und deine Mutter ist doch auch noch da!«

»Die reißt mir den Kopf ab«, sagte Charlie schniefend. »Die ist noch mehr auf Karriere gepolt als Papa.«

»Wie auch immer. Sagen mußt du es ihm. Ich wette, er wird sich nach dem ersten Schreck wahnsinnig freuen, ein Enkelkind zu bekommen.«

Als nächstes schoß ihr durch den Kopf: *Ich gehe mit einem Opa ins Bett!*

Annabel schluckte. Der Gedanke war ziemlich gewöhnungsbedürftig.

Charlie weinte leise vor sich hin. »Mein Gott, wenn es doch nur das Kind wäre! Wenn doch nicht ...« Sie stockte und brach in lautes Schluchzen aus.

Annabel kam plötzlich ein furchtbarer Verdacht. »Es hängt mit Friedhelm zusammen, stimmt's?«

Charlie musterte sie überrascht, nickte dann aber stumm.

»Ist er der Vater?«

»Er war es«, erwiderte Charlie mit hohler Stimme. »Oder besser, er wäre es geworden. Wenn nicht ...« Und dann kam die ganze Geschichte wie in einem Sturzbach heraus. Charlie gestand unter Schluchzen, wie sie sich in diese unselige Sache hineinmanövriert hatte. Wie sie sich darauf versteift hatte, daß Friedhelm sterben mußte. Wie sie mit Britta ins Gespräch gekommen war. Wie sie den Laptop-Anschlag auf Robert verübt hatte. Und wie schwer es ihr fiel, jetzt ihren Teil des Abkommens endgültig zu erfüllen, nachdem Britta doch nun schon Friedhelm in die ewigen Jagdgründe geschickt hatte.

Annabel umarmte das weinende Kind – nichts anderes war Charlie für sie in diesem Moment – und murmelte tröstliche, unsinnige Worte in das wirre rote Haar. Eine Frau kam herein und bedachte sie mit befremdeten Blicken, bevor sie in einer der Toilettenkabinen verschwand.

Charlie machte keine Anstalten, mit dem Weinen aufzuhören. Annabel konnte es ihr nicht verdenken.

Die Kleine stand unter enormer nervlicher Anspannung. Es mußte schon ein traumatisches Erlebnis für eine junge Frau sein, sich von einem hirnlosen Muskelklops wie Friedhelm nicht nur entjungfern, sondern auch noch schwängern zu lassen und gleichzeitig festzustellen, daß das Ganze nichts weiter war als das Ergebnis einer perfiden Wette unter Sportsfreunden, ein abgekartetes Spiel, das an Hinterhältigkeit und Gemeinheit kaum zu überbieten war.

Selbstkritisch gestand Annabel sich ein, daß sie in dieser Situation möglicherweise genauso gehandelt hätte wie Charlie, das arme Ding.

»Ich sollte das jetzt nicht unbedingt sagen«, meinte Annabel beschwichtigend, »schon gar nicht zu einer Heranwachsenden. Aber aus meiner Sicht hat dieser Widerling den Tod verdient.«

Charlies Weinen ließ etwas nach. »Ich bin froh, daß du das so siehst. Du bist echt nett.«

»Danke«, sagte Annabel geschmeichelt. Sie umfaßte den zarten Körper fester und drückte ihn an sich, von einer plötzlichen Aufwallung mütterlicher Gefühle durchdrungen. »Mach dir keine Sorgen, Kind. Es wird alles wieder gut. Du mußt Robert keineswegs umbringen, das steht zum Glück inzwischen fest.«

Charlie nickte an ihrer Schulter. Ihr Seufzen endete als feuchter Schnaufer an Annabels Brust. »Ja, Gott sei Dank. Es ist wirklich eine riesige Entlastung für mich, daß Hermann sich darum kümmern will.«

»Hermann?« Annabel rückte verdutzt ein Stück von Charlie ab. »Worum will der sich kümmern? Um dich?«

»Das auch. Aber vor allem um Robert. Und zwar noch heute abend.«

14. Kapitel

Als Britta schließlich zu sich kam, war sie sicher, daß sie in die Hölle gekommen war. Nur in der Hölle konnte es diese Kombination aus glühendem Schmerz und dumpfem Gehämmer geben, beides vereint auf kleinstem Raum, nämlich innerhalb ihrer Hirnschale.

»Lieber Gott, ich bereue alles, aber laß mich bitte, bitte hier raus«, wimmerte sie.

»Reue ist immer gut«, sagte Gott mit dröhnender Stimme.

Britta zerrte ihre Hände unter der Decke hervor und preßte sie gegen ihre Schläfen. Gleichzeitig riß sie die verklebten Augen auf. Gott hatte sich angehört, als sei er ganz in der Nähe, und sie wollte keine Zeit verlieren, diesen erstaunlichen Umstand näherer Überprüfung zu unterziehen. Nur war das leider nicht so einfach. Grelles Licht stach durch ihre Lider. Die Höllenfeuer brannten grausam hell.

Doch bei genauem Hinsehen stellte sich die Hölle als ihr Schlafzimmer heraus, und Gott war auch nicht da, es war bloß dieser Hermann mit der dicken Brille. Er stand neben ihrem Bett und starrte anklagend auf sie herunter.

Britta schloß mit dumpfem Stöhnen die Augen. »Was wollen Sie denn hier?«

»Ein ernstes Wort mit Ihnen reden.«

Britta kämpfte sich hoch. »Das muß warten.«

Zu spät ging ihr auf, daß sie nichts anhatte. Als sie merkte, daß sie nackt war, hatte sie das Zimmer bereits halb durchquert. Sie konnte den Typ nicht mal auffordern, woanders hinzuschauen, weil sie die Hand auf den Mund pressen mußte – sonst wäre alles danebengegangen.

Endlich erreichte sie die rettende Toilette und spie alles hinein, was ihr Magen hergab. Dann erst sah sie das zerschnittene Kondom im Wasser des Abflußrohrs schwimmen. Bei dem Anblick befiel sie ein Würgereiz ungeahnten Ausmaßes. Sie stellte fest, daß sie noch viel mehr angesäuerte Piña Colada von sich geben konnte, als sie gedacht hatte. Es kam soviel hoch, daß sie zu glauben begann, irgendwo in ihren Eingeweiden müsse sich ein geheimes Reservoir befinden.

Anschließend hockte sie sich zurück auf die Fersen und wischte sich den Mund ab.

Sie wagte nicht mehr, in die Toilette zu schauen. Kein Mann, der so etwas tat, verdiente es, auch nur einen Tag länger zu leben! Sie wusch sich das Gesicht und wickelte sich in Annabels Bademantel, der an der Wand hing.

Hermann war ihr gefolgt und wartete vor der Badezimmertür. »Kann ich mal kurz mit Ihnen reden?«

»Wie sind Sie überhaupt reingekommen?«

»Die Tür war offen. Ich wollte Ihnen sagen ...«

»Moment«, schnitt Britta ihm das Wort ab. »Wo ist Robert?«

»Mit dem Rad weg. Es ist inzwischen schon ziemlich dunkel, also wird es sicher nicht mehr lange dauern, bis er hier ist, weil er ja keine Beleuchtung an dem Rad hat. Ich schätze, er wird bald auftauchen. Aber vorher will ich das mit Ihnen abklären.«

Mit dieser kryptischen Bemerkung konnte Britta nichts anfangen. Momentan war sie nicht zu komplizierten Gedankengängen imstande. Außerdem hatte sie einen Gegenstand auf dem Wohnzimmertisch erspäht, der ihre ungeteilte Aufmerksamkeit beanspruchte.

»Er hat ihn echt vergessen«, murmelte sie. Schlurfenden Schritts begab sie sich zum Kühlschrank und holte wahllos ein paar Flaschen heraus. Orangensaft, Sekt, Milch, Ananaslikör. Sie schraubte alle nacheinander auf, dann goß sie mit verzücktem Gesicht eine reichliche Portion aus jeder Flasche auf die Tastatur des aufgeklappten Laptops.

»Was machen Sie denn da?« wollte Hermann wissen. »Das Ding hat doch bestimmt ein Vermögen gekostet! Hassen Sie ihn denn so sehr?«

»Noch viel mehr«, murmelte Britta. Sie klappte den Laptop wieder zu, trug ihn in die kleine Küche und stellte ihn in die Mikrowelle. Sie drehte den Regler auf volle Leistung und schaltete das Gerät ein.

»Mist. Die Ecken stoßen beim Drehen an die Wände.«

»Warum versuchen Sie es nicht mit einem Kurzschluß?« meinte Hermann ironisch. »Sie wissen schon. Wasser. Kabel. Strom. Peng und aus.«

»Danke für den guten Tip.« Britta machte sich daran, Hermanns Ratschlag unverzüglich in die Tat umzusetzen. Ihre Hände zitterten ein wenig von dem übermäßigen Alkoholgenuß, trotzdem brachte sie es ohne größere Schwierigkeiten fertig, das Netzteil des Laptops anzuschließen und in der Küche einzustöpseln. Dann ließ sie die Spüle mit Wasser vollaufen und den Laptop hineinfallen. Es gab kein spektakuläres Zischen, nur ein leises Blubbern, als das Gerät versank.

»Wahrscheinlich war das Ding schon vorher kaputt«, kommentierte Hermann das Geschehen. Er war näher getreten und verfolgte kopfschüttelnd, wie Britta einen Schluck aus der Rumflasche nahm.

»Sie trinken zuviel.«

»Ich trinke soviel, wie ich will.«

»Sie ruinieren Ihre Leber.«

»Es ist *meine* Leber.«

»Kein Mann ist das wert«, sagte er mitleidig.

Britta starrte ihn aus blutunterlaufenen Augen an. »Was wissen Sie denn schon?«

»Ich weiß alles. Charlie hat mir erzählt, was hier läuft.«

Britta trug es mit Fassung. Sie hatte es ohnehin schon geahnt. Schließlich hatte er Charlie bei der Lieferung des Alibis heute nachmittag sehr bereitwillig unterstützt, also war klar, daß er Bescheid wußte.

Sie schraubte die Flaschen wieder zu und stellte sie in den Kühlschrank. »Mir geht's erst besser, wenn er tot ist.«

»Darüber möchte ich mit Ihnen reden.« Er räusperte sich. »Ich komme sozusagen in Charlies Auftrag. Sie kann es nicht tun. Nicht in ihrem Zustand. Na ja, und da habe ich mich bereit erklärt, für sie in die Bresche zu springen.«

Britta überlegte, daß Annabel an diesem netten, altmodischen Ausdruck sicher ihre helle Freude gehabt hätte. Eigentlich sollte sie jedesmal, wenn sie so was hörte, gleich einen Zettel und einen Bleistift zur Hand nehmen und es aufschreiben, so eine Art Fundus von altertümlichen Worten anlegen, die Annabel später in ihren Herz-Schmerz-Schmalz-Romanen verwenden konnte.

»In die Bresche springen.« Sie ließ es sich auf der Zunge zergehen. »Das hört sich sehr, sehr gut an.«

»Es freut mich, wenn Sie das so beurteilen.«

»Ich weiß gar nicht, wie ich das beurteilen soll, wenn Sie mir nicht verraten, was genau Sie damit meinen.«

»Ich dachte, daß wäre klar. Ich kann nicht zulassen, daß die Frau, die ich liebe, einen Menschen tötet. Schon gar nicht, wenn diese Frau schwanger ist.«

»Oh, ein Ritter auf dem weißen Pferd.«

»Wenn Sie es so auszudrücken belieben.«

Noch so eine reizende, altbackene Wendung. »Ich sollte mir das aufschreiben«, murmelte Britta. Dann starrte sie Hermann mit weit aufgerissenen Augen an. »Ich glaube, jetzt kapier ich erst richtig, was Sie meinen!« Ruckartig zog sie eine Küchenschublade auf und fing an, im Besteckkasten herumzuwühlen.

Dabei brabbelte sie vor sich hin, als sei Hermann gar nicht da. »*In die Bresche springen. Auszudrücken belieben.* Das nenn' ich doch mal einen echten Mann. Kann mir gut vorstellen, was sie an ihm findet, an diesem Hänfling.«

»Britta – ich darf doch Britta zu Ihnen sagen? – ich würde jetzt gern mit Ihnen in aller Ruhe durchsprechen, wie wir ...«

»Nicht nötig. Das Wie steht schon fest.« Triumphierend riß Britta ein gigantisches Tranchiermesser aus der Schublade und reckte es Hermann entgegen. Der wich entsetzt zurück, doch Britta achtete nicht darauf.

»Da haben wir alles, was wir brauchen.«

»Was haben Sie mit dem Ding vor?«

»Ich? Wieso ich?« Britta grinste breit. Sie spürte, wie die Nachwirkungen ihres gräßlichen Katers von neuer Lebensenergie verdrängt wurden. Diesen Retter in der Not hatte ihr der Himmel gesandt! Endlich konnte sie Robert ein für allemal loswerden! Ihr neuer Komplize sah zwar nicht besonders kräftig aus, aber wenn sie ihn entsprechend instruierte, dürfte er die Sache ohne weiteres hinkriegen.

»Los, nehmen Sie es mal«, forderte sie ihn auf. »Kriegen Sie ein Gefühl für den Griff und die Klinge.« Der Bademantel klaffte auf, als sie mit spitzem Finger auf eine Stelle unterhalb der Rippen zeigte. »Direkt da rein und dann schräg nach oben.«

»Ich bin Arzt«, meinte Hermann nonchalant, »und als solcher ...«

»Haben Sie selber voll die Ahnung«, unterbrach Britta ihn erfreut. Sie drückte ihm das Messer in die Hand. »Na, dann mal los.«

Sie hob lauschend den Kopf. »Hör ich da ein Fahrrad kommen?«

Hermann wog den Griff des Messers in der Hand. »In der Tat. Ich glaube, Ihr Mann kommt nach Hause.«

Magnus fragte sich verstört, warum sie so plötzlich hatten aufbrechen müssen. Annabels ergrimmter Gesichtsausdruck schien nicht so recht zu ihrer Behauptung zu passen, sie hätte auf einmal grauenhafte Migräne und müsse daher augenblicklich zum Bungalow zurück, wo sie im Kühlschrank die extrastarken Zäpfchen für Notfälle aufbewahrte.

Er musterte sie von der Seite, teils besorgt, teils argwöhnisch.

Die verschlossene Miene seiner Tochter, die zusammengekauert auf dem Rücksitz hockte und in das Dunkel jenseits der Landstraße starrte, trug ebenfalls nicht dazu bei, die Sachlage zu erhellen.

Er fragte sich, ob die beiden gestritten hatten. Seit sie von der Toilette zurückgekommen waren, hatten sie kein Wort miteinander gewechselt. Annabel warf Charlie lediglich dann und wann über die Schulter einen bohrenden Blick zu, unter dem Charlie jedesmal förmlich zu schrumpfen schien.

Annabel schaute nervös auf ihre Armbanduhr. »Kannst du nicht schneller fahren?«

»Ich drücke schon ziemlich auf die Tube. Wir könnten in eine Verkehrskontrolle geraten.«

»Verdammt noch mal, ich habe aber wahnsinnige Schmerzen!« rief Annabel verzweifelt aus.

Magnus zuckte zusammen und trat gehorsam das Gaspedal durch.

Annabel schaute erneut auf die Uhr und gab ein Stöhnen von sich, das eher entnervt als schmerzerfüllt klang. Magnus' Eindruck, daß hier etwas ganz und gar nicht mit rechten Dingen zuging, verstärkte sich. Mißtrauisch schaute er in den Rückspiegel. Charlie saß zu-

303

rückgezogen im Fond und betrachtete unbeteiligt ihre Fingernägel.

»Läuft hier irgendwas, von dem ich wissen sollte?« fragte er, um Höflichkeit bemüht.

Betont arglos schaute Charlie auf. »Bitte?« Dann versenkte sie sich wieder in die Betrachtung ihrer Hände.

Er wandte sich zur Beifahrerseite. »Annabel?«

Annabel hatte das Gefühl, vor Anspannung explodieren zu müssen. Dieses kleine Luder hatte sich ihnen bloß aufgedrängt, um sich ein Alibi für die Zeit zu beschaffen, in der ihr Freund und Beschützer Hermann für sie in Sachen Überkreuzmord tätig wurde! Wenn das nicht der Gipfel der Frechheit war! Und dann hatte sie auch noch die Dreistigkeit besessen, sich beleidigt zu geben, als Annabel ihr deswegen Vorhaltungen gemacht hatte!

Vielleicht war ja inzwischen sowieso schon alles zu spät. Hermann war Arzt, wie Annabel von Charlie soeben erfahren hatte. Bestimmt kannte er jede einzelne nur denkbare Methode, jemanden unauffällig um die Ecke zu bringen und das Ganze anschließend als kleinen Unfall oder natürlichen Herztod zu tarnen.

»Leg einen Zahn zu«, flehte Annabel. »Es geht um Leben und Tod!«

Magnus bremste und fuhr rechts ran. »Ich fahre erst weiter, wenn mir jemand sagt, was hier gespielt wird.«

»O Gott«, entfuhr es Annabel. Sie warf einen hektischen Blick nach hinten. »Charlie, ich ...«

»Verdammt, wehe du sagst es ihm!«

»Ich muß!«

»Und ich bestehe darauf!« donnerte Magnus.

»Papa, das ist eine ganz private Angelegenheit«, begann Charlie.

»Okay, da trifft es sich ja gut, daß wir drei hier zufällig tatsächlich ganz privat miteinander im Wagen sitzen. Ich will sofort wissen, was los ist.« Seine Stimme wurde gefährlich leise. »Und jetzt erzählt mir bloß nicht, daß es irgendwie mit dem Mord an diesem Typen zu tun hat, der heute mittag in seinem Apartment gefunden wurde!«

»Papa, ich ...« Charlie verstummte lahm.

»Charlotte!« brüllte Magnus außer sich. *»HAST DU WAS DAMIT ZU TUN???!«*

»Äh ... nicht so direkt«, stammelte Charlie.

»Eher indirekt«, pflichtete Annabel ihr eilig bei. Die tödlichen Blicke, mit denen Magnus seine Tochter auf einmal bedachte, riefen in Annabel den Drang wach, der Kleinen beizustehen und sie vor dem Donnerwetter ihres Vaters zu beschützen – obwohl eine gehörige Standpauke eigentlich das mindeste war, das Charlie verdient hatte.

Magnus lehnte sich mit verschränkten Armen hinterm Steuer zurück. »Ich warte. Notfalls bis morgen früh, wenn es sein muß. Und keiner von euch beiden bewegt sich einen Zentimeter aus dem Wagen, bevor ich nicht weiß, welches Ding hier läuft.«

»Annabel«, sagte Charlie mit dünner Stimme, »erzähl es ihm.«

»In Ordnung«, erklärte Annabel rasch. »Aber fahr vorher los.«

Robert stellte sein Rad wie üblich an der Hauswand ab. Inzwischen war es schon nach halb zehn. Er war länger weggeblieben, als er es vorgehabt hatte. Wenn die Rückfahrt vom Norden der Insel normal verlaufen wäre, hätte er gut und gerne schon um acht Uhr zurück sein können, doch dann war ihm das Malheur in dieser blöden Serpentine passiert. Er war nicht nur gestürzt, sondern hatte anschließend auch noch fast eine Stunde gebraucht, um den Platten zu reparieren, und zu allem Überfluß hatte er dabei die ganze Zeit in der prallen Sonne hocken müssen, weil es weit und breit keinen Schatten gegeben hatte.

Sein Schädel schmerzte zum Zerspringen. Robert hatte den Verdacht, daß er sich einen handfesten Sonnenstich zugezogen hatte. Ganz zu schweigen von dem Knie. Robert war sicher, daß sein Meniskus bei dem Sturz ernsthaft was abgekriegt hatte. Er humpelte zur Tür und schob sie auf. Drinnen war es still. Bis auf die schwache Küchenbeleuchtung über dem Herd war es dunkel im Bungalow. Annabel war anscheinend nicht da, und Britta schlief vermutlich immer noch ihren Rausch aus.

Doch dann hörte Robert ein Geräusch. Und als nächstes sah er das Aufblitzen des Messers.

»Ich fasse es nicht«, sagte Magnus mit steinerner Miene.

Annabel starrte ängstlich durch die Windschutzscheibe. »Kannst du nicht noch ein bißchen schneller?«

»Ich gebe schon Gas bis zum Anschlag.«

Der Wagen schoß durch die Dunkelheit. Magnus überholte in rasendem Tempo einen Lastzug, dessen Fahrer mit ohrenbetäubendem Hupen gegen das riskante Manöver protestierte.

»Warum konntest du dich nicht an mich wenden?«
Magnus warf Charlie einen anklagenden Blick im
Rückspiegel zu. »Ich bin dein Vater! Du kannst doch
über alles mit mir reden!«

»Irgendwie dachte ich, daß in einer Mordsache der
Spaß bei dir aufhören würde«, meinte Charlie kleinlaut.

Magnus schnaubte. Er konnte diese Räuberpistole,
die ihm seine Tochter und seine Geliebte vorhin aufgetischt hatten, immer noch kaum glauben. Es war
haarsträubend! Seine Tochter – seine eigene Tochter! –
hatte einen ausgewachsenen Mordversuch begangen!
Im Geiste rechnete er sich fieberhaft die Chancen aus,
sie gegen Bewährung rauszupauken. Ausnahmezustand wegen der Schwangerschaft. Affektstau. Vermin-
derte Schuldfähigkeit. Alles klar. Es sei denn, dieser
Robert wäre inzwischen auch noch tot. In diesem Fall,
und da gab es kein Vertun, wäre Charlie wegen Mittä-
terschaft dran. Zumindest aber wegen Anstiftung.
Oder Beihilfe. Oder beidem.

Er fühlte sich so schlecht wie nie zuvor in seinem
Leben.

Annabel entging nicht, wie blaß er war. »Kannst du
noch fahren?«

Magnus nickte mit grimmig verkniffenem Gesicht.
»Wir sind sowieso gleich da.«

Er brachte den Mietwagen mit quietschenden Reifen
auf dem Parkplatz der Ferienanlage zum Stehen. Annabel riß die Tür auf, sprang mit einem Satz hinaus
und sprintete los. Hinter ihr ertönte das Geräusch der
zufallenden Fahrertür, und drei Sekunden später hatte
Magnus sie überholt und rannte vor ihr her, den ge-

pflasterten Weg entlang, der zu den Bungalows führte. Charlie folgte den beiden etwas langsamer. Das Ganze lief anders ab, als sie es sich vorgestellt hatte. Ganz anders.

Doch im Gegensatz zu Annabel und Magnus machte sie sich herzlich wenig daraus, daß Robert möglicherweise tot war. Alles, was sie in diesem Zusammenhang denken konnte, war: Armer Hermann.

Sie konnte es drehen und wenden, wie sie wollte: Sie hatte sein Leben ruiniert.

Falls Robert tot war.

Zeitgleich mit dieser Einsicht kam die Erkenntnis, daß noch eine kleine Chance existierte. Vielleicht hatte er es ja gar nicht getan. Vielleicht hatte er sich nicht getraut. Vielleicht war Robert überhaupt nicht nach Hause gekommen. Vielleicht hatte Hermann noch keine Gelegenheit gefunden. Vielleicht war noch was zu retten ...

Charlie rannte wie der Teufel, und das monatelange Fitneßtraining zahlte sich aus. Sie achtete nicht auf den wütenden Schmerz in ihrem Fuß, wo die Entzündung sich in den letzten Tagen immer weiter ausgebreitet hatte. Sie schaffte es, Annabel einzuholen. Beide erreichten gleichzeitig die Terrasse. Magnus stand bereits dort und zerrte an der Schiebetür. Annabel stöhnte verhalten, als sie Roberts Rad sah. Im nächsten Moment gab sie einen erschrockenen Aufschrei von sich, als ein schattenartiger Umriß aus dem Gebüsch neben dem Bungalow geflogen kam. Der Schatten materialisierte sich zu einem rotfleckigen, treuherzig dreinblicken Anubis, der bei Annabels Anblick in begeistertes Gebell ausbrach.

308

Und im nächsten Moment stürmten sie alle drei – mit Hund vier – durch die offene Türe ins Haus.

Robert lehnte an der Wand, die Daumen in den Gurt seiner Bauchtasche gehakt. Er starrte ihnen perplex entgegen.

»Ist das ein Überfall?«

»Robert!« schrie Annabel, ganz schwach vor Erleichterung. Sie warf sich an seine Brust und fing an, ihn hemmungslos abzuküssen. Anubis stieß seine Schnauze gegen Roberts Knie und jaulte beifällig.

Robert ließ es lachend geschehen. »Womit hab' ich denn das verdient?«

»Du lebst«, schluchzte Annabel, außer sich vor Erleichterung. »Du bist gar nicht tot!«

»Wieso sollte ich tot sein? Es war nur ein kleiner Sturz vom Rad. Du hattest ganz recht. Ich hätte mich vor den Serpentinen besser in acht nehmen sollen.«

Hermann, der auf dem Sofa saß, legte das Tranchiermesser weg, mit dem er herumgespielt hatte. »Charlie! Was ist passiert?«

»Nichts«, sagte sie. »Überhaupt nichts. Zum Glück.« Ein glückliches Lächeln verklärte ihr Gesicht. »Du hast ihm nichts getan! Mein Gott, bin ich froh!«

»Warum sollte ich ihm was tun?«

Magnus stieß die Luft aus. »Ja, warum eigentlich?«

Allmählich gewann er seine normale Gesichtsfarbe zurück. Nacheinander betrachtete er seine Tochter, den hageren jungen Arzt und den quicklebendigen Robert. Es gab keinerlei Anzeichen für eine gewaltsame Auseinandersetzung. Er und Annabel hatten gerade eben nicht etwa in letzter Sekunde einen Mord verhindert, sondern waren schlicht in eine ganz normale Unterhaltung hineingeplatzt.

Hermanns erstaunte Blicke wanderten zwischen den Neuankömmlingen hin und her. Er sah nur lauter ernste Gesichter. »Kann es sein, daß es hier irgendein Mißverständnis gegeben hat?«

Charlie wurde dunkelrot. »Na ja. Du hast doch gesagt, du wolltest für mich in die Bresche springen ...«

Hermann verstand sofort, worauf sie hinauswollte. »Meine Güte, und da hast du gedacht ...« Er schüttelte fassungslos den Kopf. »Charlie, bei aller Liebe. Ich bin Arzt. Ich habe einen Eid geleistet. Und der geht wahrlich nicht dahin, Leben auszulöschen.«

Charlie schaute zum Couchtisch, wo das Messer lag. Hermann folgte ihren Blicken und lächelte kläglich. »Tja, Britta hat mich leider auch mißverstanden. Es war wohl meine Schuld. Ich hätte mich eben klarer ausdrücken sollen.«

»Moment«, meldete sich Annabel. Sie wich Anubis aus, der sie mit zielgerichteten Schubsern in Richtung Kühlschrank drängen wollte, wo seine Minisalamis aufbewahrt wurden. »Wenn du nicht ... *du weißt schon was* hier vorhattest – warum bist du dann überhaupt hergekommen?«

In diesem Moment ging die Tür zum Badezimmer auf, und Britta kam zum Vorschein, frisch geduscht und in Annabels Bademantel gewickelt.

»Zum Quatschen«, sagte sie griesgrämig – und stocknüchtern nach der eiskalten Dusche, die Hermann ihr in seiner Eigenschaft als Mediziner verordnet hatte. »Er hat gelabert wie ein Weltmeister, mir tut immer noch der Kopf weh davon. Wahrscheinlich würde er immer noch auf mich einreden, wenn nicht zwischenzeitlich Robert heimgekommen wäre. Und zwei Sekunden später seid ihr ja auch schon reingeplatzt.«

»Ich kann übrigens mit Fug und Recht behaupten, daß ich Erfolg hatte«, sagte Hermann bescheiden. »Es wird zu keinen weiteren Übergriffen mehr kommen. Britta hat von dem Projekt Abstand genommen. Und Robert habe ich dringend geraten, mehr Distanz zu ihr wahren.«

Charlie war zutiefst gerührt. »Du bist extra hierhergekommen, um es ihr auszureden!«

Ihr Herz wurde ganz weit vor lauter Liebe. Womit hatte sie diesen Mann nur verdient?

Britta gab ein wütendes Schnauben von sich. »Ich bin noch lange nicht überzeugt, daß ihr es bloß wißt.« Sie hatte ein Handtuch um den Kopf gewunden. Ihre Füße hinterließen eine feuchte Spur auf den Bodenfliesen, als sie in die Küche tappte und im Kühlschrank nach etwas Trinkbarem suchte.

»Ja, ja«, murrte sie, als Hermann ein warnendes Räuspern von sich gab. »Null Promille und so schnell wie möglich eine Therapie, ich weiß schon.« Sie goß sich ein Glas Mineralwasser ein und trank es auf einen Zug leer. »Gott, hab' ich einen Wahnsinnsdurst!«

Robert musterte sie voller Zuneigung. »Daran merke ich, wie sehr du mich liebst, weißt du das?«

Britta verschluckte sich. »Was?«

»Na ja. Diese wahnsinnige Eifersucht. So schlimm, daß du sogar zu einem Mord fähig bist!« Robert geriet förmlich ins Schwärmen. »Du wolltest mich für dich ganz allein haben, jetzt und für immer! Du bist sozusagen besessen von mir! Du hast sogar diese unheimlich teure Maschine auf meinem Kopf zertrümmert!«

Niemand machte sich die Mühe, seinen Irrtum aufzuklären, nachdem er doch offensichtlich so erpicht darauf war, diesen Akt der Heimtücke als wahren Liebesbeweis zu werten. Er würde den überfluteten Laptop noch früh genug entdecken, spätestens dann wäre es mit seiner guten Laune sowieso vorbei.

»Und nicht nur das«, fuhr Robert gerührt fort, »du engagierst sogar andere Leute, um mich kaltzumachen! Ach Mausi, ich habe gar nicht geahnt, daß du so tiefer Gefühle fähig bist!«

»Sieh dich nur vor, der Urlaub ist noch nicht zu Ende«, empfahl Britta ihm grimmig, während sie sich ein zweites Glas eingoß. Sie stürzte es hinunter und wischte sich den Mund ab. »Wenn ich du wäre, würde ich öfter mal hinter mich sehen. Es könnte sein, daß da irgendwann mal zufällig ein spitzer, scharfer Gegenstand auf dich zukommt.«

Aus unerfindlichen Gründen schien Robert diese Androhung roher Gewalt als anregend zu empfinden. Ein erregtes Glitzern trat in seine Augen. »Mausi, hab' ich dir schon gesagt, daß du entzückend aussiehst, wenn du richtig böse bist?«

Magnus verdrehte die Augen gen Himmel und sprach im stillen ein Stoßgebet nach dem anderen, weil alles gut ausgegangen war.

Charlie umschlang Hermann mit beiden Armen und freute sich darüber, daß er ihretwegen jetzt doch nicht zum Mörder geworden war. Was nützte ihr ein Vater für ihr Kind, der jahrelang im Knast sitzen mußte?

Er drängte sie dazu, sich auf dem Sofa auszuruhen, und dabei entdeckte er, daß sie humpelte. Der Sprint von vorhin hatte ihrem Fuß nicht besonders gutgetan. Er umfaßte besorgt ihren Knöchel und hob den Fuß an. »Du bist verletzt!«

»Ach, das ist nichts.«

»Laß mal sehen.«

Er untersuchte ihren Fuß fachmännisch und gründlich. »Eine Entzündung. Da ist ein Fremdkörper im Gewebe. Ein Splitter.«

»Es ist an der Zeit, daß er rauskommt«, sagte Charlie einfach.

Annabel holte unaufgefordert Pflaster, Jod und Pinzette aus ihrer Reiseapotheke. Hermann machte sich mit zartfühlender Umsicht ans Werk.

»Ach, übrigens, das Neueste wißt ihr ja noch gar nicht«, erzählte Hermann beiläufig. »Heute abend hat die Polizei den Mörder von Friedhelm geschnappt.«

Annabel riß die Augen auf. Sie fuhr zu Britta herum, doch die schüttelte den Kopf. »Unschuldig, Euer Ehren. Ausnahmsweise.«

»Ja, aber wer ...«

»Ein Transvestit«, berichtete Hermann. Er hatte den Splitter entfernt und gab Jod auf die Wunde. Charlies leises Jammern quittierte er mit einem Kuß auf ihr Knie. »Wird schon wieder, mein Schatz. Wo war ich stehengeblieben? Ach ja. Ein Kerl mit Minirock und hohen Hacken namens Heinz Sowieso. Nannte sich allerdings Béatrice. Hinter dem waren sie schon eine ganze Weile her. Er muß einiges auf dem Kerbholz haben, nach allem, was man so hört. Bei seiner Festnahme hat er ein volles Geständnis abgelegt.«

Charlie geizte nicht mit bösen Blicken in Richtung Britta. »Aha, Béatrice. Ist ja interessant.«

Hermann nickte. »Ja, der Hotelmanager ist überall rumgelaufen und hat's erzählt. Das war vielleicht eine Aufregung! Du hast wirklich was verpaßt, Charlie.«

Er klebte ein Pflaster auf die verarztete Stelle. »Das sollte fürs erste reichen.«

»Danke, Hermann«, flüsterte Charlie bewegt.

»Für dich immer.«

Annabel wollte Gewißheit. »Britta hat sich also in ihrem Suff nur eingebildet, Friedhelm umgebracht zu haben?«

»So sieht's aus«, meinte Hermann.

»Das heißt aber noch lange nicht, daß ich so was nicht tun *könnte*«, tönte Britta erbost. »Ich könnte es garantiert, wenn ich Wert darauf lege! Besonders mit gewissen notgeilen Titanferkeln!«

»Britta, müssen wir das unbedingt hier vor allen Leuten auswalzen?« fragte Robert gequält.

Sie prostete ihm ungerührt mit ihrem Wasserglas zu. »Auf jeden Fall, du titanischer, gummivergessender, radfahrender Superlover.«

Annabel marschierte in ihr Schlafzimmer und holte ihren Laptop und ein sauberes Nachthemd aus dem Schrank. Anubis trottete unternehmungslustig hinter ihr her und ließ sie nicht aus den Augen.

Britta stellte ihr Glas weg. »Was hast du vor?«

»Ich ziehe aus«, verkündete Annabel entschlossen. »Von euren Hitchcock-Methoden und anderen Spielchen habe ich die Nase voll. Und zwar endgültig. Mir steht der Sinn nach Ruhe und Entspannung.« An Robert gewandt, meinte sie: »Ich schlage vor, du freundest dich für den Fall der Fälle mit Anubis an. Er ist ein echt guter Wachhund.«

Magnus beäugte interessiert das duftige Nachthemd. »Darf ich fragen, wo du schlafen willst?«

Sie schenkte ihm ein liebreizendes Lächeln. »Keine Ahnung. Ich dachte, du hättest vielleicht eine Idee, was wir mit dem Rest der Nacht anstellen könnten.«

Er streckte die Hand aus und liebkoste ihren Nakken. »Was für ein Glück. Zufällig habe ich da einen ganz ausgezeichneten Vorschlag.«

Nach dem Urlaub ...

... mußte Anubis allein auf Ibiza zurückbleiben. Annabel hofft inständig, daß er ein neues Frauchen gefunden hat.

Kaum wieder in der Heimat, trennte Britta sich doch noch von Robert und fing eine Therapie an. Mittlerweile ist sie weg vom Alkohol, und Krimis liest sie auch keine mehr. In der letzten Zeit überlegt sie, ob sie noch mal ein Studium anfangen soll, wobei sie ein für ihre Bekannten und Freunde unerklärliches Interesse am Fachbereich Metallurgie entwickelt.

Nur Annabel weiß über dieses besondere Trauma Bescheid, doch natürlich würde sie nie auf die Idee kommen, das herumzuerzählen. Die einzige Geschichte, die sie – oder besser: ihr Verlag – momentan verbreitet, ist *Im Fegefeuer der Leidenschaft*. Bernhard ruft wöchentlich an und äußert sich begeistert über den jeweils neuesten Stand der Vorbestellzahlen im

Buchhandel. Er behauptet, dieser neue Einschlag von *Sex and Crime* in Annabels Werk sei genau das, worauf das Publikum seit Jahren gewartet habe. Annabel hat die Anregung beherzigt und sich voller Eifer in den nächsten Stoff gestürzt, eine Story um ein Paar, das einander nach dem Leben trachtet. Einige der Handlungselemente sind dem Film *Der Fremde im Zug* von Alfred Hitchcock entlehnt.

Ansonsten sind die mörderischen Vorfälle, die sich im letzten Sommer auf Ibiza zugetragen haben, Vergangenheit. All das geht niemanden etwas an, abgesehen von den Leuten, die dabei waren.

Zum Beispiel Charlie und Hermann. Die beiden kleben wie Pech und Schwefel zusammen. Charlie steht kurz vor der Niederkunft, und Hermann läßt sie nicht aus den Augen. Sobald das Baby da ist, wollen sie in eine gemeinsame Wohnung ziehen. Hermann hat eine neue Stelle in einem größeren Krankenhaus in Aussicht. Bis es soweit ist, fragen sie sich gegenseitig ab. Charlie paukt für ihr Abi, und Hermann für die Facharztprüfung.

Magnus ist ein besorgter werdender Großvater, soweit sein Job als Anwalt und Annabel ihm Zeit dazu lassen. Vor allem Annabel beansprucht ihn in jeder freien Minute. Nicht, daß es ihn stören würde, ganz im Gegenteil. Magnus genießt das Zusammensein mit ihr wie nichts anderes in seinem Leben. Er ist seit vielen Jahren zum ersten Mal vollkommen zufrieden.

Bei Annabel dagegen fehlt noch eine Kleinigkeit zum großen Glück, von der Magnus allerdings nichts weiß. Noch nicht.

Annabels biologische Uhr tickt immer lauter, doch

sie traut sich nicht, Magnus zu fragen, ob er sich vorstellen kann, demnächst nicht nur Opa, sondern vielleicht auch noch mal Vater zu werden. Sie hat zuviel Angst, daß er nein sagen könnte. Deshalb plant sie hilfsweise, ihrem Glück ein bißchen auf die Sprünge zu helfen und zu diesen Zweck – sozusagen frei nach einer Idee von Robert – zwei Gegenstände zusammenzubringen, die eigentlich nichts miteinander zu tun haben: Kondom und Nagelschere.

Die rasante Geschichte einer geklauten Braut

Nach einer feuchtfröhlichen Junggesellinnenfete am Vorabend ihrer Hochzeit probiert Ariane zu Hause rasch noch mal ihr Brautkleid an. Die junge Anwältin bestaunt gerade ihr offenherziges Dekolleté im Spiegel, als plötzlich ungebetener Besuch hereinplatzt: Rasmus, ein rauhbeiniger Urwaldforscher, hat mit Arianes Verlobtem Viktor noch eine Rechnung offen. Kurzerhand wirft er Ariane über seine Schulter und verschleppt sie in ein verlassenes Haus ...

ISBN 3-404-16205-6

Sommer, Sonne und Affären – Laura verbringt den ungewöhnlichsten Urlaub ihres Lebens

Als hinreißende Single-Urlauberin getarnt, heftet sich die junge Laura auf Bitten ihres Bruders an die Fersen eines Unbekannten, der mit geheimen Unterlagen auf Lanzarote untergetaucht ist. Sie soll ihm die wertvollen Pläne möglichst unauffällig wieder abluchsen – und zwar mit allen Mitteln. Laura geht mit Feuereifer an ihre Aufgabe heran, doch die ist alles andere als leicht. Vor dem Hintergrund der traumhaften Inselkulisse sorgen bald skurrile und undurchsichtige Vorfälle für Verwicklungen – und außerdem für jede Menge Herzklopfen, denn besagter Gauner scheint nicht nur äußerst gerissen zu sein, sondern ist auch teuflisch attraktiv ...

ISBN 3-404-16209-9

Eva Völler
Vollweib sucht Halbtagsmann

Der Teufel ist männlich – meint Anna, die mit Kleinkind, Hund und Haus genug um die Ohren hat. Deshalb organisiert die temperamentvolle Rothaarige ihr Leben bewußt männerlos und ignoriert auch hartnäckig die These ihrer Freundin Barbara, daß Anna dringend Sex brauche. Aber dann wird's chaotisch: Der stocktaube Großvater ihres verstorbenen Mannes quartiert sich bei Anna ein, ihr Auto gibt den Geist auf, ihr Sohn entwickelt eine Kindergartenphobie – und das alles just dann, als Anna endlich den dringend benötigten Teilzeitjob ergattert! – Da tritt mitten im schlimmsten Streß ein Mann auf den Plan, der Anna nicht nur für ein Vollweib hält, sondern auch zufällig halbtags Zeit hat. Doch damit fangen Annas Probleme erst richtig an, denn dieser rettende Engel ist auch ein verführerisch attraktiver Teufel ...

ISBN 3-404-16211-0